S0-BFA-409

# POURQUOI LE CIEL EST BLEU

Christian Signol est né dans le Quercy. Son premier roman a été publié en 1984, et son succès n'a cessé de croître depuis. Il est l'auteur, entre autres, des *Cailloux bleus*, de *La Rivière Espérance*, des *Vignes de Sainte-Colombe,* des *Noëls blancs* ou encore d'*Une si belle école*. Récompensée par de nombreux prix littéraires, son œuvre a été adaptée à plusieurs reprises à l'écran.

CHRISTIAN SIGNOL

# *Pourquoi le ciel est bleu*

ROMAN

ALBIN MICHEL

© Éditions Albin Michel, 2009.
ISBN : 978-2-253-16026-7 – 1re publication LGF

*À Lise, née en 2004.*

« Nous ne les verrons plus, mais nous les rejoindrons. »

Jim HARRISON,
*Légendes d'automne.*

## Avant-propos

J'ai peu connu mon grand-père paternel, Julien Élie Signol, car il est mort alors que j'avais sept ans, mais assez, cependant, pour en garder un souvenir de crainte et d'admiration mêlées. Il était capable de colères noires, insensées, qui terrorisaient ceux qui vivaient près de lui. Petit, trapu, avec des yeux d'un noir violent où virevoltaient des étincelles d'or, c'était un homme que la guerre avait mutilé, un obus ayant déchiqueté sa main droite.

Cette blessure alimenta chez lui le feu d'une violence mal contenue qui exprimait une injustice et, plus grave encore, une impossibilité de travailler qui l'avait mis en péril tout en lui sauvant la vie. Mais pas seulement cette blessure-là : l'absence d'un père également, car Julien le perdit très jeune et n'en garda aucun véritable souvenir.

Enfant, il travailla les champs dès son plus jeune âge auprès de sa mère domestique, lutta sa vie entière pour échapper à son destin et il y parvint si bien qu'il devint propriétaire de sa maison alors qu'il n'aurait jamais osé l'espérer, même dans ses rêves les plus fous. Il eut aussi la chance de rencontrer une femme dévouée, qui l'aida beaucoup, une fois qu'il eut quitté la terre qu'il ne possédait pas pour apprendre un métier artisanal – celui de maçon – comme s'il avait deviné que la seule issue se trouvait là, et non dans la dépendance et la sujétion dans lesquelles il était né.

Et pourtant Julien ne sut jamais lire ni écrire. Je vais bien sûr expliquer pourquoi dans ces pages qui vont retracer sa vie, mais cette réalité me paraît, aujourd'hui encore, inconcevable. Certes, il était né en 1883, mais l'école était obligatoire et gratuite depuis 1882, et il est difficile de comprendre pourquoi cet enfant n'y eut pas droit. Toujours est-il qu'il en souffrit beaucoup et qu'il en demeura fragilisé pour le restant de ses jours, ayant la conviction, par exemple, qu'il ne connaissait rien du fonctionnement des institutions de son pays, et donc que celui-ci pouvait le renvoyer à la guerre aussi soudainement que la première fois, en 1914, sans qu'il en comprenne les raisons.

D'où le fait que, plus tard, il demandait à mon père de lui lire le journal chaque soir, et qu'il considérait l'instruction reçue par ses trois fils comme l'une des grandes réussites de sa vie. D'où le fait, également, qu'il demeura méfiant et inquiet, toujours sur le qui-vive, dressé contre le monde entier et ce bon Dieu qui n'avait pas su le protéger de ce qui pouvait lui arriver de pire : une blessure à la main droite.

12

C'est sans aucun doute cette inquiétude, cette méfiance, cette fragilité qui l'empêchèrent pendant plus de quarante ans de reposer la question qu'il avait posée à sa mère à sept ans, alors qu'il travaillait près d'elle dans un champ : « Pourquoi le ciel est bleu ? » Cette seule question lui avait valu une gifle dont il était resté coupable, meurtri, comprenant vaguement qu'un enfant de domestique, veuve de surcroît, n'avait pas le droit de lever la tête vers le ciel, mais seulement celui de la garder courbée vers le sol qui les nourrissait.

Oui, il lui fallut plus de quarante ans avant d'oser la reposer, cette fois-ci à son fils : mon père, alors âgé de douze ans, dont il pensait qu'il savait tout car lui, au moins, fréquentait l'école depuis l'âge de six ans. Il faut croire qu'il fut satisfait de la réponse puisqu'il s'en émerveilla et que cette histoire parvint jusqu'à moi, symbole pathétique d'une évolution inespérée. De ce jour, je veux le croire, Julien fut convaincu qu'il avait enfin acquis le droit de lever la tête vers le ciel.

Non, cela ne se passait pas au Moyen Âge, ni au XVIIIe siècle, mais à l'orée du vingtième, et cet homme-là était mon grand-père : Julien Élie Signol, fils d'un Jacques Signol né en 1838 à Carsac, en Périgord, sur les rives de la Dordogne.

Ce Jacques Signol, journalier lui aussi, s'était marié avec une jeune fille du même village : Madeleine Bessaguet. Avant Julien, mon grand-père, ils avaient eu quatre enfants : trois filles et un garçon. Madeleine était un peu plus jeune que

Jacques de quatre ans, et donc elle avait quarante ans le jour où, avec son époux, ils gagnèrent le village où ils allaient devenir métayers, c'est-à-dire franchir une marche importante dans l'échelle sociale, eux qui n'étaient que des domestiques. Cela se passait en 1882, peu avant la naissance de Julien. Le village s'appelait – s'appelle toujours – Saint-Vincent-le-Paluel, et se trouve à une dizaine de kilomètres de Sarlat.

J'ai souvent tenté d'écrire la vie de Julien. J'ai essayé, il y a longtemps, dans une trentaine de pages, mais quelque chose m'arrêtait : quelque chose de trop grand, de trop émouvant, de trop grave… quelque chose de terrible qui tenait sans doute au fait que je me trouvais trop petit vis-à-vis de cet homme-là, moi qu'un destin a gratifié de toutes les facilités de la vie. Et d'ailleurs de quel droit ? Pour témoigner simplement d'une existence dont on a du mal à croire qu'elle fut si difficile, d'un courage extraordinaire et d'un silence que ne vint jamais ébranler la moindre plainte, le moindre abandon ?

J'ai écrit ces quelques pages il y a vingt ans. Mais il a fallu que l'idée de l'« Arbre du silence » germe en moi, cette conscience de tous ces disparus à qui nous devons tout, pour me faire franchir le pas. Julien, mon grand-père paternel, m'a donné le nom que je porte et, pourtant, je n'avais jamais trouvé la force de parler de lui. Pourquoi ? Je ne sais pas. Ou plutôt je ne le sais que trop : comment raconter la

14

réalité d'une existence inimaginable aux hommes d'aujourd'hui ?

C'est alors que j'ai compris qu'il y avait justement là une force, dont beaucoup ont besoin en une époque où l'on souffre, dans une société sans concession, qui lamine et qui blesse, mais d'où heureusement, les guerres sont exclues – du moins en Europe. Des hommes ont toujours souffert, lutté, certains mieux que d'autres. Julien en est un exemple plein d'humilité. Son silence dans le combat de la vie dissimulait plus d'espoir que de doutes : il lui servait à rassembler les forces dont il avait besoin, mais aussi à se retourner plus facilement et à constater le chemin parcouru. Car il avait réussi à conquérir une dignité d'homme, à donner à ses enfants tout ce dont il avait manqué. N'est-ce pas le but et l'espoir de tous les hommes et de toutes les femmes d'aujourd'hui, dans un combat qui, malgré les différences de modes de vie, demeure et demeurera toujours le même ?

# I
## La terre

# 1

Mon père ne prononçait jamais le nom de ce village sans une émotion véritable et une nuance de mystère – de secret – qui m'ont toujours alerté : Saint-Vincent-le-Paluel. C'était le berceau de la famille, là qu'était né son père, Julien Signol – mon grand-père donc –, mais nous n'y sommes jamais allés. Jamais. Pas une seule fois. Et pourtant nous nous rendions souvent à Sarlat, dans la famille de mon père, et chaque fois j'apercevais le panneau indicateur sur la droite, à une dizaine de kilomètres de Sarlat : Saint-Vincent-le-Paluel. Quel était ce secret, ce drame qui s'étaient joués là ? Je me suis souvent posé la question sans pouvoir y répondre, pendant des années.

Ce n'est que bien plus tard – mon père devait avoir soixante-quinze ans – que je lui ai proposé de l'y conduire, un jour, pour meubler sa solitude après la mort de ma mère. Il a hésité, puis, sans que j'en discerne clairement les raisons, il a fini par accepter. Nous sommes partis au début d'un après-midi du mois de mai pour ce village où tout a commencé, là ou s'est joué le sort de trois générations, sans que nul, jamais, n'ait pu dire ce qui s'y était réellement passé.

Dès notre arrivée nous sommes allés visiter le petit cimetière qui est contigu à l'église, au cœur même de ce qui est plutôt un hameau qu'un village, et nous avons cherché la tombe qui devait porter notre nom. Il n'en existait pas. Troublé, mon père a parcouru plusieurs fois les allées, puis j'ai tenté de pousser la porte de l'église pour obtenir des renseignements d'un curé, mais il n'y en avait plus depuis longtemps. Nulle âme ne rôdait dans ce village déserté depuis la victoire, célébrée par la fin du XXe siècle, de la France urbaine sur la France rurale. C'est alors que m'est venue l'idée que, peut-être, il existait une tombe familiale à Carsac, d'où étaient originaires les parents de Julien. C'est de là, en effet, qu'étaient partis Jacques et Madeleine Signol pour rejoindre Saint-Vincent dans l'espoir d'une vie meilleure.

Une demi-heure de route nous a suffi pour pénétrer dans le cimetière situé entre une magnifique petite église et une gentilhommière dont les fenêtres à meneaux et la tourelle témoignaient d'une vie séculaire, à l'abri d'un vallon où murmurait un ruisseau dans l'ombre fraîche des frondaisons. Nous avons cherché pendant près d'une heure, et n'avons pas trouvé la moindre tombe au nom de Signol. Il existait pourtant de nombreuses tombes très anciennes où les patronymes étaient parfaitement lisibles. J'en étais sidéré : quel était ce néant auquel mes aïeux avaient été voués, et pour-quoi ?

Tout au long du retour, mon père ne prononça pas un mot. Je compris qu'il cherchait comme moi les raisons de l'« inexistence » de ses grands-parents, de ce gouffre dans lequel ils paraissaient avoir été précipités. Il ne m'en reparla jamais, mais je ne pus en rester là : il y avait pour moi dans cette découverte une injustice intolérable, injustifiable, la négation de deux existences aux-quelles je m'étais attaché.

Les quelques papiers officiels qui concernaient Julien étaient pourtant incontestables : il était bien le fils de Jacques Signol né en 1838 à Carsac et de Madeleine Bessaguet née dans ce même village en 1842. La mémoire familiale attestait également leur installation à Saint-Vincent l'année d'avant la nais-sance de Julien en 1883. Pourquoi, dès lors, cette absence de traces, cette ombre épaisse sur leur vie ?

J'ai enquêté pendant de longs mois dans les vil-lages, les mairies, j'ai tenté de recueillir dans la famille tous les renseignements dont nous dispo-sions, mais l'époque de Julien était une époque où l'on parlait peu : le travail ne laissait pas le temps de se confier. D'autres nécessités poussaient alors ceux qui travaillaient de leurs mains : gagner leur pain de chaque jour. Je ne pouvais pourtant pas me résoudre à cette négation de deux vies que je soupçonnais pleines de courage et de défi. La seule solution qui m'apparut possible, et très vite indispensable, ce fut de les reconstituer, jour après jour, à partir de l'année de la naissance de Julien.

Au terme de mes recherches, je suis donc allé m'asseoir sur le seuil d'une petite maison de Saint-Vincent-le-Paluel située à flanc de colline où, grâce à un vieil homme rencontré dans le village et qui avait cru pouvoir m'affirmer qu'ils avaient vécu là, j'ai imaginé l'arrivée de Jacques et de Madeleine, alors qu'elle était enceinte mais que rien ne le laissait deviner sous la lourde robe noire que portaient alors, à longueur d'année, la majorité des femmes périgourdines. C'était un après-midi d'automne. J'ai aperçu la charrette qui montait vers moi, le long de la pente au-dessus de laquelle le ciel, déjà, portait des lambeaux de nuit.

La charrette s'est immobilisée devant la porte de la maisonnette, une bâtisse longue et basse, coiffée de tuiles rousses, à mi-chemin d'une petite colline qui grimpe vers un bois de châtaigniers. Face à elle, de l'autre côté d'une courette sablonneuse, un autre bâtiment, plus petit, et couvert, comme elle, de tuiles, semble veiller sur elle. Jacques aide sa femme et ses enfants à descendre puis, sans un mot, il pousse la porte qui n'est pas fermée à clef, et pour cause : il n'y a rien à l'intérieur. C'est ce qui apparaît dès qu'il allume la bougie qu'il porte entre sa chemise et sa peau, pour la préserver de la pluie.

Après quoi, il se dirige vers un chaleil pendu au plafond, vérifie que la mèche atteint bien l'huile et il l'allume. Une lumière plus chaude que celle de la bougie éclaire faiblement la pièce, faisant apparaître une grande cheminée, près de laquelle du bois est entreposé.

— Occupe-toi du feu ! dit-il à sa femme, moi je vais commencer à décharger.

Et, aux deux enfants qui grelottent près de lui :

— Suivez-moi ! On n'en a pas pour longtemps.

Il connaît un peu les lieux pour être venu trois semaines auparavant à l'occasion de la signature du bail. C'est à ce moment-là qu'il a entreposé du bois près de la cheminée et pris ses repères aussi bien dans la maison que dans la grange-étable attenante. Il sort, suivi par ses deux enfants – deux filles, Amélie et Marie, âgées de douze et dix ans, leurs deux aînés ne vivant plus avec eux : ils ont été placés dans des fermes, comme c'est l'usage, en une époque où il faut gagner son pain dès le plus jeune âge.

Il dételle le cheval, le conduit dans l'étable et le laisse devant une botte de foin, décidant de le bouchonner plus tard. Ce qui presse, c'est de décharger les meubles mal protégés par la bâche, ce à quoi il s'emploie aussitôt avec ses deux filles. Deux châlits, deux paillasses, un coffre, une table, quatre chaises donnent à la pièce au sol de terre battue un peu de vie, d'autant que le feu flambe dans la cheminée et que Madeleine fait chauffer la soupe de la veille qu'elle a pris soin d'apporter avec elle.

Le père et ses filles se sont serrés près de la cheminée et ils ne cessent de trembler pendant un long moment. Dès qu'il se sent réconforté, Jacques se dirige vers la porte en disant :

— Je vais m'occuper du cheval.

L'animal ne lui appartient pas : un ami de Carsac le lui a prêté et il a promis de le ramener le plus vite possible. Aussi redoute-t-il que le cheval ne prenne froid et ne tombe malade. Muni de sa bougie, il entre dans l'étable, saisit une poignée de paille et se met à frotter l'échine avec vigueur, puis il répand sur le sol une litière neuve et regagne la maison où l'impression de chaleur qu'il ressent de nouveau lui fait du bien. Il s'assoit, sert ses filles, sa femme, puis il remplit son assiette en disant, non sans une nuance de fierté :

— Eh bien voilà ! Nous sommes chez nous !

Il ajoute, comme elles sourient, mais d'un pauvre sourire qui traduit plus de crainte que de joie véritable :

— Au moins à l'abri. Il était temps.

Le feu de la cheminée n'a pas encore asséché l'humidité de la maisonnette qui est inhabitée depuis plus d'un mois, les anciens métayers étant partis au début de septembre.

— Vous verrez, dit Jacques, on sera bien.

Madeleine l'approuve timidement, ajoute :

— Demain, il ne pleuvra plus. Il me semble que le vent a tourné au nord.

Il ne leur faut pas beaucoup de temps pour manger leur soupe puis Jacques revient près de l'âtre tandis que sa femme et ses filles débarrassent la table.

— Pour cette nuit, dit-il, on va approcher les lits de la cheminée. Demain, quand tout aura séché, on les mettra à leur place.

Il n'y a que deux chambres à l'extrémité de la cuisine, trois pièces en tout, donc, mais qui seront faciles à chauffer : il suffit de laisser les portes ouvertes la journée.

— Le mieux est de se coucher, dit Madeleine.

Les filles se déshabillent les premières, gardent leur chemise, entrent dans leur lit, se tournent vers la cloison. Jacques et Madeleine se déshabillent à leur tour et, après avoir alimenté le foyer, se couchent également. Après un quart d'heure, une bonne chaleur les envahit enfin. Dehors, le vent s'acharne sur les tuiles, annonçant l'hiver. Épuisés, ils plongent aussitôt dans un sommeil inquiet, lourd des menaces de l'inconnu, comme lorsque l'on ne sait pas de quoi demain sera fait.

Le premier jour de leur nouvelle vie s'achève. Julien, mon grand-père, n'est pas né, mais je suis sûr qu'il a senti, déjà, dans le ventre de sa mère, l'angoisse de ce changement de vie, du pari fou qui vient de les conduire là, sur un coteau ouvert à tous les vents, à l'entrée d'un hiver précoce dont ils ont tout à redouter.

## 2

Le lendemain, Jacques partit de bonne heure chez le propriétaire, non sans appréhension car leur premier contact, un mois plus tôt, n'avait pas été chaleureux, bien au contraire. L'homme habitait une grosse maison bourgeoise fortifiée, car elle avait été relevée à partir des ruines d'un de ces castelets qui sont si nombreux en Périgord. Il ne pleuvait plus mais il faisait plus froid que la veille et le ciel, très clair au-dessus des bois d'un gris cendré, étincelait sous les rayons du soleil. La propriété se trouvait à moins de deux kilomètres, à peu près à la même hauteur que la métairie, c'est-à-dire sur le coteau juché au-dessus du vallon qui était toujours humide à cause du ruisseau et des marécages qui l'envahissaient à la mauvaise saison. Depuis le château, la vallée s'élargissait vers le nord en direction du village de Sainte-Nathalène, abritant des champs entre le ruisseau et les bois.

Au terme de mes recherches, j'ai découvert que ce propriétaire possédait deux métairies dans cette vallée, mais elles étaient de faible rapport car les terres, trop étroites, rendaient peu, et l'on trouvait dans les prés plus de joncs que de bonne herbe. C'était un homme qui avait quasiment été ruiné par ses enfants partis à la ville et qui vivait mal une vieillesse dont il avait espéré plus de sérénité. Il n'avait pas de régisseur, s'occupait lui-même des métayers.

Les grilles du château étaient toujours ouvertes pour la bonne raison qu'on ne les avait pas manœuvrées depuis longtemps et qu'elles étaient rouillées. Une allée gravillonnée conduisait à une terrasse qui donnait sur une porte ouvragée à heurtoir de fer. Jacques avait cogné deux fois et le propriétaire était apparu aussitôt, comme s'il l'avait guetté derrière sa fenêtre à meneaux. Vêtu de guêtres, d'un pantalon à grosses côtes et d'une veste de chasse, il n'avait pas fait entrer son métayer.

— Viens ! avait-il dit.

Ce tutoiement, cette rudesse avaient désagréablement surpris Jacques lors de leur première entrevue, mais il s'était efforcé de ne pas y accorder d'attention. Il avait suivi le propriétaire, qui semblait pressé, jusqu'à une dépendance qui faisait office d'étable.

— Voilà, avait dit l'homme : deux vaches et dix moutons. C'est ce qui était convenu, n'est-ce pas ?

Jacques avait hoché la tête, détaché les bêtes et, muni du bâton qu'il avait pris soin d'apporter avec lui, les avait poussées dehors.

— Prends-en bien soin, avait ajouté le propriétaire. Tu sais que si tu en perds une, tu devras la
rembourser.

Jacques, une nouvelle fois, avait approuvé de la
tête.

— Eh bien, va ! avait conclu l'homme avec de
l'impatience dans la voix.

— Merci ! avait dit Jacques, ne se résignant
pourtant pas à s'éloigner, comme s'il espérait un
geste supplémentaire, une parole d'encourage-
ment, quelque chose, au moins, qui pût le réchauffer, dans ce matin glacé, à l'occasion de ce nouveau
départ.

À l'époque, je l'ai vérifié, les baux de métayage
comportaient des clauses draconiennes en faveur
des propriétaires. Il n'y avait pas à discuter et de
toute façon Jacques n'y aurait pas songé. Il en avait
assez de cette servitude quotidienne de domestique
dans laquelle il vivait à Carsac depuis trente ans,
c'est-à-dire depuis l'âge où il avait commencé à se
courber vers la terre, au sortir de l'enfance. Il avait
franchi le pas, malgré les risques, malgré l'hiver à
passer avant les premières récoltes.

Il avait été convenu également que le nouveau
métayer pourrait bénéficier des châtaignes qui se
trouvaient dans le séchoir au cours de ce premier
hiver. Avec le sac de farine qu'il avait apporté
avec lui et le lait des vaches, Jacques espérait
atteindre le printemps sans que sa famille souffre
de la faim. Une fois les moissons rentrées et les
légumes récoltés, tout irait mieux, du moins

s'efforçait-il de l'espérer en reprenant le chemin de la métairie où l'attendaient sa femme et ses enfants.

Dès son arrivée, Madeleine l'avait rejoint dans l'étable où il s'occupait des bêtes et annoncé une mauvaise nouvelle :

— Je suis allée voir les châtaignes dans le séchoir. La plupart sont pourries. Il y a une fuite dans le toit.

Jacques n'avait pu réfréner un geste de contrariété, et, comprenant qu'elle ne devait pas l'inquiéter davantage, elle avait repris, d'une voix plus ferme :

— Il doit en rester quelques-unes dans le bois. On ira les ramasser avec les petites cet après-midi.

— Bon ! avait-il dit simplement.

Et il avait ajouté aussitôt :

— Il n'est que dix heures. Je vais ramener le cheval et la charrette à Carsac.

— Ça ne peut pas attendre demain ?

— Non, j'ai promis.

— Alors mange un peu avant de partir. Il fait trop froid et tu ne reviendras pas avant la nuit.

Il avait suivi sa femme, heureux de sentir de nouveau la chaleur du foyer, de constater que les lits avaient été portés dans les chambres, la maison nettoyée, que la toupine et la soupière se trouvaient devant les chenets de la cheminée, prêts à assurer leur subsistance. La soupe et le vin qu'il avait bu dans le bouillon laissé au fond de son assiette lui avaient redonné des forces. Une bonne chaleur avait envahi son corps, car cette manière de manger en faisant le « chabrot » traditionnel du Périgord mariait le vin et le pain, les deux aliments essentiels de cette époque, pour les hommes comme pour les femmes.

Sans plus s'attarder, il était parti dans le vent du nord pour un voyage de vingt-six kilomètres, l'aller en charrette et le retour à pied. Mais cela ne lui faisait pas peur car il avait l'habitude de marcher, n'ayant jamais possédé le moindre moyen de loco-motion. Ce chemin, je l'ai parcouru moi, à plu-sieurs reprises pour mettre mes pas dans ceux de Jacques et de Madeleine. Après cinq ou six kilo-mètres, venant de Carsac, on trouve la Dordogne qui escorte la route, puis on rejoint l'axe principal de Souillac à Sarlat et, quand on l'a emprunté sur à peu près la même distance, on tourne à droite et on se dirige vers Saint-Vincent, entre des taillis et des bois. C'est le chemin de l'espoir, du courage, mais aussi celui de la peur. Je le sais, je ne l'ai jamais suivi sans ressentir cette sensation d'un péril, d'un destin en marche. C'est depuis ce jour que je crois à la mémoire des gènes, à quelque chose en nous qui se souvient de ce que les hommes et les femmes qui nous ont précédés sur la Terre ont vécu.

Ce jour-là, menant l'animal par la bride, Jacques arriva à destination à trois heures de l'après-midi et repartit presque aussitôt, acceptant seulement le chanteau de pain et le verre de vin que lui proposa l'homme qui lui avait prêté son cheval. Il faisait clair et froid, mais des brumes montaient de la

Dordogne et il devinait qu'elles apporteraient la nuit avec elles. De fait, dès cinq heures, l'éclat du ciel s'éteignit, le vent du nord se leva et une ombre glacée se répandit dans les prés et les champs, de chaque côté du chemin.

Quand il atteignit la grand-route, Jacques n'y voyait plus rien. Heureusement, la lune émergea de la brume et lui fit un brin de conduite. Il avait froid. Il était inquiet mais heureux : cette nouvelle vie qu'il avait tant souhaitée, tellement espérée, elle commencerait vraiment le lendemain. Il n'en attendait pas de miracles, mais seulement la possibilité de décider lui-même du travail de la journée. On ne lui dirait plus : « Aujourd'hui, tu vas là, tu fais ça, et quand tu auras fini, tu feras ça. » Non, désormais, lui-même déciderait. Ce n'était pas le bonheur, mais cela y ressemblait.

Il arriva à dix heures, frigorifié, les jambes lourdes, mais Madeleine l'attendait, et elle lui servit aussitôt la soupe qui réchauffait entre les chenets.

— Il restait quelques châtaignes, lui dit-elle. On les a toutes ramassées. J'en ai fait blanchir, si tu veux.

Il accepta, se sentit bien et, songeant au lit qui allait le réchauffer définitivement, il lui dit, de l'espoir plein les yeux :

— Tu vois qu'on a eu raison. Il n'y aura plus personne pour nous commander.

Elle hocha la tête, sourit.

— Viens vite te coucher, dit-elle, tu dois être fatigué.

## 3

Ce premier hiver à Saint-Vincent fut l'un des plus longs et des plus rigoureux que l'on ait connus. C'est rare en Périgord où se sont installées depuis l'origine des temps des populations venues de très loin, en raison justement de la douceur du climat. Mais cette année-là, même la neige, si peu fréquente dans cette vallée, avait fait son apparition et était restée quelques jours sur le sol, si bien qu'il n'y eut pas grand-chose à faire, sinon à s'occuper des bêtes et couper du bois.

Jacques et Madeleine possédaient quelques économies, mais elles étaient destinées à acheter des volailles au printemps, et peut-être un porcelet qui leur fournirait, une fois élevé, la viande d'une année. Jusque-là, ils se nourriraient simplement de soupe, de lait et de châtaignes. De quoi ne pas mourir de faim, mais ils l'avaient prévu, voulu ainsi. Madeleine cuisait le pain une fois tous les quinze jours : deux grosses tourtes, à la croûte épaisse, mais qui durcissaient au bout de quatre ou cinq jours et qu'il était difficile de tailler, ensuite, encore plus de manger, sinon amollies par le bouillon.

À Noël, ils assistèrent à la messe de minuit dans la petite église de Saint-Vincent : une belle messe qui leur donna du courage et au terme de laquelle, le curé, qui ne les connaissait pas, retint Madeleine et ses filles pour les rappeler à leurs devoirs. Mais ce curé était un brave homme, et il avait surtout envie de s'assurer qu'elles ne manquaient de rien.

À l'époque, plus que les maires, les curés de village exerçaient une incontestable autorité sur les populations, d'autant qu'ils étaient souvent d'un grand secours aux plus démunis. Et cette générosité qu'ils manifestaient leur attachait la fidélité des plus humbles qui, sans cela, sans doute, se seraient détournés de la religion, faute de temps ou d'une foi qui les inclinait plutôt à accepter leur sort.

— Nous vous remercions, dit Madeleine. Si nous ne sommes pas venus plus tôt, c'est que j'ai du mal à me déplacer. Mais après la délivrance, vous nous verrez à la messe tous les dimanches.

— À la bonne heure ! fit le curé. Je passerai vous voir un de ces jours.

Ils rentrèrent vite chez eux et se couchèrent aussitôt, afin d'économiser le bois.

Le lendemain, jour de Noël, en venant les voir, Henri, leur fils, et Henriette, leur fille aînée, leur firent une heureuse surprise. En plus de la soupe et des châtaignes, ils mangèrent des pommes de terre au lard, que Madeleine, en prévision, avait achetées la veille. Les deux aînés ne se plaignaient pas de leur condition : ils étaient placés dans de bonnes maisons où l'on ne leur mesurait pas la nourriture. Ils repartirent à quatre heures, avant que la nuit tombe.

À la mi-janvier, il n'y eut plus de châtaignes, et en février la farine vint à manquer. Jacques alla demander au propriétaire s'il ne voulait pas faire l'avance de quelques mois, mais celui-ci refusa tout net, exprimant même du dépit d'avoir engagé un métayer si peu prévoyant. Il fallut en acheter, ce qui ne fut pas difficile, car les moissons de l'année pré-cédente avaient été bonnes, mais ce qui amputa le peu d'argent économisé.

Monsieur le curé, à qui Madeleine s'était confiée, trouva une place à Amélie chez des paysans de Saint-Crépin, un village distant de cinq ou six kilo-mètres de Saint-Vincent.

— Gardez votre Marie avec vous, lui dit-il, vous en aurez bien besoin au moment de la délivrance. On la placera à l'automne, ce sera bien suffisant.

Le départ d'Amélie fut mal vécu par Jacques et Madeleine, car elle était fragile, semblait un oiseau blessé. Le jour où elle partit, à pied, pour rejoindre ses maîtres, Madeleine pleura et Jacques s'en fut couper du bois. Il cogna avec sa hache jusqu'au soir et, quand il rentra, il ne prononça pas un mot.

Je réalise à ce sujet que mes deux grands-pères et mes deux grands-mères ont été placés à douze ans pour servir chez les autres. Cette séparation per-mettait aux enfants de manger à leur faim quand les familles avaient trop de bouches à nourrir ou des difficultés dues à l'absence d'un homme dans le foyer. Ces départs eurent lieu trente ans plus tard, ou presque, après celui d'Amélie, mais rien n'avait évolué dans la société rurale figée dans ses traditions et la propriété immuable de la terre. Il fallut une guerre, celle de 14, pour amorcer une mutation qui s'acheva seulement au cours des années soixante. Ils en souffrirent, certes, mais pas au point de se rebeller : c'était là le sort commun pour ceux qui ne possédaient que leurs bras pour travailler.

À Saint-Vincent, quand les beaux jours, enfin, arrivèrent, Jacques put commencer à labourer et préparer les champs en attelant les deux vaches qui se montraient rétives et ne se laissaient pas conduire facilement. Il aurait préféré des bœufs ou un cheval, mais il n'y en avait pas dans le cheptel de la métairie. Il avait du mal à tenir le manche de la charrue, qui versait facilement. Marie, sa fille, se plaçait devant pour guider, mais elle n'avait pas la main assez ferme et, de surcroît, elle ne pouvait pas laisser sa mère seule trop longtemps, car l'heure de la délivrance approchait.

Madeleine ressentit les premières douleurs un matin du mois d'avril et, avec l'aide d'une accoucheuse de Saint-Vincent que Marie courut prévenir, elle donna le jour à un garçon vers midi sans trop de douleurs. Mon grand-père était né. Ils l'appelèrent Julien, Élie. Il n'était pas gros mais paraissait vigoureux, c'est ce que remarqua Jacques en rentrant pour le déjeuner – il était parti travailler à l'aube, avant que Madeleine ressente les premières douleurs, et nul n'avait eu le temps d'aller le prévenir.

On coucha l'enfant dans un panier, Marie s'occupa de la maison pendant que sa mère attendait les relevailles, veillant sur son fils. En ce temps-là, les femmes ne quittaient pas leur lit avant trois semaines, ce qui nuisait à leur santé, notamment à leur circulation sanguine, et laissait des séquelles dont elles subissaient les conséquences toute leur vie. Marie lavait les couches de l'enfant au lavoir qui se trouvait à proximité du petit pont, sur le ruisseau qui sinuait au bas de la colline. Jacques travaillait seul avec difficulté, mais il savait que cela ne durerait pas : bientôt sa femme et sa fille viendraient l'aider. Le plus difficile était passé. On allait vers les beaux jours, les foins, les moissons. Il était content et rassuré : l'accouchement s'était bien passé, ils allaient pouvoir travailler tous ensemble et enfin mener l'existence dont ils avaient rêvé.

## 4

La vie put reprendre son cours, mais un élément imprévu les contraria : ils durent faire appel à une nourrice du village, car Madeleine n'avait pas assez de lait, et la rémunérer, bien sûr, même modestement, ce qui constitua une dépense imprévue et mit à mal leurs dernières économies. En février, Jacques avait coupé du bois pour un gros propriétaire de Saint-Vincent, et s'était fait payer avec un porcelet qu'il élevait dans l'étable et qui fournirait la viande de l'année prochaine. En attendant, ils se contenteraient de volailles, car il n'était pas question de garder les agneaux mais de les vendre. Ils avaient besoin de cet argent pour acheter de la farine avant les moissons et les quelques ustensiles qui manquaient dans la maison.

Lors du partage, le propriétaire exigea les agneaux les plus beaux, prétextant que le bélier était à lui et qu'il l'avait prêté gratuitement. Que répondre à cela ? Jacques acquiesça, n'en prit pas ombrage : il lui en restait cinq pour lui, il n'avait jamais été aussi riche de sa vie. Il ne put en vendre que quatre, car il trouva une brebis morte dans le pré et, selon les clauses de son bail, c'était à lui de la remplacer. Le notaire de Sainte-Nathalène lui avait expliqué tout cela, mais il n'avait pu le vérifier, car il ne savait pas lire et sa femme non plus. Il avait donc fait confiance, tout en veillant à se rappeler scrupuleusement les clauses qui le liaient à la métairie. On ne lui avait pas tout dit. Il le comprit quand sa présence et celle de sa femme furent exigées pour les foins de l'autre métairie et ceux des prés qu'avait gardés en réserve le propriétaire.

Il en conçut du dépit et réprima un début de colère, car il lui sembla retrouver sa dépendance de domestique. Il manifesta sa contrariété seulement à l'intérieur de sa maison où Madeleine sut trouver les mots pour l'apaiser :

— L'autre métayer viendra nous aider quand ce sera notre tour. Tu verras, ça nous sera bien utile.

De tout temps, les femmes, dans ma famille, ont cherché à canaliser les colères des hommes. Elles personnifiaient la mesure, la raison, la douceur, face à des excès de gestes ou de paroles qui n'étaient que le refus d'une injustice flagrante, à laquelle l'orgueil de leurs maris ne pouvait se soumettre. Ainsi, ma grand-mère maternelle comme ma grand-mère paternelle ont usé de toute leur patience, de multiples stratagèmes pour éviter des drames qui eussent mis leur famille en péril. J'en ai été le témoin bien souvent, non sans me demander si cette souplesse n'était pas le fruit de leur fragilité plus que leur caractère. Ou alors de la peur, tout simplement, de voir leurs enfants mis en danger, car toutes deux manifestaient un instinct maternel très développé – comme la majorité des femmes sans doute, mais toutes ne vivaient pas dans des conditions aussi précaires.

Madeleine avait raison : le deuxième métayer, qui s'appelait Garissou, vint « donner la main » pour couper et rentrer le foin, avec son fils aîné. C'était un énergumène grand et fort, mais qui parlait peu. Son fils lui ressemblait et travaillait autant que son père. Le soir, Jacques et Madeleine les gardèrent à dîner, mais ils ne purent en tirer la moindre confidence. Jacques avait pourtant espéré savoir ce qu'ils pensaient de leur propriétaire commun, mais en pure perte. Il comprit qu'il n'y avait rien à attendre de ce côté-là, sinon les prestations obligatoires décidées par le maître des lieux.

Ce fut aussi le cas pour les moissons du mois d'août, quand Jacques se rendit dans les terres du propriétaire et du métayer avec Madeleine, laissant Julien à la garde de Marie. Quand le blé fut rentré, il fallut dépiquer au fléau, puis partager les sacs avec le propriétaire qui, une fois encore, se montra exigeant, choisissant ses sacs et contrôlant dans la grange s'il n'y en avait pas un de caché.

— Je ne suis pas malhonnête, lui dit Jacques. Je n'ai jamais volé personne.

— Tous les métayers disent ça, répondit le propriétaire, mais tous sont des voleurs. J'ai payé pour le savoir.

— C'est me faire du tort que de penser ça de moi, reprit Jacques.

— Je suis maître chez moi et je pense ce que je veux, reprit le propriétaire. As-tu à te plaindre de quelque chose ? Si c'est le cas, il faut me le dire, ce ne sont pas les métayers qui manquent. Si c'est pas le cas, tu charges les sacs sur la charrette et tu les portes chez moi.

Madeleine, qui avait entendu, s'approcha, prit son mari par le bras et l'entraîna à l'écart.

— Allons ! lui dit-elle, sois raisonnable, nous n'allons pas nous fâcher pour le premier partage !

Elle l'aida à porter les sacs sur la charrette, mais elle n'aima pas du tout le regard que le propriétaire lui lança quand elle repassa devant lui en regagnant la maison.

Le lendemain, Jacques porta ses grains à l'un des nombreux moulins de la vallée, celui dont le meunier lui avait promis de moudre au plus vite : ils n'avaient plus de farine et presque plus de pain. Huit jours plus tard, ils étaient sauvés. Les sacs bien au sec dans la grange, ils ne risquaient plus de connaître la faim. Bientôt ils récolteraient les pommes de terre, ramasseraient les châtaignes, tueraient le porc qui engraissait dans la soue, en face de la maison. Devant tant de certitudes, Madeleine montra à son mari qu'il pouvait bien mettre de côté son orgueil.

— Jamais nous n'en avons tant eu, lui dit-elle. Les propriétaires sont tous les mêmes, tu le sais bien. Alors ne va pas te fâcher, nous ne saurions pas où aller.

Il promit, mais il en garda une blessure et du ressentiment vis-vis d'un homme qui le traitait si mal.

À l'automne, toutefois, il n'y eut pas d'incident au moment du partage des châtaignes qu'ils ramassèrent dans les bois, au-dessus de la maison. Ils s'apprêtaient à entrer dans l'hiver quand le curé de Saint-Vincent les fit prévenir qu'il avait trouvé une place pour Marie, comme il l'avait promis.

Madeleine et sa fille se rendirent à la cure avec réticence : ni l'une ni l'autre n'avaient envie de se quitter si vite, et d'ailleurs ce n'était pas nécessaire : au contraire, Marie aidait beaucoup sa mère.

— Réfléchissez bien, dit le curé. Je lui ai trouvé une bonne maison où elle sera bien traitée : ce n'est pas tous les jours qu'on trouve une place chez un notaire.

— Nous vous remercions beaucoup, dit Madeleine, nous allons en parler avec mon mari. Je reviendrai vous voir demain.

Le soir, autour de la table, la discussion fut vive entre Madeleine et son époux :

— Elle n'a que onze ans, plaida Madeleine, et nous avons tout ce qu'il nous faut pour l'année à venir. Alors, pourquoi faudrait-il qu'elle nous quitte si vite ?

— Les autres sont partis au même âge.

— Un peu plus âgés, tout de même.

— Et qui nous dit que nous trouverons le jour où ce sera nécessaire ? N'allons pas nous mettre mal avec ce curé, nous risquons de le regretter.

Madeleine se tourna vers sa fille, demanda :

— Qu'en dis-tu, petite ? Tu serais trop malheureuse de nous quitter si vite, pas vrai ?

— À Sarlat, intervint Jacques, une si belle ville, et chez un notaire par-dessus le marché !

— Je ferai ce que vous voudrez, murmura Marie.

Ils ne parlèrent plus jusqu'à la fin du repas. Alors Jacques replia la lame de son couteau et dit :

— Il faut y aller, petite. Il vaut mieux tenir que courir.

Madeleine n'osa pas intervenir. Elle soupira, se leva et alla s'occuper de son fils qui réclamait son lait.

Huit jours plus tard, munie du mot écrit par le curé, elle conduisit sa fille à pied jusqu'à Sarlat et la laissa aux soins d'une femme élégante, à la voix douce, dont le collier de perles l'impressionna beaucoup. Elle repartit un peu rassurée, portant comme à l'aller son fils dans son panier, se reposant de temps en temps, afin de soulager son bras… Je la vois sur la route, rongée par le remords, songeant à retourner chercher sa fille, s'arrêtant, avançant, mais lentement, très lentement, comme si un lourd fardeau pesait sur ses épaules. Elle a conscience d'une responsabilité accablante, d'un abandon qui lui déchire le cœur, mais elle a appris à composer avec, ce jour-là comme lors des départs précédents. Elle ne fait pas demi-tour. Elle soupire, mais elle repart vers Saint-Vincent, la tête un peu plus basse, le pas un peu plus lourd.

— Je crois qu'elle sera bien, dit-elle à son mari une fois arrivée, comme pour se rassurer. Elle reviendra nous voir pour Noël. La dame me l'a promis.

— Tu vois, fit-il, il ne fallait pas t'inquiéter.

Les jours basculèrent vers l'hiver, battus par le vent du nord. Novembre et décembre se succédèrent dans le travail du bois et des clôtures. Madeleine, elle, s'occupait surtout de son fils, de la cuisine et des volailles. Elle attendait impatiemment la fin de l'année pour revoir ses enfants, tous ceux qu'elle n'avait pu garder près d'elle et qui lui manquaient tant. Ils vinrent tous, y compris Marie qui resta deux jours. Elle raconta sa vie, là-bas, à Sarlat, son plaisir à aller faire les courses dans la ville, l'aide qu'elle apportait à la chambrière, très âgée, qu'elle allait bientôt remplacer. Elle ne se plaignait de rien, au contraire, et Madeleine en fut soulagée. Elle raccompagna sa plus jeune fille jusqu'à Sarlat, revint le soir, frigorifiée, en songeant, pour se réconforter, à son fils qui l'attendait dans son berceau.

## 5

Ainsi se termina l'année de la naissance de Julien. Dormant près de la cheminée, je suis persuadé qu'il ne souffrit ni du froid ni de la faim. Il buvait du lait et mangeait de la bouillie de farine de blé ou de maïs, en une époque où l'on n'avait pas le temps de s'occuper des enfants qui, maillotés solidement, attendaient qu'on veuille bien leur porter l'attention nécessaire, c'est-à-dire changer leurs couches et les nourrir. Ils étaient en quelque sorte un obstacle au travail, une difficulté de plus à vaincre dans un quotidien harassant. De ces emmaillotements trop serrés, la plupart sortaient les membres inférieurs atrophiés, mais ce ne fut pas le cas de Julien. Contrairement à beaucoup d'enfants de cette époque, il ne souffrit d'aucun handicap physique, même s'il était de petite taille, de constitution plutôt faible, en raison de l'état d'épuisement de sa mère avant et pendant sa grossesse.

Il est probable qu'il ne connut rien des difficultés de ses parents, au moins pendant les premières années de sa vie, malgré les conflits nombreux avec le propriétaire qui devenait de jour en jour plus exigeant. Madeleine parvenait difficilement à raisonner Jacques, dont le caractère le poussait à la révolte et, parfois, même, à la violence, au point qu'elle le craignait, bien qu'il n'eût jamais levé la main sur elle. Aussi, quand elle comprit qu'elle était de nouveau enceinte, elle n'osa pas lui en parler. À cette époque-là, les femmes dans cette situation se sentaient souvent coupables, surtout si leur mari manifestait de la contrariété.

On mesure mal les progrès qu'apporta en ce domaine la fin du XXe siècle, la délivrance que représenta pour les femmes la contraception. On a déjà oublié dans quel désespoir les précipitait l'annonce d'une grossesse non souhaitée. Tant de tabous, d'interdictions se dressaient devant elles ! La religion, certes, mais aussi une certaine morale issue de siècles de soumission, le poids des traditions qui plongeaient leurs racines dans le sacré, le devoir de transmettre la vie quel que soit le prix à payer. Il est probable que toutes les familles d'avant la loi Veil ont eu à souffrir de ce genre de situation, finalement tout à fait semblable à ce que vécut Madeleine, ce printemps-là. Il y avait un grand danger à avorter : beaucoup de femmes mouraient après être passées entre les mains des « faiseuses d'anges ». La peur s'ajoutait à un sentiment de culpabilité – un de plus – qui ne permettait pas d'envisager de sang-froid une telle décision. Je suis sûr que malgré sa fatigue, sa santé précaire,

Madeleine n'y songea pas. Elle se contenta de cacher sa grossesse aussi longtemps qu'elle le put, mais elle dut la révéler à Jacques avant les grands travaux de l'été, car elle devenait trop visible.

— Tu en es sûre ? demanda-t-il, accablé.

— Malheureusement.

Ils se trouvaient face à face, de part et d'autre de la grande table, un soir du mois de mai.

— Tout allait trop bien, maugréa-t-il.

— Si seulement on avait gardé Marie avec nous, soupira-t-elle.

Il crut déceler un reproche dans la voix de sa femme, alors qu'il n'y en avait pas : il s'agissait seulement d'une constatation, d'une évidence dont elle se désolait.

— Et ce sera pour quand ? demanda-t-il.

— Septembre.

La première pensée qui lui vint à l'esprit fut de se demander si sa femme pourrait travailler pendant les foins et les moissons, mais il ne lui posa pas la question : il savait qu'elle était courageuse, qu'elle irait jusqu'au bout de ses forces.

Ce qu'elle fit, d'abord au moment des foins, l'aidant à engranger jusqu'à la nuit après avoir fané pendant toute la journée, préparant les repas, s'occupant de la maison, sans jamais se plaindre. Elle put se reposer un peu entre les foins et les moissons, mais les forces lui manquèrent au moment où il fallut prendre la faucille, et elle accoucha avant terme d'une fille qui ne vécut pas, à la fin du mois de juillet. Elle faillit, elle aussi, y perdre la vie, ne dut son salut qu'au médecin de Saint-Vincent qui la transporta lui-même à Sarlat où elle demeura quarante-huit heures entre la vie et la mort.

Pendant ce temps, Jacques parvenait à bout des moissons qui leur assureraient le pain de l'année à venir, emmenant avec lui son fils dans un panier, sous l'œil courroucé du propriétaire persuadé que la présence d'un enfant sur le lieu de travail nuisait à son efficacité. Huit jours plus tard, Madeleine était de nouveau debout, les jambes flageolantes, muette sur sa douleur – à la fois celle d'avoir perdu son enfant et celle, physique, des séquelles de l'opération –, mais bien décidée à s'occuper de son fils et de son mari. La seule consolation qu'elle avait tirée de l'événement consistait en la certitude de ne pouvoir, à l'avenir, concevoir d'enfants : un soulagement, certes, mais aussi une souffrance à la pensée de ce petit corps qu'elle avait porté pendant sept mois et qu'on ne lui avait même pas montré.

Mais le travail pressait, et il n'était pas question de ne pas accomplir les tâches qui lui étaient dévolues, c'est-à-dire celles du ménage, les soins donnés à la volaille, aux bêtes, aux champs, et bientôt participer aux vendanges, au cours d'interminables journées au terme desquelles elle sombrait dans un sommeil sans fond.

De temps en temps, la pensée de l'enfant perdu venait la frapper comme la foudre, elle pleurait en se cachant, se consolait en songeant que c'était une charge de moins, qu'elle allait peut-être pouvoir souffler un peu, se consacrer à son fils, et retrouver des forces consumées par le labeur de chaque jour.

En octobre, la récolte des châtaignes fut bonne et redonna espoir à toute la maisonnée : ils ne manqueraient de rien pendant l'hiver. Le bois était rentré, on avait de la farine pour cuire le pain, les châtaignes et la viande de porc permettraient de manger à satiété. Comme pour leur donner raison, l'année nouvelle s'ouvrit sur des journées claires, sans pluie ni brouillard, qui leur laissèrent espérer le meilleur.

## 6

C'était compter sans le propriétaire qui manifesta de nouvelles exigences au moment du partage des agneaux au printemps suivant et, prétextant du fait qu'ils étaient trop maigres, en exigea deux de plus que sa part. Jacques refusa en disant :

— Un, passe encore, même si vous n'en avez pas le droit, mais deux, il n'en sera jamais question.

— Dis que je suis un voleur ! s'indigna le maître.

— Je n'ai rien dit de tel, répondit Jacques. Je veux la justice, c'est tout.

— Eh bien, tu l'auras, fit le maître.

Et il ajouta, d'une voix lourde de menaces :

— Avant la fin de la semaine.

Trois jours plus tard, effectivement, alors que l'on s'apprêtait à prendre le repas de midi, le notaire qui avait établi le bail vint à la métairie, entra sans frapper, s'assit sans que nul ne l'y eût invité. Sortant de sa serviette en cuir des documents énigmatiques, il expliqua à Jacques et à Madeleine, très impressionnés du fait qu'un homme si important se soit déplacé, que le partage des bêtes et des produits du sol devait tenir compte des dépréciations éventuelles par rapport aux années précédentes.

— Tenez ! Regardez ! s'exclama-t-il en leur mettant le bail sous les yeux : c'est écrit là.

— Nous ne savons pas lire, fit Jacques. Je vous l'ai déjà dit quand je suis venu signer.

Ni Jacques ni Madeleine n'avaient reçu la moindre instruction à une époque où l'école était confiée à des institutions religieuses et n'était pas gratuite. Même la IIIe République, sous laquelle naquit Julien, eut beaucoup de difficultés, on le verra, à envoyer à l'école tous ses enfants. S'ils savaient s'exprimer comme tout un chacun, ni Jacques ni Madeleine n'étaient en mesure d'affronter un homme de loi.

— Ce n'est pas à votre propriétaire d'en subir les conséquences, fit le notaire, glacial, avec une moue de mépris.

— Je n'ai rien déprécié du tout, dit Jacques. L'herbe n'était pas assez bonne pour les brebis. On n'aurait pas dû couper le regain, il n'a pas assez plu.

— Il fallait vous en soucier avant !

— C'est lui qui a insisté ! Moi, je ne voulais pas.

— Je n'ai pas de temps à perdre, trancha le notaire. Je suis venu seulement vous rappeler les termes de votre bail, et je suis chargé de vous dire que si vous n'obtempérez pas, ce n'est pas moi qui reviendrai, mais un huissier.

— Un huissier ! s'écria Jacques, je voudrais bien voir ça !

— Dans votre intérêt, il vaudrait mieux que vous ne le voyiez pas, fit le notaire en se levant.

Et il ajouta, les saluant d'un bref signe de tête :

— En tout cas, vous êtes prévenus.

Madeleine l'accompagna jusqu'à la porte, referma précipitamment comme pour éloigner le danger, revint vers son mari qui tremblait de colère. Elle s'assit face à lui, murmura :

— Ce n'est rien. Tu sais, un agneau de plus ou de moins...

Et, comme il levait sur elle son regard noir dont elle avait si peur :

— Nous avons plus qu'il nous faut pour vivre.

Jacques poussa un long soupir, parut se détendre devant cette vérité qu'il ne pouvait contester.

— Julien est bien, ici, reprit-elle. Il ne manque de rien.

Le regard de Jacques courut de son fils à sa femme, puis :

— Justement ! dit-il. Ce n'est pas à moi que je pense, c'est à lui.

Et il ajouta, frappant brusquement du poing sur la table :

— Je veux la justice, pour lui et pour moi ! Je ne veux pas qu'un jour il soit traité comme on me traite aujourd'hui ! Je veux qu'il sache lire et écrire, qu'il puisse se défendre !

— Nous pourrons l'envoyer à l'école si nous restons ici, lui fit remarquer Madeleine. Elle se trouve à moins d'un kilomètre. Nous arriverons bien à venir au bout du travail tous les deux.

Et elle ajouta, comprenant que c'était là un argument qu'il pouvait entendre :

— Ailleurs, il n'est pas sûr que ce soit possible.

Il la considéra un long moment en silence, puis, à cette idée, il parut s'apaiser.

— Donne-lui les deux agneaux qu'il réclame, reprit Madeleine. Nous n'en avons pas besoin.

Jacques baissa les yeux, ne répondit pas et sortit. Dès l'après-midi, cependant, il se rendit au château et l'incident fut oublié, au grand soulagement de Madeleine.

Un peu plus tard, à la mi-juin, alors qu'il fanait dans les prés le long du ruisseau et que Madeleine se préparait à le rejoindre pour lui porter le repas de midi, le propriétaire surgit à la métairie et la surprit dans la cuisine. Elle ne l'avait pas entendu arriver car il était venu à pied. La surprise, d'abord, la cloua sur place, d'autant qu'il n'avait pas frappé, et qu'elle le découvrit soudain sur le seuil, souriant, lui qui d'ordinaire se montrait si hostile, si vindicatif.

— Je passais par ici et j'ai eu soif, dit-il en s'approchant de la table. Tu n'aurais pas un verre de vin ?

Comme son mari, elle n'aimait pas ce tutoiement dont il usait vis-à-vis d'eux, cette manière de leur faire mesurer sa supériorité, son incontestable pouvoir. Sans un mot, elle posa un verre sur la table et le servit, veillant à rester de l'autre côté, car elle se méfiait de lui.

Il but, soupira et demeura un long moment immobile à la regarder. Gênée, elle s'affaira en évitant de croiser son regard, puis, comme il ne partait pas, elle demanda :

— Vous voulez un autre verre ?

— Non merci, dit-il.

— Alors je vais partir rejoindre mon mari. Il doit m'attendre.

— Attends, dit l'homme, tu as bien une minute.

— Non, je suis pressée.

— Je ne te veux pas de mal, dit-il, au contraire. Tu sais, si ton mari était moins borné, tout irait bien pour vous.

Et, comme elle reculait d'instinct vers la cheminée :

— Enfin, je veux dire : pour toi.

Muette, elle avait compris pourquoi il était venu.

— Je suis sûr que tu peux être plus aimable avec moi. Tu n'es pas comme lui. On peut s'entendre tous les deux, pas vrai ?

— Vous avez obtenu les deux agneaux que vous vouliez, fit-elle, espérant encore se tromper sur ses intentions, mais reculant alors qu'il passait de l'autre côté de la table et qu'aucun obstacle ne les séparait plus.

— Ne fais pas la sotte, dit-il, tu sais très bien ce que je veux et qu'il vaut mieux que tu me le donnes si tu ne veux pas avoir d'ennuis.

— Partez ! fit-elle.

— Allons ! Sois raisonnable, reprit-il.

Elle songea à son fils qui jouait dehors et elle appela :

— Julien ! Julien ! Viens ici !

En même temps, elle se saisit du pique-feu et le brandit devant elle.

— Partez ! fit-elle.

Le propriétaire pâlit, son visage se ferma, retrouva ce masque dur qu'elle connaissait si bien et qu'elle redoutait tant.

— Tu le regretteras ! fit-il. Crois-moi, tu le regretteras !

À cet instant Julien apparut sur le seuil, clignant des yeux en passant du soleil à la pénombre de la cuisine.

— Viens ! dit-elle. Viens !

Le petit entra et se précipita dans ses jupes. Aussitôt, le propriétaire fit volte-face et s'en alla. Elle demeura un long moment immobile, le cœur battant, comme tétanisée, caressant la tête de son enfant qui, malgré ses trois ans, la sentait menacée. Elle parut reprendre vie, se hâta de remplir son panier et partit vers le pré où Jacques travaillait avec Garissou. Tremblant encore de ce qui s'était passé, Madeleine avait une certitude : elle ne confierait jamais à son mari que le propriétaire était venu la surprendre chez elle, car Jacques serait capable de le tuer. Elle savait qu'elle devrait faire face seule à ce nouveau danger.

Ce danger-là, elle le connaissait depuis qu'elle était adolescente, comme toutes les femmes. Elle avait connu Jacques très tôt dans sa vie, car elle servait dans le même domaine que lui. Sans doute était-elle chambrière ou cuisinière, alors que Jacques travaillait dans les champs. Le plus probable est qu'ils s'étaient rencontrés lors des repas ou à l'occasion des grands travaux de l'été, et qu'ils avaient compris que leur seul salut se trouvait dans le mariage et dans la fuite. Mais si les maîtres étaient exigeants, tout-puissants vis-à-vis des hommes, et surtout vis-à-vis des femmes, tous, heureusement, n'abusaient pas de cette situation.

## 7

À partir de ce jour, elle vécut dans la peur, ne s'étonna plus des chamailleries imposées par le propriétaire, mais elle n'en confia pas les raisons à son mari. Quand elle restait seule à la métairie, elle gardait toujours un outil à portée de la main, prenait soin de bien observer les alentours, mais elle savait qu'ils ne pourraient pas rester là bien longtemps, qu'un malheur risquait d'arriver.

Une année passa, pourtant, et elle fit de son mieux pour éviter les pièges, lutter sans faiblir, portée par l'amour de son fils et de son époux. L'hiver fut très froid, les confinant à l'intérieur, mais dès que le printemps arriva, elle insista pour suivre Jacques et l'aider, même quand il assurait n'avoir pas besoin d'elle. Elle sentait toujours peser sur elle une menace, s'en préservait du mieux qu'elle le pouvait, mais le destin qui les guettait ne se manifesta pas du tout comme elle le redoutait.

Cette année-là, la chaleur s'abattit sur la vallée dès la mi-mai, embrasant les champs et les prés, et ne fit que croître au cours des deux premières

semaines de juin, au point que les orages mena-
cèrent au moment d'entreprendre les foins. Jacques
voulut les reporter d'une semaine, mais le propriétaire insista pour qu'il commence le 15, menaçant
de ne pas le faire aider par Garissou et son fils si
Jacques attendait davantage.

Ils commencèrent donc à faucher sous une canicule précoce, étouffante, que les nuits rafraîchis-
saient à peine et qui n'annonçait rien de bon. De
fait, dès que l'herbe fut fauchée, des grondements
se firent entendre à l'horizon, du côté de l'ouest,
mais l'orage redouté passa un peu plus au nord et,
de nouveau, le lendemain, la canicule s'installa. Ce
jour-là Madeleine aida Jacques, Garissou et son fils
à rassembler le foin, afin de le rentrer avant la
nuit. Ils eurent le temps de faire un voyage en charrette jusqu'à la grange, mais quand il fut question
de repartir pour rentrer le reste, les mêmes grondements que la veille se firent entendre, et des nuages
au ventre d'ardoise montèrent rapidement au-
dessus des collines.

Il était cinq heures de l'après-midi. Malgré les
craintes de Madeleine qui avait très peur de la
foudre, Jacques décida de repartir avec Garissou
vers le grand pré où le foin risquait de pourrir s'il
prenait trop d'eau.

— Reste là, dit-il à sa femme. Tu m'aideras à
décharger, puisque Garissou doit rentrer.

— N'y va pas, fit-elle, si le foin se mouille on le
laissera sécher huit jours de plus.

— Et si le temps tourne mal ? S'il pleut pendant huit jours ?

Elle le laissa partir, très inquiète, se reprochant de ne pouvoir dominer sa peur, de ne lui être d'aucun secours.

Une fois dans le pré, ils eurent le temps de charger le foin, mais les premières gouttes s'écrasèrent sur le sol dès que la charrette se mit en marche vers la métairie. Garissou et son fils tentèrent de retenir Jacques, mais il ne voulut pas les entendre et il partit tandis que les deux hommes se réfugiaient dans la gariotte qui se trouvait en lisière du pré.

Jacques était couvert de sueur. Les vaches, affolées par l'orage, se montraient rétives, avançaient difficilement, redoutant la foudre. Jacques criait, hurlait, les frappait de son aiguillon, espérant arriver avant le déluge qui s'annonçait, mais il n'en eut pas le temps. Le ciel creva au-dessus de lui dans un grondement d'apocalypse avant même qu'il eût atteint l'extrémité du pré : une pluie d'abord chaude, mais qui lui parut de plus en plus froide au fur et à mesure qu'il avançait vers la métairie.

Quand il arriva, une demi-heure plus tard, il était trempé, le foin aussi. Comme il n'était pas possible de l'engranger, il laissa la charrette sous le hangar et, furieux, rentra se mettre à l'abri, tremblant de colère et de froid. Il se changea, mit à sécher ses vêtements sur une des salières : ces coffres de bois dans lesquels on entreposait le sel et qui étaient placés de part et d'autre de la cheminée. Madeleine lui fit du vin chaud, mais il ne parvint pas à se réchauffer. Une heure plus tard, il grelottait toujours, tandis qu'elle se lamentait :

— Tout ça pour un peu de foin !

— On n'en a jamais assez en hiver. Tu crois qu'on n'a pas autre chose à faire que d'en acheter ?

Dehors, l'orage s'acharnait toujours sur les prés et les bois, noyant la campagne sous un immense voile gris à travers lequel on ne distinguait plus rien.

— À cause de ce maudit propriétaire ! s'écria Jacques. Si je ne l'avais pas écouté, on n'en serait pas là.

— Ça ne sert à rien, de se désoler, fit Madeleine qui cherchait toujours à dédramatiser, sachant à quel point ce sujet pouvait être dangereux.

Et, comme il tremblait toujours, ne parvenant pas à se réchauffer :

— Si tu te couchais, je te donnerais une bouillotte et ça irait mieux.

— Me coucher à sept heures du soir, comme un fainéant ! grinça-t-il. Tu n'as rien trouvé de mieux à me dire ?

— Alors, mangeons ! La soupe te fera du bien.

Ils dînèrent rapidement, sans un mot, puis il se réfugia de nouveau près de la cheminée après avoir remis du bois dans le feu. Il étendit ses mains au-dessus du foyer, sentit enfin un peu de chaleur pénétrer en lui. Dehors, il pleuvait toujours, et il faisait si sombre que la lumière du chaleil, malgré sa mèche double baignant dans l'huile, parvenait à peine à éclairer la pièce.

— Je vais me coucher, dit-il, j'ai mal partout.

— Je finis de ranger et je te rejoins, dit Madeleine.

La chaleur du lit et celle de sa femme lui firent du bien pendant une heure ou deux. Il parvint à s'endormir, mais il se réveilla à minuit, grelottant de fièvre. Elle lui fit de nouveau du vin chaud, posa la main sur son front : il était brûlant.

— Ça ira mieux demain, fit-il.

Mais le lendemain, après une nuit très agitée, il tremblait toujours et il se mit à tousser. Quand Madeleine proposa d'aller chercher le médecin, il la rabroua en disant :

— Pour un coup de froid, ce n'est pas la peine. Ça passera tout seul.

Il voulut se lever, y parvint, répétant, devant la pluie qui tombait depuis la veille :

— Je le savais… je le savais.

Pendant la matinée, il toussa de plus en plus, mais il s'opposa une nouvelle fois, et avec véhémence, à ce qu'elle aille chercher le médecin. Cherchant à lui montrer qu'il allait mieux, il se leva, s'en fut voir dans quel état se trouvait le foin sous le hangar, mais il dut se coucher dès son retour, car ses jambes ne le portaient plus. La sueur se mit à couler sur son visage, il tremblait de tous ses membres, assailli par une fièvre de plus en plus forte.

Pendant la nuit qui suivit, il se mit à prononcer des mots sans signification et Madeleine crut qu'il faisait un cauchemar, alors qu'en réalité il délirait.

Elle le comprit au matin et courut, affolée, à Saint-Vincent prévenir le médecin qui ne vint que vers dix heures. C'était un homme habitué à soigner sans beaucoup de moyens les paysans qui le faisaient toujours venir trop tard. Aussi sa voix ne trahit pas la moindre colère quand il répondit à Madeleine qui l'interrogeait :

— Pleurésie ! Vous vous en doutiez, non ? C'est la troisième que je vois, après ces orages.

Il prescrivit des tisanes pour faire suer le malade, des cataplasmes de moutarde, des ventouses à poser sur le dos, puis il partit en disant :

— Je repasserai ce soir. Si ça ne va pas mieux, on avisera.

La journée fut terrible : chaque fois que Jacques toussait, il avait l'impression que sa poitrine se déchirait, et Madeleine se précipitait vers le lit, le soutenait, l'aidait à reprendre son souffle, puis elle repartait dans la cuisine, où, près de son fils, elle se mettait à prier, devant le crucifix orné du buis bénit de Pâques.

Le médecin revint plusieurs fois, mais il ne parvint pas à faire tomber la fièvre. La maladie ne cédait pas, au contraire : il était évident qu'elle gagnait du terrain à chaque heure qui passait. Madeleine, désespérée, ne quittait pas son mari, le prenait dans ses bras, lui parlait, tentait de le réchauffer. Malgré ses soins attentifs et sa présence affectueuse, elle ne put le sauver : il s'éteignit dans des étouffements, la nuit suivante, alors qu'elle l'implorait de ne pas la laisser seule. Julien dormait dans la pièce voisine, et il n'apprit qu'au matin que son père « était parti au ciel ».

Il avait quatre ans. A-t-il vraiment compris, ce matin-là, qu'il ne le verrait plus jamais ? Je ne pense pas, car les enfants ne peuvent imaginer un avenir sans ceux qu'ils ont toujours vus près d'eux. En a-t-il souffert à ce moment-là ? Sans doute pas : il était trop petit pour comprendre vraiment ce qui se passait. Il en a peu parlé au cours de sa vie, car il en conservait un souvenir très vague, qui gardait surtout trace des bouleversements que provoqua cette disparition dès les jours qui suivirent. Plus que de ce drame, son enfance fut surtout marquée par la présence fragile d'une mère seule, menacée par les forces obscures qui gouvernent le monde.

## 8

Jacques Signol aurait dû être enterré à Saint-Vincent, ou encore à Carsac, son village natal. Comme je l'ai déjà dit, j'ai cherché sa tombe et j'ai fouillé les archives paroissiales, mais en vain. Nulle trace, nulle part, ne témoignait de sa courte vie. Il avait été renvoyé au néant dont il était sorti, et il n'est plus demeuré vivant que dans la mémoire de quelques-uns, dont sa femme, celle de ses enfants, et dans la mienne, aujourd'hui, qui tente de redonner à sa vie sa légitimité, l'importance qu'elle a eue sur ceux qui l'ont suivi par le seul fait qu'il a refusé son destin, essayé de desserrer l'étau dans lequel il était pris depuis sa naissance. Que s'est-il passé ? Rien que de très banal, sans doute, pour ces hommes et ces femmes qui existaient à peine par eux-mêmes et ne personnifiaient rien de durable. Le plus probable est que Madeleine ne put acheter une concession et que Jacques fut porté en terre dans une fosse commune – c'était le lot de la majorité des humbles à cette époque –, et ce en présence de tous ses enfants, revenus pour cette triste occasion.

Il est probable aussi que les enfants repartirent le soir même, car leurs maîtres, le plus souvent, ne leur accordaient l'autorisation de quitter leur travail que pour une journée, et encore fallait-il justifier de circonstances exceptionnelles. Si bien que Madeleine, dès la nuit venue, se retrouva seule avec Julien, son fils, à qui elle ne pouvait rien confier de son désarroi, car il était trop petit. Je veux croire qu'elle l'a pris dans son lit, cette nuit-là, et qu'il lui a donné la chaleur nécessaire pour ne pas céder au désespoir dans lequel l'avait précipitée la brutale disparition de son mari.

De sombres réflexions l'empêchèrent de trouver le sommeil : il ne faisait pas de doute qu'elle serait chassée de la métairie, à moins qu'elle ne capitule devant le propriétaire. Or il n'en était pas question, et ce fut cette résolution qu'elle nourrit dans l'ombre de sa chambre, puisant tout au fond d'elle la force nécessaire à un nouveau combat. Perdre son mari, puisqu'elle n'y pouvait rien, peut-être, mais le trahir : certainement pas. En fait, journalière ou domestique depuis son plus jeune âge, elle avait l'habitude, comme lui, de lutter contre les puissances hostiles, et elle ne ferait que reprendre à son compte un combat commun, par nécessité aussi bien que par fidélité. Elle n'avait pas le choix, mais elle savait se battre. Aussi, dès le lendemain matin, tenant son fils par la main, elle partit sur la route pour chercher du travail ailleurs.

Frêle silhouette noire avançant d'un pas têtu vers les fermes, elle hésite devant les seuils, demande humblement si l'on n'a pas de l'ouvrage pour elle. Afin d'affermir sa volonté, de ne pas se résigner, elle se répète que c'est la saison des grands travaux : foins, moissons, vendanges, et que les paysans doivent avoir besoin de bras.

Elle prend la route de Proissans, non celle de Carsac. Pourquoi ? Peut-être parce qu'elle sait ne rien pouvoir espérer là-bas, le fait d'avoir quitté sa famille ayant creusé un fossé entre elles à une époque où l'on ne s'éloignait pas volontiers de ses parents ou de ceux qui pouvaient vous aider. Plus probablement parce qu'elle n'a plus personne là-bas, et que c'est cette raison qui l'a poussée à suivre Jacques à Saint-Vincent, afin de partager une existence qu'ils espéraient meilleure.

Après plusieurs heures de vaines recherches – la plupart des maisons sont vides, car tous travaillent déjà aux champs –, elle s'assied sur un talus à l'ombre d'un châtaignier et mange un morceau de pain après l'avoir partagé avec Julien. L'enfant se demande ce qui se passe, mais il ne pose pas de questions. Cette confiance qu'elle ressent de la part de son fils l'incite à se remettre en route, d'autant qu'il n'est pas loin de midi et que les paysans regagnent leur ferme pour prendre leur repas.

À trois kilomètres de Proissans, ses pas la conduisent vers le château de la Roussie, qui régente un grand domaine de forêts, de champs et de prairies. J'y suis allé, non sans émotion, cherchant à apercevoir une ombre qui aurait pu être la sienne, ou celle de Julien. C'est une immense bâtisse qui surgit à l'extrémité d'une longue allée ornée de magnifiques tilleuls, passé les grilles qui s'ouvrent sur un parc à la pelouse soigneusement entretenue. Je dis bien « surgit » car on ne peut apercevoir le château de la route, et il apparaît d'un coup dans toute sa puissance, portant sur son flanc gauche une tour rectangulaire à créneaux, au milieu une imposante tour ronde, à gauche une tourelle à meneaux, toutes trois majestueuses et encadrant des portes doubles dont les ferrures datent des temps anciens.

C'est trop grand pour Madeleine, trop imposant. J'ai ressenti moi-même cette sensation en arrivant dans la cour, et je n'ai pu rester longtemps devant la façade qui témoigne encore aujourd'hui d'un pouvoir inquiétant. Ne lâchant pas la main de Julien, elle fait, comme moi, demi-tour, accélère le pas comme si elle avait pénétré dans un domaine interdit, mais dans l'allée un attelage s'arrête à sa hauteur. Il est conduit par un homme vêtu de velours noir, coiffé d'un chapeau de feutre qui révèle une certaine position dans la société. C'est le régisseur. Il demande posément à Madeleine ce qu'elle fait là et, dès qu'elle le lui a expliqué d'une voix hésitante, il lui répond :

— J'ai appris ce qui s'est passé. Ici aussi un homme est tombé malade après l'orage.

Et, comme elle n'ose reprendre la parole :

— On a toujours besoin de bras, surtout en cette saison. Si voulez, vous pouvez venir travailler. Il y a les communs, là-haut, pour vous loger.

Et il montre, sur la colline, à l'extérieur de l'enceinte du château, des bâtiments sans étage, au toit de tuiles qui scintille entre des chênes.

— J'ai un peu de mobilier à la métairie, dit-elle, je voudrais bien l'emmener.

— On viendra le chercher, ne vous inquiétez pas.

— Quand ? demande-t-elle.

Et elle ajoute aussitôt, songeant à la menace du propriétaire :

— Je ne peux pas attendre là-bas.

Le régisseur réfléchit un instant, propose :

— Demain après-midi, si vous voulez.

Elle n'a pas d'autre solution que de faire confiance à cet homme qu'elle ne connaît pas, mais qui ne lui fait pas peur parce qu'il la vouvoie, qu'il lui parle avec un respect auquel elle n'est pas habituée. Il y a aussi dans ses yeux une lueur chaleureuse, franche, qui l'incite à accepter sa proposition.

— Je vous attendrai, dit-elle.

Elle repart alors vers Saint-Vincent un peu soulagée, mais consciente du fait qu'elle va devoir affronter le propriétaire avant de quitter les lieux définitivement. Alors, envahie d'une peur irrépressible, elle ralentit le pas et se demande si elle ne doit pas plutôt s'en aller loin, très loin d'ici, s'éloigner à jamais de ces lieux maudits qui lui ont pris son mari. Puis une immense lassitude tombe sur elle, et elle se résigne à regagner sa maison, portant dans ses bras son fils trop fatigué pour marcher.

## 9

Madeleine arriva peu avant la nuit qui tombait tard en cette saison, mais ne fut pas surprise de voir surgir, dix minutes plus tard, le propriétaire qui devait la guetter. Elle se saisit de son pique-feu et ordonna à Julien de rester près d'elle. Elle se sentait plus forte depuis qu'elle avait trouvé une solution pour partir, mais elle savait aussi qu'elle avait tout à redouter de l'homme qui lui faisait face.

— Il faut qu'on parle tous les deux, fit-il en s'asseyant d'autorité en bout de table.

Elle se réfugia de l'autre côté et demeura debout, sans lâcher le pique-feu, son autre main entourant l'épaule de Julien.

— C'est pas la peine, dit-elle, je m'en vais demain.

— Comment ça, tu t'en vas demain ? s'écria-t-il. Et où veux-tu aller ?

— On me prend au château de Proissans.

— Il n'y a pas de château à Proissans. Qu'est-ce que c'est que cette histoire ?

— Je veux dire au château de la Roussie.

Il était surpris de l'initiative qu'elle avait prise si vite alors qu'il la croyait à sa merci.

— Tu as un bail ici, dit-il, tu ne pourras partir que lorsque je le voudrai bien.

— Je m'en vais demain après-midi, répéta-t-elle.

— Alors il te faudra payer un dédit.

Elle se mit à trembler, ne sut que répondre tandis qu'il reprenait :

— C'est la saison des grands travaux. Tu dois au moins rester jusqu'en novembre pour aider.

— Je m'en irai demain, dit-elle d'une voix moins assurée.

— Je ferai saisir tes meubles.

— Ça ne fait rien. Je partirai demain.

Face à cette obstination, il entra dans une colère folle, fit le tour de la table, la menaça, lui arracha Julien, le poussa vers la chambre où il l'enferma, puis il revint vers elle avec la même rage et voulut la renverser sur la table, mais elle le frappa sur le crâne et il tomba dans un grand cri. Affolée, elle crut qu'elle l'avait tué et, délivrant son fils, elle s'enfuit dans la nuit, prenant la direction de Saint-Vincent où, après avoir hésité, elle s'en fut frapper à la porte du presbytère.

Le curé l'écouta, la rassura, accepta de la suivre à la métairie. Elle refit donc le chemin en sens inverse en compagnie de l'homme de Dieu, mais sans son fils qu'elle avait laissé à la garde de la servante. Le curé portait une lampe et ne semblait pas inquiet de ce qu'il allait trouver. De fait, quand ils entrèrent dans la grande cuisine, ils ne virent aucun corps allongé, tout était désert.

— Vous voyez, dit-il à Madeleine, il n'y a rien de grave.

Les jambes coupées, elle s'assit un instant, ayant imaginé qu'on allait la mettre en prison et lui prendre son fils.

— Venez ! dit le curé. Vous allez dormir au presbytère cette nuit et je vous accompagnerai demain, quand on viendra chercher vos meubles. Je vous le promets.

Ils repartirent et, une fois à la cure, elle parvint à s'endormir, son fils près d'elle, réconfortée par la soupe qu'on lui avait servie, soulagée de n'être pas devenue une criminelle et de ne pas devoir passer le restant de sa vie en prison.

Elle ne se rendit pas à la métairie pendant la matinée – le curé était occupé à sa messe et à la préparation de son sermon du dimanche à venir –, mais seulement au début de l'après-midi, après un frugal repas auquel elle toucha à peine, tant elle avait l'estomac noué.

Quand ils arrivèrent, dans la chaleur accablante de juin, les portes de l'étable et de la soue étaient ouvertes. À l'intérieur, il n'y avait plus aucun animal : ni moutons, ni vaches, ni cochon. Sans un mot, ils poussèrent la porte de la métairie, et Madeleine ne put retenit un gémissement : tous les meubles avaient disparu.

— Ne vous en faites pas, dit le curé, je vais lui parler. Attendez la charrette du château.

Elle eut peur de rester seule mais il n'y avait pas d'autre solution. Elle s'assit à l'ombre devant la maison, sur le petit banc de pierre où, avec Jacques, ils avaient si souvent regardé tomber la nuit. Julien assis près d'elle, elle pensait à ses meubles disparus, qu'ils avaient eu tant de mal à acheter avec son mari, mais elle ne pleurait pas. Depuis le décès de Jacques, elle n'avait plus de larmes, n'était qu'un bloc qui luttait pour échapper à une menace et garder son enfant.

Elle demeura ainsi immobile près d'une heure, figée dans sa douleur, mais trouvant les mots nécessaires pour rassurer son fils qui ne comprenait pas ce qui se passait. Elle se sentait faible, démunie, n'avait plus qu'une idée en tête : fuir ces lieux qui étaient ceux du malheur, quel qu'en fût le prix.

Le curé revint en même temps que la charrette du château arrivait, conduite par un homme qui n'était pas le régisseur. Mais celui-ci survint juste après, dans le cabriolet qu'il conduisait la veille, dans l'allée des tilleuls.

— Il n'y a rien à faire, dit le curé, il ne veut rien entendre : il prétend qu'il n'a fait que se dédommager et que, s'il le faut, il ira devant le juge.

— Je le connais bien, dit le régisseur, ça ne m'étonne pas de lui, c'est un chicaneur qui aime les procès.

Tous deux se tournèrent vers Madeleine qui, devant tant d'injustice, demeurait muette, très pâle, incapable de prendre la moindre décision.

— Ne vous inquiétez pas, dit le régisseur, on a tout ce qu'il faut là-haut pour vous loger. Pour vos meubles, j'en parlerai à M. de La Durantie.

Madeleine n'osa même pas demander qui était M. de La Durantie, se contenta de hocher la tête en guise de remerciement. Le régisseur l'invita à monter sur la charrette, ce qu'elle fit, encouragée par le curé. C'est ainsi qu'elle repartit de la métairie de Saint-Vincent plus pauvre qu'elle n'y était entrée. Assise contre la ridelle, elle tenait Julien sur ses genoux. À quatre ans, il ne se rendait pas bien compte du drame qu'elle vivait, mais elle lui en reparla, plus tard, bien souvent. Et c'est par lui que le récit de ce départ est parvenu jusqu'à moi, un peu déformé, sans doute, par la distance et le souvenir. Mais c'est grâce à lui que j'ai pu comprendre la peur de manquer dans laquelle a longtemps vécu Julien, une peur née auprès de cette femme qui, à plus de quarante ans, avait tout perdu et ne possédait plus que les vêtements qu'elle portait sur elle.

## 10

Le régisseur les installa dans une maisonnette basse d'une seule pièce, qui avait dû être une ancienne soue, mais qui avait été aménagée pour qu'un couple de domestiques y puisse vivre. Près de la cheminée, du côté droit, une salière permettait de s'asseoir pour se chauffer. Au milieu, une petite table et trois chaises occupaient tout l'espace. Contre le mur opposé à l'entrée, un buffet bas contenait deux toupines, une soupière, un pot à graisse, deux casseroles ; au fond se trouvait un lit assez grand pour y dormir à deux.

Le tout était éclairé par un chaleil en cuivre, attaché au plafond au-dessus de la table, qui projetait sur le sol formé de larges dalles de pierre une lueur pâle, incapable d'éclairer comme il aurait fallu la pièce sombre où le jour ne provenait que d'une petite fenêtre, bien trop étroite pour remplir son office.

Le régisseur expliqua à Madeleine qu'elle aurait à s'occuper des cochons matin et soir et travailler aux champs pendant la journée. Sous la remise attenante à la maisonnette, il lui montra le blutoir qui lui servirait à séparer la farine du son destiné aux bêtes, puis il la conduisit à la porcherie située un peu plus loin, à l'écart des communs qui abritaient les domestiques. Quand il eut terminé de lui montrer les lieux et de lui expliquer son travail, il précisa qu'elle serait logée, habillée, nourrie et qu'on lui donnerait dix francs par an.

Pour ce soir, elle n'avait pas à s'inquiéter : il lui ferait porter du pain, des raves et des pommes de terre pour sa soupe.

— Merci, monsieur, dit-elle quand il la raccompagna vers la maisonnette.

— Monsieur Joseph, dit-il.

Et il ajouta, d'une voix bienveillante :

— Pour aujourd'hui, installez-vous. Je vous enverrai Philippe ce soir, il vous montrera pour les cochons.

Elle n'osa pas demander qui était Philippe, et elle rentra pour mettre un peu d'ordre dans sa nouvelle demeure, résignée mais heureuse, pourtant, d'avoir trouvé un toit, du travail, et rassurée par la certitude que son fils, ici, mangerait au moins à sa faim.

Elle ne chercha même pas à récupérer les meubles de la métairie. Les moissons, déjà, exigeaient tous les bras disponibles, y compris les siens, habitués non pas à la faucille, mais à nouer la ficelle lieuse autour des javelles. Afin de travailler en paix, elle enfermait Julien dans une barrique en lisière du champ, et elle était sûre, ainsi, qu'il ne se

74

sauverait pas. Intimidée par la présence d'une vingtaine de moissonneurs qu'elle ne connaissait pas, elle ne parlait pas, mangeait à l'écart, près de son fils, se sentait observée, mais sans véritable hostilité.

Le soir, elle rentrait, épuisée, portant Julien dans ses bras et, malgré sa fatigue, devait encore s'occuper des bêtes. Heureusement, Philippe venait l'aider. C'était le plus âgé des domestiques. Il approchait la soixantaine, était très maigre, avec des yeux très noirs, des tics nerveux qui le rendaient inquiétant pour qui ne le connaissait pas. Mais il s'était pris d'amitié pour Madeleine et, à la nuit tombée, restait manger la soupe avec elle, ce qui lui provoquait les quolibets des autres domestiques.

Il est certain que la condition des femmes, à l'époque, n'était guère enviable dans les campagnes, où elles étaient le plus souvent considérées comme des servantes. Il existait une sorte de hiérarchie dont les domestiques représentaient la couche inférieure, corvéables à merci, et qui venaient après les gens de maison : gouvernante, cuisinière ou chambrière. La condition des veuves était encore plus précaire, surtout si elles avaient un enfant à charge. Se remarier tenait alors du miracle. La seule chose qui intéressait les hommes, c'était de profiter d'une femme en situation de fragilité, non de s'en encombrer. Elles devaient se méfier, se tenir sur leurs gardes, veiller à ne pas trop rester seules en dehors de leur maison. C'est ce que faisait Madeleine, qui évitait soigneusement la compagnie des hommes, sauf quand elle y était obligée par les travaux des champs.

Les trois quarts des domestiques vivaient dans ce hameau de quatre maisonnettes situé à l'extérieur de l'enceinte du château, les autres dans l'aile droite de la plus grande tour, près des cuisines : ceux-là ne participaient qu'aux grands travaux. Le reste du temps, ils travaillaient dans le parc ou dans le château lui-même. Ils se montraient un peu méprisants envers ceux qui habitaient les communs, alors que le régisseur ne faisait aucune différence entre eux.

Elle avait très peur d'une truie énorme qui avait dévoré ses petits et dont Philippe avait accepté de s'occuper. Julien en avait encore plus peur que sa mère et refusait de s'approcher de la soue. Il demeurait à distance en se bouchant les oreilles pour ne pas entendre les cris stridents des cochons – une quinzaine – qui se jetaient les uns sur les autres, se mordaient pour s'approcher du contenu nauséabond des seaux qu'on répandait dans de grandes mangeoires au ras du sol.

Chaque soir, avant de rentrer chez lui, Philippe disait avec humilité à Madeleine :

— Alors, si vous voulez, à demain.

— À demain, Philippe, répondait-elle.

Il demeurait un instant immobile à la regarder, et elle devinait qu'il avait de l'affection pour elle. Elle ne s'en offusquait pas, au contraire : elle sentait que cette présence la protégeait des domestiques célibataires.

Elle parvint à mener à bien les tâches qu'on lui confiait jusqu'à la fin des battages, après quoi elle put enfin se reposer un peu. Quand le souvenir de Jacques se faisait trop présent, elle serrait les dents sur son chagrin, prenait Julien sur ses genoux, essayait de lui chanter les chansons qu'elle fredonnait quand il dormait dans son panier, au temps où elle n'avait pas à affronter sa terrible solitude. Mais il lui échappait et partait jouer avec les enfants des autres domestiques, ce qui, au lieu de la désoler, la réjouissait : son enfant, plein de vie, semblait avoir oublié le chagrin. Désormais, elle vivrait pour lui qui ressemblait tant à son époux disparu.

Très vite, pourtant, les assiduités de Philippe devinrent préoccupantes : il était évident qu'il nourrissait un tendre sentiment pour elle et qu'il ne se contenterait pas d'une « amitié ». Heureusement, il n'était pas homme à lui imposer quoi que ce soit, et il préféra se confier, un soir, alors qu'ils se trouvaient seuls avant le repas.

— Vous savez ce qui me retient près de vous, lui dit-il. Je n'ai pas de mauvais sentiments, Madeleine, mais de l'affection.

Et il ajouta, comme elle restait muette :

— Et même un peu plus.

Tant de délicatesse chez cet homme habitué à la rudesse des travaux et des mœurs l'étonna et l'émut. Elle trouva facilement la parade en répondant d'une voix sans la moindre hostilité :

— Mon deuil est trop récent, Philippe, et je

souffre encore trop de la disparition de mon époux. Je suis sûre que vous saurez me comprendre.

Il se troubla, s'excusa :

— Bien sûr que je comprends.

Et il ajouta en soupirant :

— Ne me tenez pas rigueur de ce que je vous ai dit, s'il vous plaît. Je continuerai à vous aider comme avant.

Elle qui, depuis toujours, était habituée aux rapports de force, était émue : c'était les premiers mots respecteux qu'elle entendait depuis longtemps. Elle y trouva le réconfort nécessaire pour surmonter l'immense fatigue, qui, souvent le soir, tombait sur ses épaules.

## 11

Huit jours après la fin des battages, le régisseur vint la prévenir du fait que M. de La Durantie, le propriétaire, désirait lui parler. Elle devait se rendre au château le lendemain à dix heures précises et attendre à la porte de la petite tour. Elle crut qu'on allait la renvoyer, s'en ouvrit à Philippe qui la rassura : ce n'était pas le maître qui s'occupait de ce genre de besogne, Joseph s'en chargeait très bien. Alors ? Philippe ne savait pas. Très inquiète de ce qui l'attendait, Madeleine passa la nuit à se poser des questions, en fut si tourmentée qu'elle ne put dormir.

Le lendemain, après avoir donné leur pitance aux cochons, elle fit une grande toilette, se vêtit et se coiffa du mieux qu'elle le put, puis, mal assurée sur ses jambes, elle partit vers le château bien en avance, craignant de déplaire en arrivant en retard. Elle attendit devant la porte pendant plus d'un quart d'heure sans oser se servir du heurtoir de cuivre, et c'est avec soulagement qu'elle vit arriver Joseph, dont le regard noir, malgré elle, la troublait. Il lui prit le bras pour la faire entrer dans une grande pièce dallée et lui dit, la tutoyant pour la première fois :

— N'aie pas peur. Tu ne risques rien.

Il alla frapper à une porte damassée de beige et annonça, après qu'une voix forte et grave lui eut dit d'entrer :

— Elle est là, monsieur.

Joseph fit signe à Madeleine d'avancer, mais elle crut que ses pas ne la porteraient pas jusque-là. Serrant très fort la main de Julien qu'elle avait emmené avec elle pour se sentir plus forte, elle parvint à franchir la porte mais s'arrêta aussitôt, figée sur place par la majesté des lieux. Un immense tapis couleur bordeaux, aux longues franges dorées, recouvrait le centre de la pièce, dont le parquet ciré brillait. Sur le mur du fond, derrière l'immense bureau dont les pieds reposaient sur des coquilles de cuivre, une bibliothèque en bois de chêne éclairci et patiné attirait le regard, de même que les murs latéraux tendus d'un lampas bleu rayé. Jamais elle n'avait mis les pieds dans un endroit pareil, rencontré un tel luxe, pas même dans la demeure des propriétaires de Carsac où elle avait travaillé quelque temps.

M. de La Durantie s'était levé derrière le bureau en acajou sur lequel trônaient toutes sortes de bibelots, dont une lampe en perles de jais et un sous-main de cuir vert. C'était un homme grand et maigre, aux traits aigus, au long nez courbe, vêtu à l'ancienne, portant des bottes de cavalier.

— Joseph m'a parlé de cette histoire de meubles, fit-il sans le moindre préambule. Je m'en suis occupé, mais il n'y a rien à faire, il faudrait plaider.

Affolée, Madeleine murmura :

— Non, monsieur, non ! C'est pas la peine.

Il eut un sursaut de surprise, donna l'impression de la découvrir vraiment et demanda :

— Ils étaient à vous, ces meubles, oui ou non ?

— Oui, parvint-elle à bredouiller. Nous les avions achetés petit à petit avec mon époux pour nous installer dans cette métairie.

— Alors ? s'impatienta l'homme qui ne comprenait pas son attitude.

Comment eût-elle avoué qu'elle se sentait confuse que l'on prît soin de ses petits problèmes, alors qu'elle se sentait obligée, déjà, vis-à-vis de ses maîtres, de l'avoir acceptée au château.

— Je n'en ai pas besoin, dit-elle, j'ai tout ce qui me faut ici et je vous en remercie.

Elle n'avait qu'une hâte : sortir de cette pièce dans laquelle elle ne se sentait pas à sa place, persuadée qu'elle était de ne pas mériter autant d'attention.

— Qu'est-ce que vous décidez ? reprit M. de La Durantie de plus en plus impatient. Je peux faire le nécessaire si vous voulez. Les gens qui vivent dans mon domaine sont sous ma protection. Joseph a dû vous le dire.

Elle n'osait pas affronter le regard de cet homme trop grand, trop puissant, dont la proposition lui paraissait déplacée, eu égard à sa petitesse.

— Merci, monsieur, dit-elle, mais non, ce n'est pas la peine. Je ne veux pas vous causer du tracas.

— Ce n'est pas moi qui m'en occuperai, fit M. de La Durantie, mais mon avocat.

— S'il vous plaît, non, merci, répéta Madeleine dont les yeux s'emplissaient de larmes.

Le maître des lieux parut stupéfait, son regard interrogea Joseph qui haussa les épaules en signe d'incompréhension. Devant tant d'humilité, tant d'effacement, tant de faiblesse, les deux hommes semblaient abasourdis. Ils ne pouvaient pas comprendre combien pesait lourd le fardeau de tant d'années d'humiliations, d'obéissance à un ordre supérieur, un destin dont elle savait maintenant qu'il se manifestait cruellement si l'on essayait de se soustraire à lui. Depuis quelque temps, en effet, était née en elle la conviction que s'ils n'avaient pas pris la métairie, Jacques serait toujours en vie. C'était cette pensée confuse, informulable, qui poussait Madeleine à accepter son sort.

— Comme vous voulez, fit le maître des lieux, apparemment contrarié. Vous pouvez aller travailler.

Après avoir remercié une dernière fois, elle s'enfuit plus qu'elle ne partit et se réfugia dans sa maison dont elle ferma la porte derrière elle. Elle ne s'était même pas aperçue que Joseph était resté à l'intérieur du bureau sur un signe de M. de La Durantie. Elle ne sut jamais rien de ce que se dirent les deux hommes, mais elle garda de l'entrevue une sorte de honte, comme si elle avait usurpé un statut auquel elle ne méritait pas d'accéder.

À l'évocation de cet événement si troublant pour elle, je songe à nouveau à la mémoire des gènes, à cette sensation, que j'ai longtemps ressentie – jusqu'à l'âge de trente ans, peut-être – de ne pas me trouver à ma place en présence de personnalités lors de manifestations auxquelles il me semblait n'avoir pas le droit d'assister, ou en des lieux qui m'étaient interdits. La première fois, ce fut sans doute le jour où je suis entré dans la grande salle de la faculté de droit de Limoges et que je me vis entouré de fils et de filles de notaires et d'avocats dont les vêtements, l'aisance en toute chose me mirent mal à l'aise. Avais-je le droit de me trouver là, moi, l'arrière-petit-fils de Madeleine et le petit-fils de Julien qui ne savaient ni lire ni écrire ? Il m'a fallu longtemps pour éteindre en moi cet héritage inconscient et qui, aujourd'hui, a fini par disparaître. Mais combien faut-il de générations pour installer une famille dans la place qu'elle mérite dans la société ? Combien faut-il de temps pour que l'humilité devienne une force, le travail un mérite reconnu, le succès une légitimité ?

Madeleine a souvent raconté à Julien cette intrusion dans le château, et c'est grâce à lui qu'elle est parvenue jusqu'à moi, comme les événements qui, à partir de cinq ans, lui sont restés en mémoire. Ainsi que je l'ai déjà dit, il parlait peu et ne s'est confié véritablement qu'à sa femme – ma grand-mère. Et si ce passé m'est connu, c'est parce qu'elle l'a transmis à son fils aîné que j'ai pu, heureusement, interroger avant sa mort, à Sarlat, bien des années plus tard.

## 12

Elle était belle encore, ses cheveux noirs attachés
en chignon ; non pas maigre mais ronde, la peau
mate, pas très grande, mais bien proportionnée. Il
est très probable qu'elle ne put refuser quoi que ce
soit à Joseph qui devint, au-dessus de Philippe, une
sorte de protecteur. Sans doute se justifia-t-elle par
la conviction qu'elle protégeait ainsi son fils et que,
de la sorte, ils n'étaient plus exposés aux dangers
qu'elle redoutait tant. Personne n'a jamais témoigné de cet état de fait. Mais je ne vois pas comment
elle aurait pu faire autrement et, connaissant les
mœurs de l'époque, je suis persuadé qu'elle a fini
par consentir à s'en remettre à un homme qui, au
reste, depuis le premier jour, ne lui était pas indif-
férent.

Philippe vécut douloureusement ce rapproche-
ment mais ne lutta pas contre le régisseur : il n'était
pas de taille à rivaliser avec lui. Il se contenta de
s'éloigner, ne dîna plus avec Madeleine le soir et,
cependant, continua de l'aider, ne pouvant pas
renoncer tout à fait à sa présence. Ainsi un nouvel

équilibre s'établit, que nul ne contesta jamais, d'autant que tout cela se passa dans le plus grand secret, M. de La Durantie n'étant pas homme à tolérer le moindre désordre sur ses terres.

Julien grandit donc sans véritables soucis, sans souvenirs douloureux, du moins jusqu'à l'âge de six ans. Le seul, insistant et précis, qui soit parvenu jusqu'à moi est celui de cette barrique dans laquelle sa mère l'emprisonnait, en lisière des champs, pour pouvoir travailler à son aise. Il faut croire que cette privation de liberté le marqua beaucoup puisqu'il en fit la confidence à ses enfants, dont mon père, qui m'en parla souvent lui aussi, comme d'une nécessité révélant l'opiniâtreté de leur vie.

À six ans, cependant, Madeleine le trouva suffisamment fort pour travailler près d'elle. Il n'était pas grand pour son âge, mais trapu et vigoureux. Assez, en tout cas, pour l'aider à serrer la ficelle lieuse au moment des moissons, pour écarter les andains avec une fourche aux dents de bois pendant les foins, suivre les allées à l'occasion des vendanges afin de récupérer les grappes oubliées, l'aider à essorer les draps au lavoir, qui se trouvait dans un creux ombragé, à cinq cents mètres du château.

Julien aimait beaucoup cet endroit frais où il pouvait errer à son aise pendant qu'elle savonnait les draps. Il cherchait les salamandres et les têtards, parfois les poissons qui glissaient entre ses mains inexpérimentées. Les deux grandes lessives – une au printemps, une à l'automne – mobilisaient toutes les femmes des communs et du château. C'était le seul moment où il trouvait un peu de liberté, très relative au demeurant, car le reste du temps Madeleine exigeait qu'il ne s'éloigne pas d'elle.

Elle s'opposait maintenant à ce qu'il aille jouer avec les garçons de son âge, non parce qu'elle craignait pour lui, mais parce qu'elle croyait indispensable de l'habituer au travail, en une sorte de nécessité vitale pour qui ne possédait rien, sinon ses bras pour gagner sa vie. Et c'est ainsi que l'année de ses sept ans, au moment des moissons, eut lieu l'incident qui frappa tellement la mémoire de Julien et le poursuivit si longtemps. Cet après-midi-là, elle était occupée à rassembler les javelles pour les lier en gerbes et l'avait envoyé chercher de la ficelle lieuse sur la charrette en bordure du champ. Déjà agacée du fait qu'il se soit laissé démunir, elle se courba, tendit la main, ne rencontra que le vide. C'est alors que, près d'elle, la tête levée, il prononça les mots qui allaient le hanter toute sa vie :

— Pourquoi le ciel est bleu ?

Il ne vit pas arriver la gifle qui l'accabla d'une culpabilité dont il ne mesura pas tout à fait les raisons, mais qui le laissa abasourdi, désemparé. Sa mère travaillait en plein soleil, il faisait très chaud, elle était épuisée et, au lieu de l'aider, il regardait le ciel, posant une question dont l'incongruité lui apparut coupable tandis qu'il portait la main vers sa joue.

Elle ne l'avait jamais frappé. C'était la première fois. Il comprit qu'il n'avait pas le droit de poser ce genre de question si éloignée de leurs préoccupations quotidiennes. Lui, comme elle, devait vivre courbé vers le sol qui les faisait vivre, y consacrer toutes ses forces, ne penser à rien d'autre. Il retint la leçon muette mais en conçut une révolte qui ne fit que grandir sans jamais s'exprimer, du moins pas avant l'âge de douze ans.

Cette rudesse à laquelle elle était contrainte la faisait certainement souffrir mais elle trouva les forces pour s'en accommoder. Et si elle se refusa à envoyer Julien à l'école de Proissans ou de Sainte-Nathalène, ce fut sans doute pour l'habituer de bonne heure à cette existence à laquelle elle le croyait voué. Ce qui est troublant, c'est qu'aucune voix ne s'éleva pour s'opposer à cette volonté. Comme je l'ai dit, l'école était obligatoire et gratuite, déjà, à cette époque-là, mais nul ne le lui a rappelé, pas même le régisseur, pas même M. de La Durantie. Personne.

Je veux croire que l'école de la République sentait le soufre et se heurtait à celle, religieuse, qui régnait alors dans tous les villages, y compris les plus reculés, mais pourquoi alors Julien n'est-il pas allé « chez les sœurs » au moins un an ou deux ? Parce qu'il fallait payer ? Parce que Madeleine refusa l'aide qui lui fut sans doute proposée ? C'est ce renoncement, cette résignation qui me frappent le plus, encore une fois, chez cette femme que ses origines et la disparition de son mari avaient tragiquement ébranlée. Toujours est-il qu'il ne sut jamais lire et écrire, cet enfant qui ne leva plus jamais la tête vers le ciel et qui, plus tard, en voulut sûrement à sa mère de ce handicap auquel elle l'avait condamné.

C'était à peine si, le dimanche, pendant deux heures, en marchant vite, en se pressant, ils se rendaient au cimetière pour se recueillir un instant devant le lieu sans nom où reposait le père de l'un et l'époux de l'autre. Il n'y avait que cinq kilomètres entre le château et Saint-Vincent-le-Paluel : cinq kilomètres de douces collines, de bois, de prairies, puis la route descendait vers la vallée où serpentaient les ruisseaux. Mais ce qui aurait pu être une promenade agréable se transformait rapidement en une course effrénée dont Julien, à force, ne s'étonnait même plus.

Dès qu'il s'arrêtait sur le bord du chemin, cherchant les champignons ou suivant du regard un écureuil qui grignotait un gland, elle le houspillait, le forçait à repartir, à presser le pas, dans la conviction qu'elle devait tout son temps à ceux qui l'avaient recueillie, qui la faisaient vivre. C'était là sa manière d'exprimer sa reconnaissance. Elle n'en connaissait pas d'autres. Cette pauvre femme croyait qu'elle serait toute sa vie l'obligée de ceux pour qui elle travaillait de l'aube jusqu'à la nuit.

## 13

Même l'hiver ne les laissait pas en repos. La journée, il fallait aider les domestiques qui coupaient le bois dans la forêt, s'occuper des bêtes matin et soir, gaver les oies et les canards et, à la veillée, énoisiller au moyen d'un marteau de bois. Julien y trouvait quelque satisfaction, car si les mains ne chômaient pas, il pouvait enfin écouter une autre voix que celle de Madeleine, ces légendes périgourdines dans lesquelles apparaissaient souvent le « lébérou », la chasse volante ou la Dame blanche. Ils mangeaient alors des châtaignes en buvant du vin chaud et, parfois, l'enfant avait l'impression de faire partie d'une famille.

Une seule récompense venait ensoleiller ces journées interminables. Madeleine, qui pétrissait le pain et le cuisait, avec l'aide de Philippe, pour les domestiques qui habitaient les communs, confectionnait à cette occasion pour Julien une sorte de fougasse dans laquelle elle glissait quelques raisins secs. Un régal, une fête, qu'il attendait impatiemment, mais dont elle se cachait en lui apportant le gâteau, comme si, à ce sujet aussi, elle se sentait coupable d'une trahison vis-à-vis de ses maîtres.

Un dimanche, à Pâques, l'année des huit ans de Julien, elle l'emmena à Sarlat pour la première fois. D'ordinaire, c'étaient ses enfants qui venaient la voir au château une fois par an, mais ce printemps-là, Marie était malade, et ses maîtres, très inquiets, avaient fait prévenir Madeleine.

Il faisait bon quand ils se mirent en route, un dimanche, après avoir soigné le bétail. Julien était heureux : il allait enfin découvrir la ville dont il avait tellement entendu parler. Il fallait parcourir cinq kilomètres au milieu des bois de châtaigniers, sur une route étroite où deux attelages avaient du mal à se croiser et où l'on était rarement seul : nombreux étaient ceux qui marchaient vers la ville dont, une heure et demie après leur départ, Julien entendit les cloches de l'église qui appelaient les fidèles à la grand-messe. Son cœur se mit à battre plus vite quand ils arrivèrent sur les hauteurs d'où, en un instant, il découvrit les toits de tuiles rousses et les rues enchevêtrées, quelque chose d'immense, d'inimaginable pour lui, qui n'avait connu que Saint-Vincent et le château de la Roussie.

Des gens vêtus très différemment de ceux du château les croisaient ou les dépassaient, tandis qu'ils descendaient la ruelle qui menait à la place de l'église noire de monde. Ce qui l'étonnait le plus, c'était que ces gens ne les saluaient pas, sa mère et lui, contrairement aux us et coutumes du domaine, mais elle ne semblait pas y accorder d'importance.

Il regardait les maisons en pierres de taille, dont certaines portaient des fenêtres à meneaux, les boutiques aux vitrines étranges, pleines d'objets dont il n'aurait su dire à quoi ils servaient ; les hommes, les femmes et les enfants qui se pressaient vers l'église dans des vêtements dont il n'avait jamais vu les pareils. Il remarqua que ces gens ne vivaient pas tête baissée mais tête haute, et il comprit dès ce matin-là que l'on menait ici une autre existence que la sienne.

Sa mère, elle, paraissait ne voir personne. Elle allait, de son pas vif et têtu, sans se retourner, lui tenant la main pour ne pas le perdre, le tirant, quand il ralentissait, d'un mouvement brusque qui trahissait son agacement, c'est-à-dire son obsession à ne pas perdre de temps, ne pas abuser de la confiance de ses maîtres qui lui avaient accordé un jour de liberté.

En bas, une fois sur la place, elle tourna à gauche, suivit une ruelle pavée qui se faufilait entre des maisons à façades moyenâgeuses, déboucha cent mètres plus loin sur une autre place, plus grande, qui était en réalité un foirail. Madeleine remonta sur le côté gauche et frappa à une porte ornée d'un heurtoir en bronze. Comme personne ne se manifestait, elle frappa de nouveau à la porte qui finit par s'ouvrir sur une jeune femme en tablier blanc.

— Madame est à la messe, dit-elle, mais elle m'a dit que vous pouviez entrer.

À l'extrémité de la première pièce, qui était en réalité une salle d'attente, la servante prit un escalier sur la droite et les conduisit, au second, à la chambre qu'occupait Marie. Celle-ci, très pâle, était étendue, la tête reposant sur un oreiller.

— Embrasse ta sœur, dit Madeleine à Julien après avoir déposé elle-même un rapide baiser sur le front brûlant.

Il la connaissait à peine, du fait qu'elle avait été placée juste après sa naissance, mais de voir cette jeune fille si pâle, si défaite, il ne se sentit pas bien.

— Tu peux aller attendre en bas, dit Madeleine, comme si elle avait deviné son malaise.

Il descendit, retrouva la salle d'attente de l'étude notariale, s'assit quelques minutes, puis il se releva et s'approcha de la fenêtre. Là, fasciné, il regarda jouer des enfants au milieu du foirail, eut envie de se joindre à eux, mais quelque chose le retint. Au bout d'un moment, cependant, il sortit sur le pas de la porte. N'osant pas s'aventurer plus loin. Il s'assit sur la marche et se mit à contempler ce monde interdit qui l'étonnait tant, surtout les toilettes des femmes qui, pour la plupart, portaient des gants, des fourrures et des bottines dont le cuir verni jetait des éclats bien différents des sabots crottés de sa mère. Certains hommes portaient des jaquettes de velours noir avec d'énormes cravates qui tranchaient sur des gilets sur lesquels couraient des chaînettes d'argent. Les enfants étaient vêtus de costumes à col de marin et chaussés de hauts souliers qui montaient bien au-dessus de leurs chevilles, alors que celles de Julien étaient nues dans leur lit de paille au creux de ses sabots.

Il sentit une sorte de morsure au fond de son estomac, et il se réfugia à l'intérieur où la servante le conduisit dans la cuisine et lui servit un bol de chocolat chaud. Une demi-heure s'écoula, durant laquelle Julien savoura le contenu de son bol jusqu'à la dernière goutte et s'exerça à marcher comme les femmes et les enfants aperçus dans la rue. Puis la maîtresse des lieux arriva et s'entretint un long moment avec Madeleine à voix basse. C'était une femme semblable à toutes celles qu'il avait aperçues dans la rue, c'est-à-dire très élégante et très intimidante, et dont le cou, une fois qu'elle eut quitté sa fourrure, s'illumina d'un collier de perles.

Quand ils firent leurs adieux, aux alentours de midi, Madeleine avait les yeux brillants de reconnaissance envers cette femme qui lui accordait tant d'attention ainsi qu'à sa fille. Elle reprit fermement la main de Julien, mais, au lieu de suivre la même ruelle qu'à l'aller, elle emprunta la grande rue escortée de commerces, de boutiques toutes aussi attirantes les unes que les autres, s'arrêtant, parfois, mais brièvement, puis sursautant, comme si elle émergeait d'un rêve interdit.

À mi-chemin de cette grand-route qu'on appelle « la traverse », Madeleine tourna à droite pour rejoindre la place de l'église par où elle était arrivée. Là, elle acheta un « tortillon » doré et poudré de sucre à son fils qui ne sut comment remercier.

C'était délicieux. Il le mangea debout, contre un mur, près de Madeleine qui avait sorti de sa poche un chanteau de pain et un morceau de fromage. Après quoi, ayant bu quelques gorgées d'un vin coupé d'eau à même une petite bouteille fermée par un bouchon d'herbe, ils repartirent.

Julien devait se souvenir longtemps de cette journée extraordinaire. Dans son esprit, Sarlat devint peu à peu le centre de l'univers, le seul lieu qui pouvait permettre de mener une vie différente, c'est-à-dire une vie qui autorisait l'espoir, le bonheur, en refusant cette résignation qui semblait promise à tous ceux qu'il côtoyait depuis toujours.

Le retour au château et, dès le soir, les soins à apporter aux bêtes durent, sans doute, l'accabler. Il y avait désormais en lui la certitude que le monde pouvait être différent de cette soue sordide où les truies, si l'on n'y prenait garde, dévoraient leurs petits, ou de cette maison noire dans laquelle le jour entrait à peine. Mais que faire, aujourd'hui, pour y échapper? Il était trop jeune encore, avait besoin de la présence de sa mère, savait aussi qu'il lui était utile et, à huit ans, il ne pouvait envisager de la quitter.

## 14

Il se résigna donc, reprit sa place auprès d'elle dans les champs, l'aida de toutes ses forces, y compris dans la maison sombre dans laquelle ils vivaient, et les semaines, les mois se mirent à passer dans l'uniformité des jours sans autre horizon que celui du domaine auquel ils étaient liés indéfectiblement, pour toujours.

Il vécut comme vivaient tous les domestiques, c'est-à-dire en travaillant du matin au soir et en se nourrissant avant tout de soupe de légumes relevée d'un peu de graisse rance ou de carcasses de volaille, en buvant le « chabrol » traditionnel qui consistait à mêler du vin rouge au bouillon resté dans l'assiette. Quelques volailles aux fêtes, des œufs, un peu de viande de porc et, surtout, du pain que l'on ne leur mesurait pas. D'où le fait qu'il ne connut pas la faim, pas plus que Madeleine. C'est ainsi qu'il grandit, devint plus fort, quoique de petite taille, s'endurcissant grâce au travail, besognant au-dehors été comme hiver.

Il apprit à accomplir tous les travaux des champs : les labours de printemps et d'automne, les semailles, les foins, les moissons, les battages, les vendanges, le regain, la récolte des noix, celle des châtaignes, l'énoisillage d'hiver, les outils à réparer, les clôtures à relever, les vignes à tailler. Les seules connaissances qu'il acquit à cette époque de sa vie furent celles, empiriques, de l'agriculture d'alors : semer en lune jeune tout ce qui croît au-dessus de la terre, en lune décroissante tout ce qui croît en dessous, bien doser les engrais, ne pas négliger les jachères, utiliser la moindre parcelle de terre.

Heureusement pour lui, pendant tout ce temps-là, deux voyages à Sarlat lui rappelèrent que d'autres gens ne vivaient pas tête baissée, mais les yeux levés vers le ciel. Cette évidence fit assez de chemin en lui pour qu'enfin il trouve la force de contester un destin écrit d'avance.

J'imagine avec quelle stupeur Madeleine l'entendit demander, à douze ans, à partir pour apprendre un métier.

— Quel métier ? s'étonna-t-elle. Tu sais cultiver la terre.

— Je ne veux plus. Je veux devenir maçon.

— Maçon ? Et pourquoi donc ?

— Parce que.

Comment avouer qu'il avait vu à deux reprises, une fois à Sarlat et une fois à Proissans, un garçon de quinze ans la tête levée vers le ciel en hissant un seau de mortier en direction d'un échafaudage ?

Elle refusa, demanda :

— Alors tu veux me quitter ?

— Mes frères et sœurs sont partis à douze ans, tu me l'as dit souvent.

— Aujourd'hui rien ne presse. Tu vois bien que nous avons tout ce qu'il nous faut ici.

— Je veux gagner ma vie.

C'était là un argument auquel Madeleine ne pouvait demeurer insensible, mais elle ne se résignait pas à se séparer de son fils, le seul de ses enfants à vivre encore avec elle. Tous les autres étaient mariés, à part Marie – qui avait finalement guéri d'un mal mystérieux mais demeurait fragile –, et même s'ils n'habitaient pas très loin de la Roussie, elle ne les voyait pas assez souvent à son gré. Julien insista, se rebella, au point qu'il provoqua l'énergique intervention du régisseur alerté par Madeleine. M. Joseph considérait d'un mauvais œil le départ d'un garçon destiné à devenir domestique et dont il appréciait l'énergie au travail.

— Dans quelques années, tu te marieras et tu habiteras dans cette maison, lui dit-il. Alors ta mère entrera comme chambrière au château, et ce sera plus facile pour ses vieux jours. Elle n'aura plus à travailler dehors en hiver, ce sera moins pénible pour elle, tu comprends ?

— Oui, je comprends, dit Julien, mais je veux devenir maçon. C'est un métier qui me plaît.

— Et comment le sais-tu ?

— Je m'arrête au bord des chantiers pour les regarder travailler.

— Sois raisonnable ! Tu vois bien que ce n'est pas possible.

— Alors, je partirai.

Nul ne le crut et on en resta là. Mais sa résolution ne fit que croître au lieu de s'estomper, et il partit, comme il l'avait annoncé sans que personne n'y accorde de crédit, après les moissons en plein mois d'août, prenant tout naturellement la route de Sarlat. Il y erra deux jours et deux nuits, vint rôder autour de la maison du notaire où travaillait Marie mais n'osa pas la demander, ne sachant comment elle allait réagir. Il dormit sous un arbre au foirail, s'approcha des chantiers où l'on finit par remarquer ce gamin inconnu.

Quarante-huit heures plus tard, il fut arrêté par des gendarmes qui, d'autorité, le ramenèrent à la Roussie où Madeleine ne lui fit pas le moindre reproche. Au contraire : elle avait eu si peur qu'elle capitula.

— La seule chose que je demande, lui dit-elle, c'est que tu ne t'éloignes pas trop de moi.

Un mois passa, au terme duquel elle tint parole : Julien entra comme apprenti chez un artisan maçon de Proissans qui avait travaillé au château et noué des relations avec le régisseur que Madeleine avait finalement convaincu de laisser partir son fils.

Ce fut la première victoire de Julien, et sans aucun doute la plus importante pour sa famille future, ses enfants et ses petits-enfants, dont je suis. Cet homme sans la moindre instruction avait deviné qu'il ne devait pas rester attaché à la terre. Loin de moi de prétendre que les domestiques agricoles du début du XXᵉ siècle étaient considérés comme des serfs du Moyen Âge, mais leur dépendance, nuit et jour, leur asservissement à la terre qu'ils ne possédaient pas les confinaient dans une sujétion inimaginable pour les hommes d'aujourd'hui.

Et voilà qu'un enfant de douze ans, avec son instinct et son intelligence, avait trouvé la solution. Parce qu'il aurait le droit de lever la tête vers le ciel au lieu de la garder courbée vers le sol. La gifle de Madeleine lui avait sauvé la vie. Il ne le savait pas encore – il le pressentait seulement – mais il avait trouvé la force, en s'enfuyant, de vaincre le sort. Et moi, plus tard, j'ai lu dans les yeux noirs de Julien cette force-là. J'ai vu le défi relevé face à la dureté de la vie, la volonté farouche d'exister, au-delà de la crainte de ne savoir ni lire ni écrire, et donc d'être trompé par ceux qui disposaient de ces armes qu'il pensait indispensables.

En écrivant ces lignes, alors qu'il est mort depuis si longtemps, je regarde sa photo et j'ai envie de le remercier, de lui dire que sans lui, sans sa décision, mon père n'aurait sans doute pas pu faire d'études, et que, sans doute, notre famille n'aurait pas franchi les étapes d'une ascension finalement rapide dans la société – enfin que je n'aurais pas pu devenir écrivain pour dire, aujourd'hui, quelle a été sa vie, lui rendre l'hommage qu'il mérite et montrer quel long et difficile chemin a été le sien.

## 15

Il n'avait pas pour autant choisi la facilité. Il devait se lever à cinq heures et rejoindre à pied le domicile de l'artisan : trois kilomètres le matin et autant le soir après une longue journée de travail. De là, il fallait se rendre sur les chantiers, le plus souvent en charrette et, plus que d'apprenti, faire fonction de valet pour les tailleurs de pierre, ceux qui montaient les murs, ceux qui gâchaient le mortier. Ainsi, pendant de longs mois sa tâche essentielle consista à approvisionner en eau les ouvriers qui mélangeaient le sable et la chaux, à la verser à la demande, quitte à subir des reproches s'il tardait trop ou se montrait maladroit. À la fin de la journée, il devait aussi nettoyer les truelles, les seaux, et gare à lui si les outils n'étaient pas propres le lendemain matin !

Les mœurs étaient rudes entre les ouvriers et les brimades fréquentes. À peine un mois après son arrivée, il reçut de la part d'un contremaître une truelle de mortier au visage, parce qu'il l'avait laissé manquer d'eau. Ce châtiment le marqua tellement qu'il en parla jusqu'à ses derniers jours. Je pense qu'il s'agissait alors, pour lui, d'expliquer à quel point sa vie avait été dure et, sans doute aussi, de démontrer sa réussite dans un métier si difficile.

Il ne se découragea pas et tint bon le temps nécessaire pour franchir une étape, c'est-à-dire, à quatorze ans, manier enfin une pelle pour gâcher le mortier. Alors les brimades s'atténuèrent et il put hisser au moyen d'une corde et d'une poulie les seaux à hauteur des échafaudages. Le fait d'y parvenir permettait d'être considéré comme utile et non plus comme une charge. L'apprenti qui le précédait était devenu ouvrier, comme il le deviendrait, lui, au terme de cet apprentissage.

Le patron, un homme exigeant mais juste, lui donnait une pièce en fin de semaine. Il la rapportait fièrement à Madeleine qui s'émerveillait de le voir gagner quelques sous, mais il n'était ni nourri ni logé. Pour midi, il emportait une musette avec un peu de soupe, du pain du fromage, et une petite bouteille de vin fermée par un bouchon d'herbe. Le soir, il mangeait avec sa mère, qui l'attendait, même s'il rentrait très tard, c'est-à-dire le plus souvent vers neuf heures, et, l'été, à la nuit tombée.

Elle avait changé d'attitude à son égard, d'autant qu'il ne se plaignait jamais et l'aidait, le dimanche, alors qu'elle ne lui demandait rien. Il ne rêvait que d'une chose : monter sur un échafaudage et, plus que de tailler les pierres, bâtir un mur. Les ouvriers ne les taillaient que sommairement, simplement pour leur permettre de s'encastrer les unes sur les autres. Aucun d'entre eux ne pratiquait les embrèvements, les queues d'aronde ou les traits de Jupiter des véritables compagnons. Il s'agissait d'une maçonnerie de nécessité immédiate, avec, le plus souvent, des matériaux que l'on trouvait sur place.

Julien, lui, devait attendre pour posséder une massette et un burin. Seule la pelle lui était autorisée, mais c'était déjà un plaisir que de savoir doser la chaux et le sable, hisser le mortier vers les maçons qui s'en saisissaient prestement, le tassaient sur les pierres avant d'asseoir les suivantes avec des gestes sûrs, précis, qu'il étudiait du regard et auxquels il s'exerçait dans le plus grand secret.

Ce fut au cours de cette quatorzième année, un jour de septembre, qu'il eut à faire face à un accident de chantier. Le plus âgé des ouvriers tomba de l'échafaudage haut de cinq mètres et se brisa les deux jambes. Aidé par Julien, le patron ramena le blessé chez lui après avoir immobilisé les membres dans une attelle. Il n'existait pas d'assurance, à cette époque, pour les accidents du travail. Le désespoir de la femme de l'ouvrier, en découvrant son mari immobilisé, bouleversa Julien. Il n'avait jamais pensé au danger, mais pour autant il ne songea pas un instant à faire marche arrière : il était indispensable de continuer dans la voie qu'il avait choisie, quels que fussent les risques.

L'été suivant, Marie se maria à Proissans avec un homme qu'elle avait rencontré chez ses maîtres à Sarlat et devint Mme Mespezat. Julien se sentit un peu moins seul, rendit visite à sa sœur assez régu-lièrement, heureux aussi de pouvoir rapporter des nouvelles à sa mère.

Madeleine allait avoir cinquante-cinq ans quand M. Joseph, fidèle à sa promesse, la fit rentrer au château comme chambrière. Il était temps, car elle était épuisée par une longue vie de travail. Elle allait donc quitter la petite maison qui l'avait accueillie dix ans plus tôt et loger dans une chambre sous les toits.

Julien demanda alors l'hospitalité à sa sœur, qui accepta de le loger et de le nourrir moyennant une somme modique, quelques sous seulement, que son patron accepta de lui verser eu égard aux tâches qu'il était maintenant capable de remplir. Il ne lui restait pas un sou de ce petit salaire, mais il n'avait besoin de rien, du fait qu'il mangeait à sa faim et disposait d'un toit pour dormir.

Ainsi passèrent deux années supplémentaires, qui s'achevèrent par la mort de Madeleine, un hiver, à cinquante-sept ans. Comme son mari jadis, elle avait pris froid dans sa chambre à peine chauf-fée du château, avait négligé de se soigner, et une pneumonie s'était déclarée, contre laquelle elle avait lutté de toutes les pauvres forces qui lui res-taient. Julien, prévenu par le régisseur, revint la voir un dimanche et la trouva tellement défaite, souf-frante, incapable de reprendre son souffle, qu'il comprit qu'elle n'en réchapperait pas.

— Comme ton père, murmura-t-elle.

Il tenta de prononcer quelques mots, voulut exprimer à quel point elle avait été une bonne mère pour lui, mais il ne le put pas. Il n'avait jamais appris à traduire en paroles des sentiments qui n'étaient que des preuves de faiblesse, de vaines parlottes – du temps perdu. Il s'attarda pourtant auprès d'elle, ne se résignant pas à la quitter, esquissant le geste de lui prendre la main, y renonçant finalement malgré l'appel au secours qu'il décelait dans le regard où la lumière s'éteignait.

Il l'embrassa furtivement sur le front avant de partir, quitta le château avec la conviction qu'il ne la reverrait plus vivante. De fait, elle mourut deux jours plus tard, et c'est quand il apprit la nouvelle que le chagrin auquel il s'était refusé le submergea. Il le cacha, s'en défendit, mais fut douloureusement ébranlé au souvenir de son courage à l'époque où elle s'était retrouvée veuve, aux soins qu'elle lui avait apportés, au dévouement qu'elle lui avait si souvent témoigné.

Pas plus que Jacques, je ne sais où fut enterrée Madeleine. Pas de tombe à Saint-Vincent, pas de tombe à Carsac, et pas de tombe à Proissans, le village le plus proche du château de la Roussie. Je l'ai vérifié plusieurs fois, ne me résignant pas, comme je l'ai déjà dit, à ces disparitions totales, ce néant auxquels ils furent voués. Julien le savait, évidemment, mais il n'en a jamais parlé ni à sa femme, ni à ses enfants. Ce fut comme s'il voulait tirer un trait sur des conditions de vie – et de

104

mort – définitivement reléguées dans le passé, à oublier impérativement.

Il est probable que le jour des obsèques, il revit tous ses frères et sœurs, lesquels repartirent dès après la cérémonie, comme à leur habitude. Le soir, il se retrouva seul avec Marie pour parler de leur mère disparue. Cette présence lui fut sans doute secourable, précieuse même, étant la seule à témoigner d'un temps où il vivait près de son père et de sa mère, alors qu'il avait la sensation, à présent, de s'aventurer sans soutien dans un monde hostile et redoutable.

Ce fut ainsi qu'il entra dans l'âge adulte bien avant l'heure, consacrant désormais tout son temps à son métier, avec un seul but, celui d'être enfin admis à monter sur un échafaudage et à lever la tête vers le ciel.

## 16

Deux années passèrent encore, sans distractions, sans plaisir véritable, mais qui l'assurèrent dans sa conviction d'avoir pris la bonne décision. Comme il l'espérait, son patron lui confia une truelle et une massette à dix-huit ans, et il put commencer à bâtir ces murs dont il avait rêvé. Sa fierté n'eut d'égale que la reconnaissance qu'il manifesta à l'égard de l'artisan, dont la confiance le comblait. Il était en quelques mois devenu un véritable ouvrier, était un peu mieux payé et, pour ses besoins personnels, il lui restait quelques sous de la pension versée à Marie.

Celle-ci n'allait pas bien : elle avait toujours été en mauvaise santé et Julien n'avait pas oublié ce voyage à Sarlat au terme duquel il l'avait trouvée pâle et défaite sur un lit de douleur. Elle mit au monde un fils appelé Albert et elle en mourut, un mois plus tard, sans que l'on sache vraiment de quel mal elle avait souffert. Cette brutale disparition, venant peu de temps après celle de sa mère, bouleversa une nouvelle fois Julien, car Marie était jeune et non pas éreintée par la vie. Il lui sembla que nul n'était à l'abri de ce genre de tragédie, et ce fut comme s'il devenait de plus en plus seul, sans le moindre recours, sans le moindre appui, en danger permanent. Je gage qu'il n'en dit rien à personne – et à qui, d'ailleurs, se fût-il confié ? –, qu'il serra les dents, se réfugia dans le travail devenu sa seule certitude, son seul univers.

Il dut quitter la maison de sa sœur, car son mari, en charge d'un enfant en bas âge, ne pouvait pas faire face aux tâches domestiques, et d'ailleurs il ne souhaitait pas garder dans sa maison un homme qui lui rappellerait constamment sa femme disparue. Julien trouva refuge chez son patron, au fond de l'atelier dans lequel on entreposait la chaux. Une petite chambre fut aménagée dans l'urgence, sommairement chauffée par un poêle à bois, meublée d'un châlit, d'une table et deux chaises. Julien n'avait besoin de rien d'autre, car il ne possédait que les vêtements qu'il portait sur lui, ne parvenait même pas à renouveler ses bleus de travail, ravaudés de toutes parts.

Logé comme il l'était, il se rassura peu à peu, dans la mesure où il savait qu'il ne décevrait pas : il ne comptait pas les heures, embauchait avant les autres du fait qu'il se trouvait sur place et, le soir, une fois rentré, préparait les matériaux pour le lendemain. Il devint ainsi l'homme de confiance du maçon, se réfugia dans cette petite vie qui le rassurait, insouciant de l'avenir, des forces obscures qui le guettaient et qui finirent par se manifester un soir, avec la venue des gendarmes qui lui portaient une convocation pour se présenter au conseil de révision à Sarlat.

Cela se passait à l'automne de l'année 1901, au tout début d'un siècle qui allait voir changer le monde plus vite qu'au cours de tous les précédents. Julien venait d'avoir dix-huit ans. Il était seul, il ne savait ni lire ni écrire, mais il travaillait et gagnait sa vie. Il fut très surpris du fait qu'on le connaissait ailleurs qu'à Proissans et conçut de cette constatation une certaine inquiétude.

Aussi, ce ne fut pas sans appréhension qu'il se mit en route pour Sarlat, ce matin-là, et qu'il se retrouva parmi des jeunes de son âge, dans la grande salle de la mairie où se tenait le conseil présidé par un officier de gendarmerie. Ce ne fut sans doute pas le fait de se trouver nu devant des messieurs en costume ou en uniforme qui le meurtrit le plus, mais le fait de devoir avouer qu'il était illettré. Je devine les haussements de sourcils, la stupéfaction des édiles, leur incompréhension, mais probablement n'était-il pas le seul – du moins je l'espère – car la loi républicaine instaurant l'école gratuite et obligatoire n'avait pas encore fait le chemin qui fut accompli vingt ans plus tard.

Il ne savait pas que cette tare le condamnait à l'infanterie, c'est-à-dire à ce qui deviendrait la chair à canon du grand massacre qui, déjà, s'annonçait, dès le seuil des écoles primaires où l'on enseignait qu'il était impératif d'aller reprendre l'Alsace et la Lorraine. Lui, il n'en avait jamais entendu parler, de l'Alsace et de la Lorraine, sinon, peut-être, dans les récits entendus au cours des veillées de dénoisillage, mais il n'en gardait pas le moindre souvenir.

Il était de tradition, au sortir du conseil, d'aller festoyer à l'auberge et de fêter l'événement en se saoulant, afin de bien montrer que l'on était devenu un homme. Au cours de ce repas très arrosé, il dut faire face à des sarcasmes qui l'accablèrent : il s'appelait Signol et n'avait même pas su signer sa feuille de présence. Les rares illettrés du groupe ne portaient pas ce patronyme voué à une ironie facile. Ce fut donc lui la tête de Turc, la victime désignée dont a besoin tout rassemblement d'hommes sous l'empire de l'alcool. Il fit face comme il le put, c'està-dire en silence, opposant à la raillerie un front têtu, silencieux, faillit se battre puis renonça. Cette tare qu'il cachait de plus en plus mal était invincible, il venait de le comprendre ce jour-là, et il en demeurait accablé, dévasté par quelque chose qu'il ne savait pas définir, mais qui se situait bien au-delà de la honte : il était coupable de ne pas ressembler à ses semblables, de perpétuer une condition indéfendable, inacceptable dans un pays qui avait entrepris l'éradication de l'illettrisme depuis des années.

L'après-midi, les jeunes de la classe défilèrent dans les rues en arborant des signes d'une virilité désormais reconnue : chapeaux, colifichets, cocardes tricolores, objets divers qui attestaient un nouveau statut, celui d'être apte à combattre pour son pays. Et l'on chanta des chansons patriotiques en vomissant le mauvais vin dans les ruelles et en courant, ensuite, pour rattraper le cortège, enfiévré par la sensation d'une reconnaissance venue des plus hautes sphères du pays, la promesse d'une gloire prochaine.

Dès qu'il fut question de défiler dans la rue principale de Sarlat, Julien reprit solitaire la route de Proissans où le travail l'attendait. Vaguement inquiet d'avoir découvert une frange du monde braillarde et oisive, il se réfugia dans les seules certitudes qu'il avait à sa disposition et dont les frontières le rassuraient. Sa chambre, les chantiers, son patron, son maigre salaire représentaient ses seuls repères sûrs. Tout le reste évoquait l'inconnu, tout ce qu'il devait éviter pour ne pas se mettre en péril.

La vie reprit, rude, besogneuse, silencieuse, dans la solidarité d'une petite équipe : cinq ouvriers plus le patron, et la satisfaction de bien faire son travail, d'apprendre un peu plus chaque jour, d'oublier l'incursion brève dans l'autre monde qui n'avait fait que lui montrer sa petitesse, sa fragilité, les risques qu'il y avait à s'y aventurer davantage.

Les périls, pourtant, étaient devant lui, car il devait partir bientôt, et pour trois ans. Depuis la loi Freycinet de juillet 1889, en effet, le service national durait trois années. Il serait ramené à deux ans en 1905, mais Julien, qui partit en mai 1902, aurait alors accompli ses trois ans. Il fut donc l'un des derniers à servir sous les dispositions de cette loi, qui prévoyait, au reste, une réserve active de neuf ans.

Le calcul est simple : 1905 + 9 = 1914. Ce n'était pas la territoriale qui lui était promise à plus de trente ans, mais les tranchées. Il ignorait tout de cela, heureusement, sans quoi, comment aurait-il réagi ? Je crois qu'il aurait de toute façon obéi, car il n'était pas assez fort pour se rebeller contre une autorité dont les représentants l'écrasaient de tout leur savoir, de toute leur puissance. Et de ceux qu'il avait découverts à Sarlat, en costume ou en uniforme, il était convaincu qu'il avait tout à redouter.

# II
## Le ciel

## 17

Ses pas ne l'avaient jamais conduit plus loin que Sarlat et il n'avait jamais pris le train. J'imagine avec quelle angoisse il se mit en route, ce matin-là, vers la gare, après avoir salué son patron qui lui avait glissé quelques pièces en lui disant :

— Ne t'inquiète pas. Je te reprendrai quand tu reviendras. Trois ans, c'est vite passé.

Il n'avait pas répondu, avait chargé son petit sac de toile sur son épaule, quitté Proissans en ayant l'impression qu'il ne saurait pas trouver son chemin pour arriver à destination. Car le monde extérieur lui paraissait toujours aussi hostile, indéchiffrable, et sa timidité, la conscience aiguë de n'être rien lui rendaient le moindre pas malaisé, périlleux.

Il se renseigna, sans doute, assez facilement, en gare de Sarlat où il prit le train pour Souillac et, de là, vers Paris, sans changement. Les banquettes des wagons de troisième classe de l'époque n'étaient pas confortables et le voyage durait longtemps. Dix heures, presque, ce qui le fit arriver juste avant la nuit dans la capitale dont, effaré, à travers la vitre, il avait aperçu le gigantisme, les immeubles gris, les rues encombrées de fiacres, de voitures automobiles, d'omnibus à impériale.

On comprend aisément quel choc ce fut, pour le jeune homme de dix-neuf ans qui avait jusqu'alors vécu dans vingt kilomètres carrés et ne savait rien du monde extérieur, des grandes métropoles ! Et quelle épreuve pour se renseigner, trouver sa route, changer de gare pendant la nuit, prendre le bon train pour Dijon, puis la direction de Mulhouse, via Besançon, enfin Montbéliard et Belfort, sa destination finale. Je le vois sur un trottoir, il marche tête baissée, il s'arrête, hésite à aborder l'un de ces passants pressés qui jettent un regard sur lui mais l'ignorent, comme s'il n'existait pas. Il parle très mal le français, s'exprime plus facilement dans ce patois périgourdin qu'il utilise depuis l'enfance.

Ce fut, en effet, la tâche essentielle des premiers instituteurs que d'apprendre à leurs élèves le français en leur tapant sur les doigts dès qu'ils prononçaient un mot de patois. Un combat sans merci qu'ils livrèrent sans faillir, persuadés qu'ils étaient qu'une nation était unie par une langue commune aussi bien que par le territoire. La mission essentielle à eux confiée par la IIIe République, mais à laquelle Julien, hélas, échappa. Comment s'est-il fait comprendre ? Je me le demande en écrivant ces lignes et je mesure la hauteur des obstacles qui se dressèrent devant lui ce jour-là, à Paris, comme ils allaient se succéder au cours des mois qui suivirent.

116

Il parvint cependant à Belfort au petit matin, le surlendemain, dans la lumière neuve du mois de mai. Étonné de se trouver là, à plus de six cents kilomètres de chez lui, dans une petite ville qui s'éveillait à peine, il ne savait pas plus qu'à Paris quelle direction prendre. Levant la tête vers le ciel, il aperçut des montagnes sur sa gauche sans savoir qu'il s'agissait des Vosges, mais elles lui parurent atteindre le bleu, s'y fondre, et il se sentit un peu rassuré. Ici, le regard portait loin, on semblait vivre haut, et les passants qu'il croisait sans oser demander son chemin ne vivaient pas tête baissée, ce qui lui donna la conviction qu'ils n'avaient jamais travaillé la terre. C'étaient des ouvriers qui partaient pour l'usine et qui ne ressemblaient en rien aux domestiques du domaine, pas même aux maçons de Proissans. Il erra un long moment dans les rues de Belfort avant de trouver la caserne, d'où l'on apercevait des fortifications.

Dès le premier jour, la rudesse de l'accueil, la violence des ordres ne le surprirent même pas. Il savait que le monde extérieur ne pouvait être qu'hostile, menaçant, surtout pour lui qui ne possédait aucune arme pour s'en défendre. L'encadrement serré dont les recrues faisaient l'objet, au contraire, le rassura dans la mesure où il ne se sentait pas livré à lui-même, sans savoir où trouver les informations sur la conduite à tenir. De l'apprentissage de la discipline, du maniement des armes, des marches, des manœuvres, il s'accommoda facilement : n'avait-il pas obéi toute sa vie à quelqu'un et ne parcourait-il pas des kilomètres à pied, matin et soir, à Proissans ?

Il rassembla ses forces, évita de se faire remarquer, gardant en lui sa méfiance, dissimulant sa fragilité dans un silence que ses camarades de chambrée ne surent comment interpréter. Il ne trouva pas le moindre allié parmi les nouvelles recrues où figuraient pourtant trois illettrés, comme lui. Mais rien ne l'inclinait vers les autres, car il savait que nul ne pouvait l'aider, ayant appris à lutter seul, à trouver les ressources en lui-même – il y avait longtemps qu'il avait compris que sa vie ne serait que ce qu'il en ferait.

Une longue marche le conduisit un jour sur les pentes du ballon d'Alsace, où son régiment passa une semaine en manœuvres et bivouacs ininterrompus. Il n'en souffrit pas davantage. Dès qu'il sortait du couvert des sapins, qu'il pouvait lever la tête, il apercevait le sommet d'une montagne, là-haut, ne pouvait en détacher son regard et en concevait l'impression d'une revanche, pour ne pas dire d'une victoire. La nuque reposant sur son barda, il s'éblouissait de ce ciel immense, si bleu, si bleu, et mesurait le chemin parcouru depuis ses sept ans, dans la liberté pourtant relative que lui accordaient des officiers adeptes d'une discipline de fer.

Il se recroquevilla sur ses quelques certitudes, se garda des uns et des autres, s'habitua à cette vie où l'essentiel – le vivre et le couvert – était assuré. Au point que sa première permission, huit mois plus tard, pour les fêtes de fin d'année, le laissa complètement désemparé à l'heure de reprendre le train pour le Périgord.

Après un jour et une nuit de voyage, il arriva à Sarlat qui lui parut inconnue dans la petite neige tombée la veille. Il prit la route de Proissans, où son patron, à sept heures du soir, lui offrit un verre mais ne lui proposa pas de le retenir pour le repas. Il avait des clients à visiter, des devis à établir et la chambre que Julien occupait avant son départ n'était plus disponible. Il alla trouver refuge chez une de ses sœurs, à Saint-Crépin, qui était mariée avec un nommé Delrieu et qui accepta de l'héberger pour la nuit. Mais le lendemain, il dut repartir. Pour aller où ? Que faire de ces huit jours qui lui avaient été accordés et qui le laissaient vacant, désœuvré, perdu, sans les repères dont il avait besoin ?

Il résolut de rendre visite à ses autres frères et sœurs qui accepteraient peut-être de lui donner un lit, un peu d'attention, un peu de chaleur. Henri, son frère aîné, habitait dans les environs de Sarlat. Il l'invita à dîner, le fit coucher, mais, le lendemain, il ne le retint pas. Tout le monde avait du travail, des charges, des soucis. Julien poussa jusqu'à Groléjac, sur les rives de la Dordogne, à plus de vingt kilomètres, où sa sœur Amélie s'était mariée à un nommé Vidal, y trouva le même accueil, chaleureux mais bref, et il comprit qu'il était seul. Tout seul. Alors, au lieu d'errer dans le froid de l'hiver en des lieux devenus non pas hostiles mais étrangers, il repartit, gagna Paris, puis Belfort, où, dans la salle d'attente de la gare, il s'installa jusqu'à l'heure de rejoindre la caserne.

Ces huit jours l'avaient ébranlé plus qu'il ne se l'avouait. Il venait de mesurer que sans le travail, la position qu'il assurait, les ressources qu'il procurait, il n'était rien. Le travail sauvait de tout. Sans lui, il n'existait pas. Il se promit de retenir la leçon – une leçon qu'il ne devait jamais oublier et qu'il transmit plus tard à ses enfants, comme un secret découvert à vingt ans et jalousement conservé pour leur bonheur futur.

C'est sans doute pour cette raison que mon père me tint souvent ce langage, en une époque où le chômage ne sévissait pas encore dans notre pays : « Tu te souviendras ? Le travail ! Le travail ! » Et je me demande en écrivant ces lignes et en songeant que presque toutes les familles sont frappées par le fléau du chômage, ce qu'il penserait aujourd'hui d'une société qui ne permet pas à tous ses enfants de travailler pour gagner leur vie.

## 18

Pour Julien, dès son retour à Belfort, la vie reprit, plus sûre, moins solitaire, parmi ses camarades vers lesquels il finit par aller chercher quelque réconfort. Un réconfort de surface, d'apparence, dont il ne fut jamais dupe mais qui suffit à lui faire traverser sans trop de peine les semaines et les mois d'une nouvelle année.

L'hiver suivant, il tomba malade en décembre, après avoir pris froid lors des manœuvres dans la neige, et il se retrouva à l'infirmerie, en proie à une forte fièvre qui le fit délirer. Le major ne disposait que de peu de moyens pour soigner ses soldats et laissait agir la sélection naturelle, persuadé que seuls les plus forts survivraient, c'est-à-dire ceux qui seraient le plus aptes à partir au combat, reconquérir l'Alsace et la Lorraine et rendre ainsi à la France sa dignité perdue.

Il faut croire que Julien faisait partie des plus forts puisqu'il survécut, qu'il vit le nouveau printemps, quand les brumes se déchirèrent au-dessus des montagnes et que réapparurent les sommets vers lesquels il pouvait lever les yeux, se sentir heureux de cette possibilité qui constituait la preuve la plus irréfutable de sa victoire sur le destin.

Mais que sont les jours lorsqu'ils se ressemblent tous, que rien ne distingue les uns des autres ? Ils se succèdent, s'enfuient, ne pèsent pas plus qu'une feuille emportée par le vent. Seuls ceux des permissions lui restèrent en mémoire à cause de cette solitude dans laquelle ils le précipitèrent de nouveau, et dont il souffrit comme à son habitude : en silence.

Je me souviens très bien de ce silence – du silence des hommes, en général, au cours des repas. C'étaient surtout les femmes qui parlaient, houspillant les enfants, portant les plats, donnant des nouvelles des membres de la famille, mais mon père, comme son propre père, ne parlait pas. Même en dehors des repas, jamais une confidence, un mot d'affection, une pensée qui eût débordé, enfin, et que j'espérais, souvent, mais en vain. Des expressions vite lâchées pour donner un ordre, des gestes brusques, pas un mot sur soi, sur ses espoirs, ses déceptions, sa fatigue, un sentiment pour ses enfants. Ces hommes étaient des rocs. Ils savaient que rien ne leur serait pardonné : pas la moindre faiblesse, pas la moindre faille et ils s'étaient construits en conséquence. Seul un éclair d'affection passait parfois dans leurs yeux, vite éteint, vite oublié, et ils redevenaient aussitôt ces rocs indestructibles que paraissaient ne jamais ébranler les plus violentes tempêtes de leur vie. C'est aussi pour cette raison, comme je l'ai déjà dit, que l'on sait peu de choses au sujet de leur existence et celle de leurs parents. Ce n'est que vers la fin de sa vie que mon père a parlé un peu, ou plutôt qu'il a écrit, à la demande de sa petite-fille, quelques pages, celles que j'ai sous les yeux, et qui m'ont permis de reconstituer l'essentiel. Vingt-huit pages, exactement, sur un petit cahier à carreaux pour résumer toute une vie. Il avait soixante-treize ans. Mais ces pages ne disent rien de ses pensées, de ses sentiments : elles expliquent et décrivent seulement des faits, des événements qui lui ont paru importants. À leur manière, elles sont un autre silence, peut-être plus douloureux à comprendre, à accepter, car elles témoignent d'une force, d'une dureté auxquelles il se savait voué, sous peine de faillir à la mission qu'il s'était fixée une fois pour toutes : travailler pour que ses enfants vivent mieux que lui…

Julien, lui, au cours des trois années de son service militaire, devint encore plus silencieux, mais aussi plus fort, plus vigoureux grâce à la nourriture, qui n'était certes pas d'excellente qualité mais n'était pas mesurée aux soldats. Sa résistance augmenta à proportion des longues marches, des exercices dans la cour, des efforts exigés par les officiers qui ne toléraient pas la moindre faiblesse, et ce ne furent donc pas des années complètement perdues. Il finit de devenir adulte, un adulte endurant, rebelle, farouche, mais mieux armé pour affronter le monde dans lequel il allait être précipité dès la fin de « son temps ».

Il ne participa pas aux beuveries et aux réjouissances de « la quille » dans les rues de Belfort, pas plus qu'il ne s'attarda à Paris malgré l'invitation d'un de ses camarades ouvrier zingueur, qui lui avait promis de lui faire visiter la capitale. Au contraire, il regagna le plus vite possible le Périgord, persuadé que ce n'était plus la solitude qui l'attendait, mais le travail et ses certitudes, l'assurance de retrouver une place, une identité, une existence conforme au combat qu'il avait mené depuis l'âge de douze ans.

Hélas ! Son patron était mort, victime d'une crise cardiaque, trois mois auparavant et personne n'avait pris sa suite. Sa veuve s'en montrait désespérée mais n'avait pu remettre en activité l'entreprise. Que faire ? Sur la route de Sarlat, ce soir-là, Julien sentit le sol se dérober sous ses pieds, s'éteindre l'espoir immense qui le portait. À quoi servait d'être débarrassé de l'armée, d'avoir tout enduré, tout supporté pendant trois ans si c'était pour ne pas retrouver le statut qu'il avait si patiemment conquis ? Est-ce que les dix années qui avaient passé allaient se révéler vaines ? C'eût été trop d'injustice, vraiment, trop de courage perdu, mais il n'était ni dans sa nature, ni dans ses habitudes de se plaindre. Et d'ailleurs à qui se serait-il plaint ?

On était au mois de mai, il faisait bon sur cette route le long de laquelle les bois respiraient doucement, les bas-côtés étaient couverts de fleurs, les prés lourds d'une herbe grasse qui annonçait les foins. C'était la saison où l'on avait le plus besoin d'ouvriers agricoles dans les fermes. Julien les apercevait depuis la route, rassurantes avec leurs murs épais et leurs tuiles rousses, la fumée qui montait de leur cheminée témoignant de foyers bien vivants où l'on mangeait à sa faim. Il savait qu'il lui aurait suffi d'aller demander du travail pour en trouver. Il en fut tenté un instant, car c'était la solution de facilité, mais il y renonça très vite : c'eût été revenir en arrière, anéantir tous ses efforts, faire preuve de faiblesse au moment décisif.

Ses pas le menèrent jusqu'à la ville où, depuis toujours, lui semblait-il, la vie était très différente de celle des campagnes, et à la hauteur de celle dont il rêvait. Mais il n'y connaissait personne. Où dormir, alors que le soir s'avançait, où calmer la faim qui le tenaillait depuis midi ? Heureusement, il portait sur lui un petit pécule : ses économies de trois ans que rien n'avait grevé, si ce n'était le nécessaire aux voyages lors de ses permissions. Il se persuada qu'il pouvait tenir une semaine en prenant une chambre dans une auberge, pourvu qu'il ne mange qu'une fois par jour.

Il en trouva une à l'entrée de Sarlat, dans le quartier du Pontet, là où s'arrêtait le tramway qui traversait la ville depuis le route de Montignac jusqu'à celle de Souillac. Une ancienne auberge de roulage dont les prix ne lui parurent pas excessifs, bien qu'il n'eût à ce sujet aucune certitude : il ne savait pas compter, mais il avait appris de façon empirique à quoi correspondait une pièce de un franc par rapport à ses besoins quotidiens.

Là, anonyme parmi les nombreux voyageurs de la salle commune, il prit un bon repas de soupe et de daube, puis il dormit d'une traite jusqu'au lever du jour, épuisé qu'il était par son voyage et son aller et retour à Proissans. Dès le lendemain, il se mit en quête d'une place de maçon, après s'être renseigné auprès de l'aubergiste, un homme de forte stature, qui régentait son monde avec beaucoup d'autorité.

— Je n'en connais guère, de maçon, dit-il, mais je vais me renseigner.

Julien n'était pas disposé à attendre, car il savait qu'il ne possédait pas beaucoup d'argent et qu'il faudrait, une fois embauché, tenir une semaine de plus avant la paye. Il parcourut la ville un peu au hasard, car sa timidité, le sentiment de sa petitesse l'empêchaient de frapper aux portes. Enfin, l'après-midi, il aperçut des ouvriers sur un chantier, et il osa s'approcher de celui qui lui avait semblé donner des ordres. Le patron, car c'était lui, lui dit qu'il n'avait besoin de personne, que son équipe était au complet. Julien lui demanda s'il ne connaissait pas un collègue qui aurait besoin d'un ouvrier, mais l'homme lui répondit à peine, lui faisant comprendre que le travail pressait.

Julien repartit, erra encore un moment dans les rues de la ville, puis il regagna l'auberge avec en lui l'espoir que le maître des lieux se serait renseigné.

— Tu rentres juste du service, lui dit l'homme. Prends un peu de bon temps, que diable ! Tu as bien le temps de travailler !

Devant la déception de Julien, il ajouta :

— Si tu es si pressé, va en cuisine. Je t'embauche. On a toujours besoin de bras.

Mais ce n'était pas ce que Julien voulait. Fidèle à sa résolution, il ne pouvait pas dévier de sa route. Alors, les jours suivants, il continua de chercher mais il ne songeait même pas à préciser qu'il avait déjà travaillé comme maçon. D'ailleurs, la plupart du temps, on ne lui laissait pas le temps de s'expliquer, tant il semblait peu sûr de lui, écrasé par la sensation de mendier du travail.

Très inquiet sur son sort, sentant filer ses économies, il quitta Sarlat et partit pour Groléjac, distant d'une vingtaine de kilomètres, pour demander de l'aide à sa sœur, malgré ses réticences. Là, après l'avoir écouté avec la bienveillance que Julien espérait, Amélie réussit à convaincre son mari de l'embaucher, au moins temporairement.

— Je te prends le temps que tu trouves une autre place, lui dit Vidal, un homme d'aussi grande prestance que l'aubergiste de Sarlat, mais beaucoup plus aimable. Je ne te payerai pas, mais tu seras logé et nourri. Ça te va ?

Julien, rassuré sur son sort, remercia et, dès le lendemain, au lever du jour, se mit au travail avec une ardeur à la mesure des trois ans au cours desquels il avait rêvé de tenir une truelle et de bâtir des murs. Pas une seule fois Amélie et son mari ne regrettèrent de lui avoir tendu la main au cours des trois mois qu'il passa à Groléjac. Premier levé, dernier couché, il travaillait aussi le jardin le dimanche et reprisait lui-même ses bleus de travail.

Enfin, à l'automne, Vidal lui annonça qu'une grosse entreprise de travaux publics de Bordeaux venait d'installer un bureau à Sarlat et cherchait des ouvriers maçons. Il avait donné son nom au directeur, M. Duval, qui avait accepté de le recevoir. On l'attendait le lundi suivant pour un entretien, car il y avait une condition :

— Ils travaillent dans toute la région. Il faut accepter de bouger, de ne pas se fixer.

— Ça m'est égal, dit Julien. L'important c'est que je puisse travailler.

Le lundi suivant, ce ne fut pas le directeur qui le reçut mais un contremaître. Celui-ci lui expliqua que l'entreprise « Pellerin, Ballot et Duval » était spécialisée dans la construction de routes et d'ouvrages d'art, comme les ponts ou les viaducs, et qu'à ce titre elle recherchait effectivement des maçons, mais que les chantiers la conduisaient dans tout le Sud-Ouest et que les ouvriers devaient accepter de se déplacer.

— Je ne suis pas marié, répondit Julien. J'irai où on me demandera d'aller.

— Dans ce cas, tu commences demain, dit le contremaître. Viens ici à l'embauche à six heures. On te conduira.

Julien remercia, se sentit sauvé : il était persuadé que cette bouée qu'on venait de lui lancer pour la deuxième fois, il ne la lâcherait plus.

## 19

Je suis persuadé que le lendemain fut l'un des plus beaux jours de sa vie, dès qu'il fut certain, une fois dans la cour, qu'il avait bien compris la veille que c'était bien lui qu'on avait accepté d'embaucher, alors qu'il avait failli être renvoyé vers sa condition première, celle d'un domestique.

— Tu es Julien Signol ? lui demanda un contremaître vêtu d'une blouse grise, qui surgit du bureau, une sacoche de cuir sous le bras.

— Oui, c'est moi.

— Tu as des outils ?

— Une truelle, répondit Julien en montrant sa musette de toile dans laquelle il avait placé le seul outil qu'il possédât.

— Viens avec moi.

Il se dirigea vers un charroi plein de sacs de sable et de chaux, où trois ouvriers avaient trouvé place, les jambes pendantes au bord du plateau, et dont les yeux ne l'effleurèrent même pas, comme si, déjà, avant même de commencer à travailler, ils craignaient de commettre une faute et de se faire chasser.

D'un geste sans réplique mais qui blessa Julien en raison de la position privilégiée qu'il lui accordait, le contremaître l'invita à monter près de lui sur la banquette avant et, sans un mot, il desserra le frein et lança les chevaux. Ils voyagèrent un quart d'heure dans le plus grand silence, et ce fut seulement en traversant un bois de chênes et de châtaigniers dont le feuillage rappela douloureusement à Julien le domaine de la Roussie, que le contremaître, semblant retrouver subitement la parole, consentit à parler et expliqua où ils allaient :

— Un mur de soutènement le long de la voie ferrée entre Sarlat et Souillac. Pas un chantier facile, car ça s'éboule. Le cantonnement se trouve à Rouffillac.

— Oui, dit Julien qui aurait accepté n'importe quelle mission, n'importe quel lieu de travail, et qui se demandait pourquoi on lui donnait des explications à lui, et pas aux autres – il ne savait pas que, depuis la recommandation de Vidal, il était considéré comme un véritable maçon et les autres comme des manœuvres sans qualification.

Ils arrivèrent peu avant midi sur le chantier où travaillaient déjà une dizaine d'ouvriers, sous un pâle soleil qui faisait luire la lumière d'une rivière sur la droite, entre de fins peupliers, et dont Julien songea qu'elle devait être la Dordogne. À mi-pente, un échafaudage se dressait comme un insecte griffu aux pattes trop fines au-dessus du remblai qu'il fallait fortifier. Le contremaître affecta Julien à la taille des pierres, en bas, sur une plateforme sommairement aménagée, et ce fut le début d'un travail qu'il s'efforça de mériter pour ne pas avoir à grimper sur les planches fragiles à travers lesquelles, d'en bas, il apercevait le bleu dont il avait rêvé.

Les conditions de travail des ouvriers de l'époque n'étaient pas celles que leur octroyèrent les lois sociales du Front populaire : aucune sécurité, douze heures de travail par jour, congé le dimanche, sauf lorsque le travail pressait, repas sur le chantier à midi, un lit dans une soupente de l'auberge la plus voisine ou dans l'un de ces baraquements en bois que l'on utilisait dans les grandes entreprises qui avaient commencé à se déplacer de chantier en chantier avec l'essor du chemin de fer.

Julien ne refusa rien, accepta toutes les besognes, toutes les paillasses crevées ou pleines de vermine, pas même indisposé par la promiscuité des soupentes, du fait qu'il s'y était habitué à l'armée. Ce fut le commencement d'une vie de labeur acharné, qu'il jugea d'autant plus acceptable qu'il en cernait parfaitement les limites mais aussi les dangers. Pas la moindre douceur, ni le moindre égard, au cours de ces jours, ces mois qui passèrent, monotones, épuisants, ni le moindre regard de femme, excepté, peut-être, celui de l'une de ses sœurs, quand il trouvait suffisamment de forces pour aller la voir le dimanche après-midi.

Il était devenu un roc, n'attendait rien des hommes qui vivaient près de lui, ne parvenait pas à se lier – pas plus qu'à l'armée – tant il était persuadé, et depuis toujours, que personne ne pouvait

131

rien pour lui. D'où une froideur, une distance qui l'isolait mais, en même temps, le rassurait, car il avait alors l'impression de posséder les clefs qui lui permettaient de maîtriser sa vie.

Il a peu parlé de ces années-là, sinon pour souligner le danger qu'il y avait à travailler sur des échafaudages de fortune, à sept ou huit mètres du sol, avec très peu de protection, simplement une barre de bois fixée à un mètre au-dessus des deux planches mal jointes sur lesquelles il fallait évoluer en soulevant les pierres. Il ne s'en plaignit pas, d'autant que la plupart du temps sa qualité de tailleur le destinait à rester en bas.

Ce fut donc ainsi que le temps passa sans qu'il s'en rendît compte, cinq longues années exactement, jusqu'à ce jour du printemps 1910 où les yeux d'une femme, enfin, se posèrent sur lui. Un chantier de construction d'un pont l'avait ramené à Sarlat, à proximité d'une auberge où il mangeait et couchait, le soir, dans le quartier de la Croix-Rouge où se trouvait le terminus du tramway qui traversait la ville de part en part. Auprès des deux patronnes de cette auberge officiait une jeune fille qu'il ne connaissait pas, mais qui, le premier soir, laissa tomber la soupière quand les yeux noirs de Julien croisèrent les siens.

J'ai raconté leur rencontre dans *Adeline en Périgord*, j'ai même raconté sa vie, à elle dont la mère était morte en lui donnant le jour et qui garda de ce drame la conviction d'une culpabilité accablante sans jamais l'avouer. Elle s'appelait Hélène, en fait, mais on lui avait donné le prénom de sa mère comme si c'était le moyen et le seul, bien dérisoire, au demeurant, de perpétuer la vie de la défunte, de remplacer un être qui n'était plus, ne serait plus jamais.

Elle était la sixième d'une famille de treize enfants qui vivait dans une ferme au bord de la route de Sarlat à Montignac, près du village de Saint-Quentin dissimulé dans un vallon aussi paisible que la vie qu'on y menait. Son père avait épousé la sœur de sa femme venue s'occuper des enfants après le décès de cette dernière, comme il était d'usage, à une époque où la mort était familière. Treize enfants, donc, et peu de moyens, même si le père faisait commerce du bétail, des bœufs et des chevaux, et gagnait ainsi plus d'argent que par le simple travail de quelques terres perdues au milieu des châtaigniers.

L'enfance d'Hélène avait été plus heureuse que celle de Julien, car elle avait grandi chez elle et non pas chez les autres, au sein d'une famille aimante, du moins jusqu'à l'âge de onze ans. Par ailleurs, elle avait pu apprendre à lire et à écrire au cours de trois années d'école, un rêve d'abord pour elle, puis une blessure quand il avait fallu partir, être placée à l'auberge de la Croix-Rouge car il y avait trop de bouches à nourrir à la ferme. Ce fut un déchirement de quitter ainsi les siens, sa maison, son enfance, son institutrice qui était en vain intervenue auprès du père accablé mais inflexible – c'était là le destin de la plupart des enfants, et donc des siens.

Hélène avait serré les dents sur son chagrin, s'était habituée puisqu'il le fallait bien, aidée en cela par ses patronnes qui ne se montraient pas trop dures avec elle, d'où le fait qu'elle s'y trouvait toujours en cette année 1910 qui venait de conduire vers elle Julien, et avec lui le destin.

Elle n'avait que vingt et un ans, étant née en 1889 et il en avait donc six de plus. Elle était petite, menue, « son visage étroit et fin s'illuminait de deux yeux gris qui avaient la transparence secrète des fontaines », ai-je écrit dans le livre que je lui ai consacré. Ses cheveux étaient sagement noués en chignon sur sa tête. Ils ne se ressemblaient pas. Il était la force, elle était la douceur, la fragilité. Et cependant, ce soir-là, elle laissa tomber la soupière, sortit de la salle à manger en pleurs et refusa d'y retourner, tellement le regard noir de l'ouvrier inconnu l'avait bouleversée.

## 20

Julien resta deux mois dans l'auberge, et il faut croire qu'elle sut faire fondre la glace, malgré sa pudeur et sa timidité. On ne sait ce qu'ils se sont dit, ni l'un ni l'autre n'en a jamais parlé – on ne parlait pas de ces choses-là, le cœur et l'âme ne se dévoilaient jamais, car l'on était habitué à les souffrir en silence. Comment a-t-elle réussi à apprivoiser ce rebelle, ce sauvage farouche enfermé dans ses dérisoires certitudes et apparemment si différent d'elle ? Sans doute grâce à sa douceur dont il n'avait jamais connu la pareille et dont il n'avait jamais pensé qu'un être humain en fût le dépositaire. Il en demeura subjugué, transformé, découvrant enfin que tout n'était pas hostile, que l'on pouvait se fier à quelqu'un, à plus forte raison si ce quelqu'un était fragile, souriant, n'élevant jamais la voix, prononçant des mots inconnus de lui, qui lui ouvraient les portes d'un monde enfin habitable, chaleureux.

Ils se voyaient le soir, quelques minutes seulement, avant de se coucher, hésitant à s'approcher l'un de l'autre, à se livrer dans des confidences qui eussent pu dévoiler ce qu'ils étaient vraiment, c'est-à-dire rien, pas grand-chose, deux êtres qui avaient toujours servi les autres, travaillé pour des maîtres. Et c'est dans cette insignifiance, probablement, qu'ils se reconnurent comme semblables, dignes l'un de l'autre, acceptés enfin pour seulement ce qu'ils étaient, de grands enfants perdus, craintifs, cherchant le précieux refuge d'un regard ou d'un bras.

Au terme de ces deux mois, il fallut changer de chantier, partir sans avoir levé le voile sur leurs sentiments, ni l'un ni l'autre n'ayant la force d'oser pareil aveu qui eût dit trop, et mal, ce qui les liait, déjà, pour toujours. Il partit en suggérant que peut-être il pourrait revenir le dimanche, même s'il travaillait loin, et tint parole. Comme il ne dépensait rien de l'argent qu'il gagnait, il avait de quoi acheter une bicyclette, ce qu'il fit, fier de posséder enfin quelque chose, mais hanté par la crainte qu'on la lui volât, au point qu'il se relevait la nuit pour vérifier qu'il avait bien attaché le seul moyen de loco-motion capable, où qu'il fût, de le conduire vers celle qui l'attendait.

Il lui arriva alors de parcourir cent vingt kilomètres aller et retour dans la seule journée d'un dimanche, lors d'un chantier sur la route de Bergerac, et, comme on approchait de l'hiver, de rentrer à la nuit, sans la moindre lumière, pas même guidé par la lune que dissimulaient les lourds nuages de novembre. Qu'importe ! Il n'aurait renoncé pour rien au monde à ces quelques minutes de conversation avec Hélène, non dans sa chambre, évidemment, mais dans la cuisine où ses patronnes avaient la bonté de la laisser seule avec lui. Quelques minutes seulement, mais assez pour se réchauffer au sourire toujours aussi lumineux de cet astre né depuis peu, et qui lui donnait la force de repartir dans le vent du nord, de pédaler sans économiser l'énergie d'une journée de repos, se demandant s'il avait rêvé ou si Hélène existait bien, cherchant à se remémorer les quelques mots qu'elle avait prononcés, dont il restait ébloui, incrédule, se demandant si c'était bien à lui qu'ils étaient adressés.

— Alors, comme ça, vous êtes venu.

— Oui.

— Je suis bien contente.

Ils restaient face à face, de part et d'autre de la table de la cuisine, après qu'elle lui eut versé un verre de vin. Elle regardait ces lèvres interdites sur lesquelles naissaient des sourires maladroits, à peine le noir velours des yeux qui l'avait tant frappée, le premier jour, et qu'elle ne pouvait soutenir sans se sentir coupable, mais sans savoir de quoi.

L'hiver, la neige et la pluie glacée interdirent à Julien de la rejoindre à plusieurs reprises : aux premiers froids, de très bonne heure, un dimanche matin, il était tombé sur le verglas, s'était blessé à une jambe et avait failli ne pas pouvoir travailler le lendemain. Il n'était pas question de jouer avec ces choses-là. N'être pas payé pendant un jour ou deux ne prêtait pas à conséquence, mais risquer d'être renvoyé, de perdre son travail, il ne pouvait l'envisager sans se retrouver aux pires heures de sa vie, proche de la défaite, anéanti. Ces jours sans soleil, il se murait, pensait à elle autant qu'il le pouvait, et pendant la semaine qui suivait guettait le ciel, la moindre accalmie, les promesses de beau temps. Ainsi le soleil d'hiver devint celui du sourire d'Hélène, l'espoir et la chaleur, un bonheur d'autant plus nécessaire qu'il était à présent menacé.

Le printemps finit par dissiper les menaces et, les jours grandissant, il put s'attarder davantage, le soir, sans cependant être capable de prononcer les mots qu'elle attendait dans le secret de son cœur. Pas plus que lui, en effet, elle n'en était capable. Car il lui faisait peur autant qu'il l'attirait, cet homme qui venait vers elle du fin fond du département sans pouvoir avouer à quel point elle lui plaisait, combien elle était devenue indispensable à sa vie, combien elle avait transformé son univers, lui avait enfin donné enfin conscience d'exister pour quelqu'un. Non : ni l'un ni l'autre n'étaient capables de trouver ces mots-là, qui, pourtant, les auraient foudroyés de bonheur, ni d'esquisser les gestes qui eussent hâté les choses, décidé de leurs vies.

Heureusement, les deux patronnes d'Hélène s'émurent de cette passion qui ne pouvait se traduire en paroles, ou si peu, et qui risquait de se briser comme un cristal trop fragile. Comme leur servante dépérissait, ne travaillait plus de la même manière qu'avant, elles s'entremirent. Poussé dans ses retranchements, pris au piège des deux auber-gistes qui connaissaient les hommes jusque dans les recoins les plus secrets de leur cœur, Julien finit par concéder qu'il rêvait de mariage avec Hélène mais que, peut-être, elle était trop bien pour lui, qu'il comprendrait si on ne lui accordait pas sa main, bref qu'il ne ferait pas d'histoires, qu'il s'éloignerait.

— Je ne sais ni lire ni écrire, avoua-t-il un soir, comme si cet aveu mettait un terme à cette histoire.

— Le lui avez-vous dit ? demandèrent les deux femmes, quelque peu ébranlées.

— Oui. Elle le sait depuis les premiers jours.

— Cela n'a rien changé pour elle, vous voyez !

En réalité, comme s'il portait sur lui les traces d'une infamie, il avait attendu six mois avant de se confier à Hélène, et cependant elle n'en avait pas été vraiment surprise, avait répondu d'une voix qui lui avait paru encore plus douce qu'à l'ordinaire :

— Je vous apprendrai.

— Non ! Je ne pourrais jamais, s'était-il écrié avec, sur le visage, une expression si douloureuse qu'elle avait regretté ses mots, souhaité ne jamais les avoir prononcés.

Ce n'était pas le fait d'apprendre qui lui parais-sait alors impossible, mais l'humiliation qu'il met-trait ainsi au jour devant elle, la conviction qu'il ne pourrait plus jamais soutenir son regard. Aussi n'en avaient-ils jamais reparlé, et c'était aujourd-'hui comme si elle avait oublié sa proposition, dont elle devinait quelle blessure elle ouvrait chez cet homme dont la fierté était l'unique richesse.

Sa modestie, son effacement séduisirent les deux femmes qui, par ailleurs, s'étaient déjà renseignées auprès des employeurs de l'ouvrier : l'entreprise bordelaise « Pellerin, Ballot et Duval », dont personne ne pouvait contester le jugement. Les renseignements obtenus les avaient convaincues, notamment sur le point essentiel qui les préoccupait : Julien Signol ne buvait pas, sinon pendant les repas, mais jamais personne ne l'avait vu pris de boisson, et son travail était irréprochable ; bref, c'était un homme sérieux, sur lequel on pouvait compter.

Depuis plus de dix ans qu'elle travaillait à l'auberge, Hélène était devenue un peu leur fille et donc se confiait volontiers. Les deux femmes savaient précisément quel feu brûlait dans le cœur de la jeune fille, ce à quoi elle aspirait, ce qui pouvait la combler. Restait à convaincre le père d'Hélène, à Saint-Quentin, où elles décidèrent de conduire le jeune homme qui, d'abord, refusa sans pouvoir vraiment s'expliquer. Faire une demande en mariage devant un inconnu représentait une épreuve au-dessus de ses forces. Non seulement il ne s'en sentait pas le droit, mais il lui semblait qu'il y avait là une outrecuidance, l'expression d'une vanité, d'un orgueil déplacés. Car qui était-il, lui, Julien Signol, qui ne savait ni lire ni écrire, pour oser demander la main d'une fée dont la douceur, en comparaison de sa violence à peine maîtrisée, de son dénuement, de sa pauvreté, l'accablait ?

Les deux femmes comprirent à demi-mot, firent le premier pas, informèrent M. Doursat, de Saint-Quentin, de l'opportunité de ce mariage, lequel demanda à sa fille les explications nécessaires. Face à son père, elle se troubla mais trouva néanmoins la force de défendre sa cause et celle de l'ouvrier à qui sa vie était vouée. Encore étonné d'avoir été accepté par une famille, lui qui n'était rien, qui était seul depuis si longtemps, Julien prit enfin la route de Saint-Quentin et, tenant pour la première fois la main d'Hélène, pénétra dans la maison de son beau-père. Il ne trouva pas les mots heureusement devenus inutiles depuis l'intercession des aubergistes, et dit seulement d'une voix qu'il ne reconnut pas :

— C'est moi.

Cela signifiait évidemment « ce n'est que moi », mais M. Doursat ne vit que le sourire de sa fille et invita son fiancé à s'asseoir, face à lui, de l'autre côté de la table où avait pris place toute la famille réunie pour l'occasion, comme il se devait. Le vin aidant, Julien se dérida, une fois le mot « mariage » prononcé pour la première fois, et l'on fixa la date au mois de juin prochain, avant les grands travaux de l'été. On n'était qu'en septembre. Il avait donc dix mois pour s'habituer à l'idée de mériter celle qui avait fait tant de chemin vers lui, l'avait distingué parmi tant d'autres, reconnu et, pour tout dire, hissé jusqu'à son cœur.

## 21

Ils ne furent pas de trop, ces dix mois, pour faire face aux problèmes que posaient les déplacements incessants de Julien, décider si Hélène garderait son travail à l'auberge – ce dont ses patronnes ne doutaient pas –, trouver un toit, si possible, où abriter un bonheur si grand. Heureusement, un chantier d'au moins deux ans s'ouvrait à Souillac pour la construction d'un viaduc, ce qui permettait de se fixer, de vivre comme tout le monde, d'autant que Julien avait reçu la promesse qu'il y demeurerait affecté jusqu'à la fin.

Il trouva sans trop de difficultés un petit logement au cœur du bourg : trois pièces, en fait, dans la rue Orbe qui menait à l'église et, avec ses économies, acheta un lit, une table et deux chaises pour le meubler. Hélène avait promis de se charger du linge, d'un buffet et d'une cuisinière que son père apporterait le jour où ils emménageraient.

Restait à s'occuper des préparatifs du mariage qui avait été fixé au 10 juin, avant d'entreprendre les foins. Les sœurs d'Hélène et son père s'y consacrèrent volontiers, d'autant qu'il devait avoir lieu au domicile de la mariée, comme c'était la coutume. Et le grand jour arriva : un samedi de grand beau temps, chaud, déjà au lever du soleil, avec un grand ciel bleu où ne rôdait pas le moindre nuage. Depuis sa maison natale, Hélène marcha vers Saint-Quentin au bras de son père dans une robe bleue, tandis que derrière eux suivaient une quarantaine d'invités, Julien fermant la marche au bras de Flavie, une sœur de la mariée, dans un costume de velours noir à grosses côtes, le seul qu'il possédât jamais.

Sur la place du village inondée de soleil, les habitants les attendaient, criant des « Vive la mariée », lançant des fleurs des champs, les accompagnant à la mairie où il fallait passer avant de gagner l'église. Ce qui fut fait rapidement, même si l'on entendit à peine leurs voix, car ils n'avaient jamais parlé en public, devant tant de monde, et qu'on leur demandât leur avis, leur approbation, en quelque sorte, les décontenançait.

Ils ressortirent ensemble pour gagner la petite église qui se trouvait de l'autre côté de la place, toujours aux cris de « Vive la mariée », et Hélène ferma les yeux, non pour les préserver du soleil, mais parce que c'était trop, déjà, ce bras qu'elle serrait, cette force qu'elle sentait contre elle, toute à elle – elle ne parvenait pas à croire qu'elle était en train de se marier. Elle le comprit seulement quand Julien lui passa la bague au doigt sans qu'elle osât plier la deuxième phalange, ainsi que le lui avait enseigné sa sœur, en gage d'indépendance future. Elle n'aurait pas osé. Unie de force à un autre homme, comme il arrivait souvent, à cette époque, peut-être aurait-elle trouvé la ressource de s'affirmer par cet usage connu seulement des femmes, mais de la part de Julien, qu'avait-elle à craindre ? Ce n'était pas d'indépendance qu'elle rêvait, mais d'appartenance et de don de soi.

Des violoneux jouèrent le long du trajet de retour vers la maison, dont la musique se mêlait à celle des cloches sonnant comme à Noël, tandis que les jeunes jetaient toujours des fleurs sur eux, que la lumière magique de juin exacerbait la chaleur du jour. On chantait dans le cortège, des fermes voisines, les gens accouraient pour les regarder passer et les féliciter, tout le monde semblait heureux de participer à une telle noce, un événement qui les changeait de l'uniformité de leur vie quotidienne, les délivrait pour une journée du travail et de leur peine.

Dans la cour, des tables avaient été dressées, une barrique de vin avait été installée, les invités s'étaient mis à boire en attendant le repas car il faisait très chaud, et la gaieté éclatait sur tous les visages. C'était un véritable festin qui les attendait, le père de la mariée étant allé chercher une cuisinière de Proissans qui officiait depuis la veille, déjà, dans la maison, plumant les volailles, vidant les poissons, cuisant les pâtisseries qui devaient rassasier les quarante invités de la noce.

144

Même les rites un peu grivois de cette époque ne parvinrent pas à ternir le bonheur d'Hélène et de Julien. Ils en rirent puisqu'il le fallait bien, sachant que c'était un mauvais moment à passer, que cela ne durait pas, que le plus beau était à venir. Ainsi, après les rires, les chants, les danses, les farandoles, ils profitèrent d'un moment d'inattention des invités pour s'échapper vers une prairie où l'herbe n'avait pas été coupée. On les chercha toute la nuit pour leur porter une soupe à l'oignon, comme c'était l'usage, mais nul ne les trouva, bien cachés qu'ils étaient dans un nid tiède, respirant le parfum entêtant de l'herbe, la tête dans les étoiles qui clignotaient, leur semblait-il, par simple amitié pour eux.

Une nuit inoubliable, bien sûr, dont nul ne parla jamais, sinon pour raconter le dépit des jeunes invités qui les avaient cherchés en vain, les cherchaient encore au petit matin, alors que c'étaient eux qui préparaient la soupe dans la cuisine dans laquelle ils s'étaient faufilés, à l'insu de tous, afin de la porter à ceux qui ne s'étaient pas couchés.

Je n'ai pas retrouvé de photographies de leur mariage. Je ne sais même pas si on en a pris une. Si c'est le cas, sans doute a-t-elle été perdue au cours des longs déplacements qu'ils ont effectués par la suite. En revanche, je possède une photo d'eux à l'âge de quarante ans – la seule qui soit parvenue jusqu'à moi. Pour quelle occasion ? Quelle nécessité ? Cela aussi, je l'ignore. On y voit Julien, cheveux courts, yeux noirs, moustache légèrement tombante, un air farouche, rebelle sur le visage, et en même temps inquiet, ou plutôt sur le qui-vive, comme si quelque chose l'avait alerté et comme si sa méfiance naturelle s'était réveillée. Il est manifestement « sur ses gardes », il se demande d'où peut venir le danger et cherche déjà comment l'esquiver.

Hélène a rassemblé ses cheveux en chignon, elle a le front très dégagé, des lèvres minces sur lesquelles flotte un léger sourire hésitant, les traits aigus, et ce qui frappe, comme chez lui, c'est le regard : il y a une faille à l'intérieur, l'expression d'une fragilité qui ne peut être dissimulée car elle est inscrite au plus profond d'elle, depuis toujours.

J'ai beaucoup regretté de ne pas les avoir en photo plus jeunes, et surtout au moment de ce mariage qui, j'en suis certain, les a rendus heureux. Peut-être le bonheur aurait-il effacé cette crainte et cette méfiance qui les a tenus en éveil toute leur vie. Je pourrais alors regarder ces portraits sans l'appréhension qui me saisit, chaque fois, au moment de les poser devant moi, en me donnant la conviction de ne pouvoir leur être d'aucun secours, de les savoir éternellement inquiets, à jamais en péril.

## 22

À midi, ils mangèrent dans la cour les restes du festin de la veille, puis il fallut songer à partir, car on était dimanche, et Julien reprenait son travail le lendemain à Souillac. Après de brefs adieux à la famille, ils montèrent sur la banquette avant de la charrette du père Doursat, sur laquelle avaient été juchés la cuisinière, une petite malle de linge et un buffet bas. Ce fut un long voyage pour Hélène qui ne s'était jamais éloignée de plus de cinq kilomètres de sa maison, et qui hésita à s'arrêter devant l'auberge où elle avait travaillé des années, pour faire ses adieux à ses patronnes. Elle y renonça finalement car elles n'avaient pas apprécié de la perdre « après avoir tant fait pour elle » et avaient manifesté leur indignation en refusant d'assister au mariage qu'elles avaient pourtant favorisé. Hélène en avait été attristée, mais sa vie était ailleurs, désormais, et c'était celle qu'elle avait souhaitée, elle ne pouvait donc rien regretter.

La route lui avait paru longue, très longue, lui donnant l'impression qu'elle s'éloignait de Sarlat définitivement, mais elle sentait sur sa gauche le bras de son père qui conduisait, sur sa droite celui de Julien, et la présence des deux hommes la réconfortait. Elle s'efforçait d'imaginer la maison qui l'attendait, là-bas, dans la ville inconnue où, très vite, elle allait se retrouver seule avec Julien et partager sa vie.

Ils n'arrivèrent que vers cinq heures, après avoir traversé plusieurs villages et longé une rivière à plusieurs reprises, dont Julien lui dit qu'elle avait pour nom la « Dordogne ».

— On s'y baigne, l'été, avait-il ajouté.

Se baigner dans une rivière ? Qu'est-ce que cela signifiait ? Elle se demanda s'il agissait de même et si elle serait obligée de le suivre, redouta un instant de ne pas vraiment connaître l'homme avec qui elle était mariée, mais, comme pour la rassurer, il lui prit le bras en disant :

— Nous allons arriver. Nous serons bien, tu verras.

Après une longue ligne droite escortée de grands arbres, l'attelage monta une petite côte, tourna à gauche et prit la rue en pente qui menait à l'abbatiale dont les dômes paraissaient surveiller la ville, finalement assez semblable à Sarlat, quoique plus petite. On s'arrêta devant une maison à deux étages, plutôt étroite, coincée entre deux autres, aux volets d'un bleu très pâle. Pendant que les deux hommes déchargeaient la charrette, Hélène contempla sa nouvelle demeure avec émotion, mais pas tout à fait persuadée qu'elle allait rester là quand son père repartirait, tant ces lieux lui paraissaient non pas hostiles, mais étrangers.

Il fallut bien se séparer, pourtant, après que les hommes eurent mis en place les meubles, que son père l'eut embrassée comme s'il l'abandonnait pour la seconde fois – elle avait vécu la première, à l'auberge, comme une déchirure. Elle le suivit jusqu'à la charrette, le retint un instant avant qu'il ne monte sur le marchepied, au point qu'il se tourna vers elle et demanda :

— Tu es contente, au moins, petite ?

Elle opina de la tête.

— Alors moi aussi, dit-il.

Elle regarda s'éloigner l'attelage jusqu'au bout de la rue, inspira bien à fond, essuya furtivement ses yeux, puis entra dans la maison où l'attendait Julien.

Je connais bien Souillac, cette belle petite ville où j'ai situé le port principal de ma trilogie de *La Rivière Espérance*. Et pourtant, quand j'ai écrit ces livres, je n'ai jamais établi de relation entre les bateliers, Julien et Hélène. Il est vrai que la batellerie, au début du XX$^e$ siècle, avait été quasiment ruinée par le chemin de fer, mais le port existait encore, et j'aurais pu les faire se rencontrer. Mais c'étaient deux mondes très différents, et cela ne m'est jamais venu à l'idée, malgré mes nombreuses visites à Souillac à l'époque de l'écriture de ces livres.

J'ai cependant retrouvé la rue où habitèrent mes grands-parents : une petite rue, comme je viens de l'écrire, qui descend vers l'abbatiale, avec quelques maisons à étages, toutes mitoyennes. C'est mon père qui, bien des années plus tard, m'a montré celle qui a recueilli ses parents au début de leur mariage. À chacun de mes voyages, je me suis arrêté devant ces volets clos en imaginant Hélène et Julien le jour de leur arrivée, mais aussi pendant les longs mois où ils y vécurent. Et chaque fois, ici, précisément, je les ai vus heureux, parce qu'ils venaient de s'unir, qu'ils allaient vivre ensemble et qu'ils espéraient le meilleur de l'avenir qui s'ouvrait devant eux.

## 23

On était en effet en 1912 et nulle menace ne pesait sur eux, d'autant qu'ils avaient du travail, un toit pour s'abriter et de quoi manger à leur faim. Julien avait promis de trouver à sa femme une place à l'auberge située au bord de la grand-route de Paris à Toulouse, qui était tenue par de vagues cousins à lui. Il partait de bonne heure chaque matin, et Hélène en profitait pour s'occuper de son ménage, ranger la maison, après quoi elle sortait pour faire quelques provisions, découvrait la ville, poussant de plus en plus loin vers le grand pont sur la rivière ou dans la direction opposée, vers le viaduc de la route de Martel sur lequel Julien travaillait. D'apercevoir de loin le chantier si haut, bardé de poutres et de planches, l'effrayait, et elle faisait vite demi-tour, se promettant de demander à Julien d'être prudent, de bien faire attention à ne pas tomber.

Elle le découvrait peu à peu, devinait sous la glace apparente cette violence sourde qui était en lui depuis son plus jeune âge, mais qu'il s'efforçait de dissimuler en sa présence. Quelquefois, le soir, quand il était très fatigué et qu'il n'avait plus la force de lutter contre sa vraie nature, elle ne reconnaissait plus l'homme si aimable, si attentif qu'il avait été à Sarlat, dans la cuisine où, si long-temps, ils demeuraient face à face sans un mot. À Souillac, au contraire, il parlait, révélant sa rébellion à l'égard d'un monde qu'il ne comprenait pas – il avait fini par lui demander de lui lire le journal, une fois persuadé qu'elle ne lui proposerait plus de lui apprendre à lire. Elle en avait toujours un peu peur, mais elle attendait son arrivée avec impatience, car elle se sentait seule et le travail lui manquait.

Lui, en réalité, s'étonnait de la découvrir là chaque soir, calme et souriante, ne s'habituant pas à cette présence qui le comblait au-delà de ce qu'il avait espéré. C'était presque trop, cette jeune femme si belle, si fragile – il avait peur, en la pre-nant dans ses bras, de la casser – qui ne vivait que pour lui, s'inquiétait de sa fatigue, de ce qu'il aurait plaisir à manger, des blessures causées par les pierres à ses mains dont, vis-à-vis d'elle, il ne se servait que la nuit, dans la plus parfaite obscurité, comme s'il avait la conviction de ne pas la mériter. Il la quittait au matin sans trop de dépit car il savait qu'il la retrouverait le soir même, et non au bout d'une semaine comme cela avait été longtemps le cas. Alors, il ne l'embrassait pas sur les joues, mais effleurait seulement sa tempe, disait, se détournant déjà, assurant d'une main la musette de toile sur son épaule :

— Prends garde à toi.

— Toi aussi, Julien. Fais attention.

Il s'éloignait sans se retourner, dévasté par cet amour trop grand qui le submergeait, le renvoyait à sa petitesse, et elle demeurait seule sur le seuil jusqu'à ce qu'il disparût à l'extrémité de la rue, remontait les marches avec l'impression d'avoir à traverser un désert avant de le retrouver.

Heureusement, elle avait fait connaissance avec sa voisine, une femme dans la quarantaine nommée Maria C., avec laquelle, maintenant, le matin, elle allait chercher l'eau sur la place du puits, rencontrait d'autres femmes, se rendait au marché sous la halle où elle côtoyait les gens de la terre venus vendre leurs légumes et qui lui faisaient penser aux siens, à Saint-Quentin, aux champs sur lesquels, près d'eux, elle s'était penchée. Ayant toujours été habituée à n'avoir jamais une minute à elle, le travail lui manquait. Elle s'en ouvrit de nouveau à Julien, si bien qu'au terme d'une nouvelle démarche à l'auberge de la route nationale, on l'embaucha de onze heures à quatre heures pour dresser les tables, aider en cuisine, débarrasser et faire la vaisselle. Elle gagnait ainsi quelques sous, se sentait utile à son foyer, rentrait chez elle avec la satisfaction de prendre sur elle un peu du poids de la fatigue de son mari, d'apporter une pierre à l'édifice qu'ils étaient en train de construire.

L'année ne se termina pas sans qu'elle comprenne qu'elle attendait un enfant, et elle en fut effrayée car elle ne savait presque rien des mystères de la naissance, croyait qu'elle serait incapable de le mettre au monde. Elle se confia à Maria, qui la rassura de son mieux, lui expliqua simplement ce qui se passerait, comme on aurait dû le faire depuis longtemps. Restait à annoncer la nouvelle à Julien sans savoir comment il allait réagir, avec, en elle, un sentiment de culpabilité car elle allait devoir s'arrêter de travailler pendant les derniers mois de sa grossesse et, elle ne l'ignorait pas, un enfant représentait une charge pour un jeune ménage.

Elle se décida à le lui annoncer au retour de la messe de minuit à Noël, à laquelle elle avait assisté en compagnie de Maria mais sans Julien, qui n'avait aucune religion et, au contraire, manifestait de l'hostilité vis-à-vis des curés et des sacrements. Le combat sans merci qu'il avait dû mener depuis son enfance, les différences de condition de vie constatées entre les humbles et les nantis, la conviction de ne pouvoir compter que sur lui-même l'avaient fermé à toute espérance autre que celle entrevue à partir du manche des outils et du pain quotidien. Il laissait pourtant Hélène fréquenter l'église le dimanche, non sans quelques hochements de tête qui exprimaient plus d'indulgence que de contrariété.

— Je sais bien que les femmes en ont besoin, disait-il, songeant à sa propre mère qui, malgré le travail, n'avait jamais manqué la messe dominicale.

Ce Noël-là ils étaient seuls, sans personne de leur famille et, tandis que les cloches sonnaient au-dehors, elle avait dit, doucement, comme dans un murmure, qu'elle attendait un enfant. D'abord, il

154

était resté muet de stupeur, se demandant peut-être comment lui, qui n'était rien, avait pu faire un enfant à cette fée et, sans doute, s'il fallait s'en réjouir ou s'en désoler. Puis il avait trouvé la force de sourire, l'avait rudement attirée contre lui en disant :

— Je travaillerai un peu plus. Ne t'inquiète pas, tant que j'aurai deux bras, tout ira bien.

Il n'y avait pas de reproche dans sa voix, seulement le souci de ce qui l'avait toujours obsédé : survivre, ne pas mourir de faim. Ils s'étaient couchés à la lumière d'une bougie qu'il avait tardé à souffler, silencieux, maintenant, un peu écrasés par cette nouvelle qui menaçait le fragile équilibre sur lequel était bâtie leur vie, mais aussi, heureusement, éblouis par ce qui était plus grand qu'eux, les hissait au niveau de ces pères et de ces mères dont, humblement, ils ne s'étaient jamais sentis les égaux.

La vie reprit, peuplée désormais d'une présence nouvelle, de projets et d'espoirs. Qu'ils le voulussent ou non, ils étaient emportés par un flot contre lequel ils ne pouvaient pas lutter et qui, en fin de compte, annonçait plus de danger que de sécurité, mais ne les laissait pas sans joie. Surtout elle, qui sentait grandir dans son ventre une vie autre que la sienne, s'en étonnait, s'en émerveillait chaque jour davantage.

Elle travailla jusqu'à la mi-juin, puis elle dut s'arrêter car elle risquait de perdre l'enfant, lequel naquit le 9 août, au terme d'un accouchement difficile mené à bien par une sage-femme trouvée par Maria. Julien n'était pas présent, son contremaître n'ayant pu lui donner sa journée, mais quand il rentra, le soir, devant ce fils qui lui était né, il se montra fier et heureux. Autant qu'elle qui, jusqu'au dernier jour, avait douté d'être capable de donner le jour à un enfant et qui y était parvenue au terme de longues souffrances : les douleurs l'avaient prise avant le jour et avaient duré jusqu'au milieu de l'après-midi.

Je crois que leur vie en fut transformée. Habitués qu'ils étaient à lutter seuls chacun de leur côté, depuis leur plus jeune âge, ils étaient maintenant réunis pour un autre combat, celui d'avoir à protéger et à nourrir ce fils qu'ils avaient appelé Clément. Hélène le nourrissait au sein, comme il se devait, mais elle n'avait pas beaucoup de lait, et ils allaient bientôt devoir en acheter. Maria l'aida beaucoup, pendant les premiers jours, faisant les courses et lui apportant du bouillon de légumes, mais aussi Julien qui, à midi, ne mangeait plus sur le chantier, mais revenait à bicyclette, même s'il ne pouvait pas s'attarder longtemps. Le soir, il restait de longues minutes penché sur le berceau d'osier, incrédule, secrètement bouleversé, puisant des forces neuves pour repartir au chantier le lendemain matin, ne pas se blesser, mériter à la fois son fils et le travail qui les faisait vivre.

## 24

La vie reprit son cours, plus gaie, plus grande, au cours d'un été très chaud, si chaud que Julien proposa, un dimanche après-midi, de se rendre au bord de la Dordogne pour se rafraîchir, profiter de l'eau comme le faisaient la plupart des gens de Souillac. Elle accepta à condition de ne pas se baigner pour ne pas s'éloigner de son fils qui dormirait dans son panier, à l'ombre – en réalité, elle ne pouvait accepter de se dévêtir, si peu que ce fût, devant son époux et ses amis maçons qu'il était question de rejoindre là-bas.

À l'extrémité des prairies, la rivière coulait entre deux plages de galets qui finissaient sous des grands peupliers, des chênes et des frênes. C'est là qu'ils retrouvèrent les familles du chantier, les femmes discutant en s'occupant des enfants – un peu mal à l'aise de rester inactives alors qu'elles travaillaient depuis leur plus jeune âge –, les hommes pêchant dans les courants des barbeaux et des truites, que tous mangeaient le soir, après les avoir fait griller sur des feux de brindilles.

Des vacances, en somme, pour eux qui n'en avaient jamais eu, qui s'étonnaient de cette liberté, hésitaient à en jouir comme ils l'auraient pu, rentrant avant la nuit, coupables d'ils ne savaient quelle paresse. Mais Julien avait pris goût à la traque des poissons, et il lui arriva d'y revenir les soirs de semaine jusqu'à l'automne, pêchant à la fouenne, ou même, parfois, la nuit, au flambeau, malgré les risques de ce qui était considéré comme du braconnage. Maria avait dit à Hélène que, de surcroît, c'était dangereux, et elle tremblait de le voir repartir, attendait en priant le bon Dieu de le garder en vie, guettant ses pas dans la rue, ne pouvant dormir jusqu'à ce que le milieu de la nuit, enfin, le lui rende.

Aussi ce fut presque avec soulagement qu'Hélène vit arriver l'hiver, même si elle savait qu'ils n'auraient qu'une cuisinière pour se chauffer et qu'il faudrait payer le bois. En novembre, elle reprit son travail à l'auberge, emmenant son enfant avec elle ou, s'il faisait trop froid, le laissant en toute confiance à la garde de Maria. À Noël, ils réveillonnèrent avec les voisins, et, pour le premier de l'an, ils décidèrent d'aller à Saint-Quentin, s'il ne faisait pas trop mauvais, retrouver la famille d'Hélène qui lui manquait beaucoup. Comme le vent avait tourné à l'ouest, le gel avait fondu, si bien que, malgré la menace de la neige, ils se mirent en route, l'après-midi du 31, Julien ayant obtenu de son contremaître l'autorisation de quitter le chantier à midi.

Ainsi, dans la grande salle à manger de la maison natale d'Hélène où il lui semblait n'être pas revenue depuis très longtemps, le premier de l'an 1914 leur parut magnifique et riche d'espérances. Leur fils souriait à tous ces visages inconnus qui se penchaient sur lui, chacun trinquait à sa santé, aux beaux jours à venir. Ce fut seulement sur le chemin du retour, dans la neige, qui, cette fois, les accompagnait, qu'Hélène eut froid, soudain, et, se rapprochant de Julien sur la banquette, dit d'une voix tremblante :

— J'ai peur.

— Et de quoi as-tu peur ? demanda-t-il, surpris.

— Je ne sais pas, mais j'ai peur.

Il la prit par les épaules, tenant les rênes d'une seule main, répondit d'une voix ferme :

— Ça ira mieux dès que nous serons au chaud.

— Oui, fit-elle. Tu as raison.

En réalité, ils arrivèrent frigorifiés, eurent beaucoup de mal à se réchauffer, au point qu'elle craignit que son fils eût pris froid, décida de le garder contre elle dans le lit.

Dès le lendemain, le bois devint son souci, car la cuisinière en fonte tirait mal, et il fallait l'alimenter en permanence pour prétendre chauffer non seulement le bas mais les deux chambres du haut dont elle laissait, à cet effet, les portes ouvertes. Chaque fois qu'elle revenait de l'auberge, elle redoutait que le feu ne se fût éteint, à la fois pour son fils mais aussi pour Julien qui rentrait transi, les mains

159

couvertes d'engelures. Elle avait acheté une bouillotte qu'elle plaçait d'abord dans le berceau de son fils, puis elle changeait l'eau et la portait dans leur lit, regrettant de ne pas posséder de bassinoire, comme à l'auberge de Sarlat, projetait d'en trouver une dès que ses économies le lui permettraient.

Julien, en effet, n'aimait pas dépenser « pour rien », comme il disait. Ayant été élevé à la dure, toujours hanté par la peur de manquer, il rangeait précautionneusement son argent dans le tiroir du buffet, en donnait peu à sa femme, non par avarice, mais parce qu'il ne savait pas combien la vie était devenue chère, se contentait de peu, n'imaginant pas qu'elle eût d'autres envies, d'autres besoins que les siens. Aussi, l'argent qu'elle gagnait à l'auberge lui donnait-il la satisfaction de ne pas avoir à lui demander plus que ce qu'il croyait nécessaire, et cet équilibre, établi entre eux dès le début, dura toute leur vie.

Le printemps de cette année 1914 mit fin aux soucis occasionnés par le bois qu'elle ne parvenait pas à économiser, et les beaux jours firent rapidement reverdir les prairies et les grands arbres des rives de la Dordogne où elle se rendait dès qu'elle avait un moment de libre, c'est-à-dire rarement, mais toujours avec une sensation de paresse coupable. En réalité, tous deux travaillaient avec énergie et avec confiance dans la mesure où leur fils « profitait bien », n'était pas malade et ne manquait de rien. Ni l'un ni l'autre, j'en suis certain, n'auraient pu imaginer un seul instant que le monde allait s'embraser et qu'ils allaient être emportés, comme des milliers d'hommes et de femmes, dans un tourbillon de folie.

Elle ne prêtait aucune attention aux discussions passionnées des clients à l'auberge, mettait leurs noires prophéties sur le compte des nombreux verres qu'ils buvaient à cause de la chaleur, se refusant à tout ce qui n'était pas le bonheur des siens, incapable d'imaginer que les politiciens de Paris pussent avoir quelque influence sur son existence. Ce fut le changement d'humeur de Julien qui l'alerta en juillet quand il s'écria, un soir, alors qu'il rentrait du chantier :

— Je leur ai donné trois ans de ma vie, ils ne vont quand même pas m'en prendre d'autres !

— Mais de quoi parles-tu ? demanda-t-elle, le cœur battant, soudain, comme si brusquement le malheur venait d'entrer dans sa maison.

Il lui expliqua que depuis l'assassinat d'un archiduc à Sarajevo, là-bas, en Serbie, couraient des bruits de guerre possible, en tout cas c'est ce qui se disait au chantier, et de plus en plus souvent au fur et à mesure que passaient les jours.

— Tu as trente et un ans, dit-elle, tu ne partiras pas, ce n'est pas possible.

— Ce n'est pas ce que dit mon livret militaire. En cas de mobilisation, je dois partir le troisième jour.

— Ne t'en fais pas. Il n'y aura pas de guerre. Je suis sûr que le bon Dieu ne le voudra pas.

— Le bon Dieu n'a rien à voir là-dedans ! s'écriat-il, faisant tomber sa chaise en se levant et disparaissant soudain dans la rue, la laissant seule avec la peur terrible qui venait de s'emparer d'elle.

## 25

Elle se mit à prier le jour et la nuit, mais comprit en retrouvant chaque soir Julien si fermé, si hostile, dans un état de rage muette et désespérée, qu'ils n'échapperaient pas au pire. Quand le tocsin retentit, le samedi 1er août, elle se trouvait sur le chemin du retour, entre l'auberge et sa maison, et elle se mit à courir, son enfant dans les bras. Lui, au chantier, venait de commencer à tailler une pierre. Il leva la tête, comme tous les autres hommes, suspendit son geste puis, rageusement, recommença à frapper sur son burin, comme s'il se refusait à entendre les cloches devenues folles. Car il savait, il avait compris. Un contremaître arriva, donna ordre d'arrêter le travail et de rentrer chez soi. Les hommes, d'abord interdits, se regardèrent, firent quelques commentaires plutôt joyeux, puis se précipitèrent vers les baraquements pour prendre leurs affaires et disparurent en discutant nerveusement, avec des grands gestes, des mots de défi, des rires stupides. Julien, lui, continuait de frapper, obstinément, le visage buté, si hostile que le contremaître, qui pourtant le connaissait bien, renonça à s'approcher de lui. Il fallut que l'un des patrons, prévenu par ce même contremaître, sorte d'un baraquement de planches puis vienne vers Julien et lui dise :

— Allons, Signol, sois raisonnable, rentre chez toi !

Julien leva la tête, aperçut le chantier déserté – certains ouvriers étaient partis en courant comme s'il y avait le feu chez eux –, demeura un moment incrédule, puis il frappa sur la pierre d'un coup si violent qu'il la cassa en deux. Après quoi, furieusement, sans un mot, il gagna le baraquement, prit ce qui lui appartenait, monta sur sa bicyclette et pédala vers la ville où les rues étaient encombrées de gens qui gesticulaient, s'apostrophaient, comme si l'ennemi était à leur porte.

Une fois chez lui, assis à table face à Hélène, ce fut comme s'il avait perdu la parole. Ses mains tremblaient de la colère sourde qui vibrait en lui, il regardait la nappe fixement devant lui et elle ne savait comment l'apaiser. Au contraire, les seules paroles qu'elle put prononcer accrurent encore sa fureur lorsqu'elle lui suggéra de ne pas obéir à son livret militaire :

— Tu me vois me cacher ! s'écria-t-il. Je ne l'ai jamais fait, même quand j'étais enfant et que ça allait mal pour moi. Ce n'est pas aujourd'hui que je vais commencer.

Puis il se leva et disparut sans qu'elle trouve la force d'esquisser le moindre geste pour le retenir. Folle d'inquiétude, elle se mit à l'attendre, le guettant depuis la fenêtre d'où elle apercevait des hommes et des femmes qui se dirigeaient en hâte vers la mairie où avaient été placardées les affiches de la mobilisation.

Il ne rentra qu'à la nuit – une nuit chaude, épaisse, du début du mois d'août – et elle eut l'impression qu'il sentait l'eau. Sans doute était-il allé se baigner pour se calmer. Ils se couchèrent, laissant la fenêtre ouverte sur la rumeur qui montait de la ville, l'écoutèrent longtemps sans trouver le sommeil, le cœur battant, désespérés.

Le lendemain, il repartit sans un mot et, quand elle sortit faire ses courses, elle vit les affiches sur les murs, comprit qu'il ne s'agissait pas d'un mauvais rêve, que Julien allait vraiment la quitter. Elle craignit qu'il ne se rende au bistrot, mais ce n'était pas dans ses habitudes : en réalité, il allait à la rencontre de ses camarades de travail, du moins ceux qui n'étaient pas encore partis, pour essayer de comprendre ce qui se passait, ce à quoi il fallait s'attendre dans les jours à venir. Car ce dont il souffrait, une fois de plus, c'était de ne pas pouvoir lire les journaux, de se sentir isolé, sans recours, manipulé par ceux qui, là-haut, disposaient de sa vie.

Les deux jours qui s'écoulèrent avant son départ furent douloureux, aussi bien pour elle que pour lui. Ils ne savaient comment exprimer cette douleur d'avoir à se séparer, la crainte que, peut-être, ils allaient se perdre à jamais, que tout ce qu'ils avaient construit avec tant de peine, ce long chemin parcouru jusqu'à leur rencontre pouvait s'arrêter brusquement, définitivement.

Le lundi matin, elle voulut l'accompagner à la gare, mais il refusa :

— Il ne faut pas : ce serait encore plus difficile, lui dit-il.

Elle insista en vain, finit par se ranger à son avis. Ils s'embrassèrent devant leur porte et, se détachant doucement de ses bras, il lui dit :

— Prends bien garde à toi ! Occupe-toi du petit et ne t'inquiète pas pour moi. Je serai de retour avant la Noël. Tu verras, nous irons à Saint-Quentin, comme l'an passé.

Puis il assura sa musette sur son épaule et partit d'un pas rageur vers la gare qui se trouvait à plus d'un kilomètre de la maison, à l'extrémité d'une longue avenue.

Hélène ne put tenir parole et le suivit de loin, en se cachant, son enfant dans les bras. Julien dut le deviner car il se retourna plusieurs fois, mais il ne revint pas en arrière. Une fois à la gare, elle se dissimula derrière le mur d'enceinte et envia ces femmes qui, sur le quai, pouvaient encore serrer leur mari dans leurs bras. Elle en voulut à Julien, mais se retint de se précipiter vers lui. Quand le train s'ébranla au milieu des chants et des cris, elle fit demi-tour et rentra lentement, tête baissée pour cacher les larmes qui, malgré ses efforts, débordaient de ses yeux.

# III
# La boue

## 26

Julien venait de monter la première des marches qui devaient le conduire vers le plus grand drame de sa vie, mais il ne le savait pas encore : il le pressentait seulement. S'il avait su ce qui l'attendait et de quel poids ces événements allaient peser sur son existence, peut-être aurait-il écouté sa femme et ne serait-il pas parti. Ce qui dominait en lui, je pense, c'était un sentiment d'injustice : il avait accompli trois ans de service militaire, s'était bien conduit, et voilà qu'on le rappelait pour faire son devoir à l'occasion d'une guerre dont il ne comprenait pas les raisons. Pourquoi devait-il se battre, lui, contre des Allemands qu'il ne connaissait même pas ? Cette distance perçue entre eux et lui rendait ce combat absurde, inutile, incompréhensible, surtout quand on avait un enfant à charge, un travail, un métier, une épouse dont la présence éclairait la vie et lui avait fait découvrir le bonheur.

Mais non, il existait des hommes qui avaient le pouvoir d'influer sur l'existence des autres hommes, à la manière de ceux dont lui, Julien, enfant, avait subi l'autorité. Voilà ce qui, aujourd'hui, lui était insupportable : il avait l'impression que le combat mené pendant les trente premières années de sa vie n'avait servi à rien, ou à pas grand-chose. Il n'avait pas avancé d'un pouce. Il dépendait d'autres hommes comme le domestique d'un grand domaine qu'il avait été, et il lui semblait qu'il le resterait toute sa vie.

L'agitation qu'il rencontra à Paris où l'on criait « à Berlin ! », les « bravades » des soldats dans le train, cette sorte de folie, d'enthousiasme qui parcourait les rangs de ses camarades, ne réussit pas à le dérider. C'est avec résignation qu'il reçut son paquetage et que, le 6 au matin, il se mit en route avec son régiment pour gagner la frontière où s'engageaient les premiers combats. Il ne connut le feu que huit jours plus tard, dans les Ardennes belges, quand les canons lourds allemands et les mitrailleuses obligèrent les troupes françaises à stopper l'offensive prévue par le plan établi par Joffre.

Julien venait de voir les premiers morts déchiquetés par les obus, les chevaux éventrés, des camarades blessés, certains mutilés, et il eut à peine le temps de s'y habituer que l'ordre de retraite, le 24, le jeta de nouveau sur les routes, pour un repli général dont nul ne savait où il s'arrêterait. L'enthousiasme des soldats était retombé aussi vite qu'il était apparu, et ce n'était pas pour l'étonner. Son instinct l'avait averti de ce que la guerre portait en germe : obéir aux ordres, avancer, reculer ne lui posait pas de problème, mais cette mort venue d'en haut, ces sifflements assassins des bombes dont on ne savait où elles allaient tomber le renvoyaient à sa petitesse, à sa fragilité, avec une violence à laquelle il avait cru échapper grâce à son travail.

Mais non, il obéissait de nouveau, courbait l'échine sans se plaindre, marchait avec une seule idée en tête : rester vivant pour sa femme et son fils. Et c'est ainsi qu'il marcha pendant cinq jours vers le sud, avant de s'arrêter, au début de septembre, entre Bar-le-Duc et Verdun, où la IIIe armée de Sarrail devait bloquer la ruée allemande au même moment, où, sur la Marne, s'engageait la bataille décisive. Et, de nouveau, il connut l'éclat mortel des obus et de la mitraille, vit tomber des plus jeunes que lui, se demanda comment il avait pu rester vivant, lui, alors que tant d'autres étaient morts.

Il avait eu beaucoup de chance, il le savait, et il se crut sauvé quand les Allemands s'enterrèrent dans des tranchées en Champagne pouilleuse, contraignant les Français, incapables de percer ce front si nouveau pour les états-majors, à s'enterrer aussi. Dans le même temps, vers le Nord, la course à la mer commençait, mais le régiment de Julien demeura en Champagne, et les terribles marches sous le feu ennemi cessèrent pour lui.

Ce fut là, dans un vallon où pas un seul arbre ne restait debout, qu'un camarade voulut bien écrire pour lui à Hélène. Quelques mots seulement, car il était bien incapable de formuler l'immense colère qui vibrait en lui, encore plus de décrire les dangers qu'il avait courus.

*Ma chère femme,*
*Je suis vivant, en bonne santé, et j'espère qu'il en va de même pour toi. Occupe-toi bien de notre enfant avant que je revienne. Je ne vous oublie pas et pense à vous chaque jour.*

*Ton mari : Julien.*

Comme il lui était difficile d'exprimer en paroles le moindre sentiment, cette difficulté devenait rédhibitoire par l'entremise d'un tiers. Hélène le comprit mais en souffrit, parce qu'elle attendait depuis six semaines cette lettre qui disait si peu, et si mal, ce qu'il vivait loin d'elle.

Dès le lendemain de son départ, elle avait repris le travail à l'auberge où il ne restait plus qu'un seul homme en cuisine, le vieux Mathieu, et de moins en moins de clients. La nuit, elle dormait avec son fils près d'elle dans le lit, un peu rassurée par cette présence chaude qui était un peu Julien, mais elle faisait des cauchemars dans lesquels se bousculaient les nouvelles entendues dans les rues et auxquelles elle ne comprenait pas grand-chose. En effet, si, au début, on disait que tout serait terminé avant la fin de l'année, que la victoire serait rapide, il avait ensuite été question de retraite sur la Marne. À qui se fier ? Où se trouvait la vérité ?

Elle s'était mise à guetter le facteur avant son départ à l'auberge où elle ne gagnait que quelques sous mais d'où elle était autorisée à ramener chez elle un peu de nourriture, ce qui l'aidait à vivre, ainsi que son enfant. Elle ne mesurait pas encore ce qui se passait là-haut, dans le Nord, mais elle le comprit vraiment en octobre quand le maire, vêtu de son écharpe tricolore, frappa à la porte de la maison d'en face et qu'une plainte de femme, atroce, interminable, monta jusqu'à l'aigu, parut ne devoir jamais retomber. Hélène la connaissait pour l'avoir rencontrée au marché, échangé quelques mots avec elle : cette femme était proche, elle lui ressemblait, et donc si le malheur était tombé sur elle, il était possible qu'il la frappât elle aussi, sans qu'elle pût s'en défendre.

Dès lors, Hélène vécut avec la morsure permanente de la peur, la hantise d'apercevoir le maire à un coin de rue ou d'entendre frapper à sa porte une fois qu'elle s'était réfugiée chez elle, avait fermé à clef, cherchant désespérément à élever un rempart entre le monde extérieur et son foyer. Seul le contact de son fils la rassurait un peu, car il personnifiait la vie et, de ce fait, lui semblait-il, éloignait la mort.

Ce qu'elle espérait également, et de toutes ses forces, c'était que Noël arriverait vite, car elle ne doutait pas que Julien reviendrait au moins en permission, et c'est ce dont elle s'informa dans la première lettre qu'elle lui envoya, croyant qu'une trêve générale mettrait alors fin aux combats. Elle se mit à attendre une réponse qui ne lui parvint que début novembre et qui la déçut car il demeurait évasif et, en fin de compte, assez pessimiste. Un peu de réconfort lui vint de sa famille, ses sœurs, Victorine et Aline, lui ayant promis de venir passer les fêtes à Souillac avec elle. Les jours qui s'écoulèrent ne furent qu'une morne et douloureuse attente de la fin décembre, des jours que rien n'éclairait, pas la moindre nouvelle rassurante du front – comme on disait maintenant pour désigner le lieu des hostilités – et pas la moindre aide à l'auberge où le patron envisageait de fermer si les affaires ne s'amélioraient pas.

Le 18, elle reçut une lettre dans laquelle Julien lui confirmait qu'il ne pourrait pas venir, mais elle n'en fut pas étonnée : elle savait maintenant qu'ils étaient trop petits pour lutter contre le monstre inconnu et effrayant qui les menaçait tous les deux, et dont elle sentait la menace à chaque heure de chaque jour, et jusque dans le sommeil.

Aline et Victorine tinrent parole, vinrent passer le soir et la nuit de Noël avec elle. Elles assistèrent à la messe de minuit dans la grande et belle abbatiale où l'on pria pour les soldats, non sans tristesse malgré les chants qui montaient vers la voûte, la lumière des lustres dont l'éclat chaud, en d'autres temps, savait si bien la rassurer. Ses sœurs repartirent le 26 au matin, et elle se retrouva seule, sans beaucoup de bois pour se chauffer, s'imaginant combien Julien avait froid lui aussi et se mettant à tricoter avec une énergie fébrile, désespérée, comme si la vie de son mari en dépendait.

## 27

Il avait froid, effectivement, très froid même, au creux de la terre gelée, car personne ne pouvait imaginer les tranchées dans lesquelles se trouvaient les armées, et surtout pas les états-majors. Heureusement, les soldats trouvaient facilement du bois : celui des arbres déchiquetés, et ils parvenaient parfois à se réchauffer malgré l'immobilité à laquelle ils étaient contraints, le front s'étant stabilisé, du moins dans ce secteur.

Le froid, en quelque sorte, les rassurait : ils devinaient qu'il paralysait la guerre comme il les paralysait – ils avaient déshabillé les morts pour trouver les vêtements supplémentaires promis par les officiers mais qui n'arrivaient pas. En fait, la guerre continuait, Joffre ayant décidé de percer à tout prix les lignes allemandes en Artois et en Champagne, près de Soissons. Julien n'était qu'en sursis, il le devinait. Aussi, quand son sergent vint les prévenir qu'ils allaient partir à l'assaut de la colline des Éparges, au sud-est de Verdun, à la mi-février, il ne fut pas véritablement surpris. Il fit écrire en toute hâte une lettre à Hélène, mais ne lui dit pas qu'il partait au combat, qu'il allait peut-être mourir.

Il sortit des tranchées le 16 au petit jour, après deux jours et deux nuits de pilonnage des lignes ennemies, ce qui n'avait laissé aux poilus aucune illusion sur le sort qui les attendait. Il ne fit heureusement pas partie des premières vagues d'assaut, ce qui le sauva, car il trébucha et tomba sur le corps d'un de ceux, nombreux, qui s'étaient heurtés aux chevaux de frise avant d'être abattus par les mitrailleuses allemandes, et il put demeurer sur place, abrité par les cadavres, le temps que cesse cet assaut inhumain, la dernière vague ayant réussi à le dépasser et à s'enterrer devant lui. Un miracle que d'être en vie, il le comprit quand les assauts ces-sèrent et que furent dénombrés les morts de son régiment. Les pertes étaient si nombreuses, si cata-strophiques, elles avaient donné lieu à un si piètre résultat que Joffre, attaqué à la Chambre des députés, dut y mettre un terme, au moins dans ce secteur.

On était en mars, le froid se desserrait un peu, laissant place à la pluie, ce qui n'était pas plus facile à vivre pour des hommes épuisés qui piéti-naient maintenant dans la boue, l'usage des caille-botis n'ayant pas encore été adopté. Julien était devenu muet, encore plus replié sur lui-même, incapable d'écrire car les mots lui semblaient sans signification par rapport à ce qu'il avait vécu, et, de surcroît, l'homme qui écrivait pour lui avait été tué. Je ne crois pas qu'il ait eu peur à proprement parler : ce n'était pas un homme à reculer, à ne pas être capable d'affronter l'adversité, quelque aspect qu'elle montrât. Non, je pense qu'il redoutait uniquement de laisser sa femme et son fils seuls dans la vie, face aux difficultés qu'il avait connues, lui, et dont il savait à quel point elles avaient été longtemps insurmontables.

Parmi les nouveaux qui avaient remplacé les morts, il ne connaissait personne, n'avait plus envie de se lier avec qui que ce soit, avouer une nouvelle fois qu'il ne savait ni lire ni écrire. Il pensait beaucoup à sa femme, mais elle lui paraissait très loin, hors d'atteinte à partir des lieux si hostiles, si étrangers, dans lesquels il se mouvait désormais. Il n'était plus en mesure de comprendre à quel point l'absence de lettres allait rendre Hélène folle d'angoisse, d'autant qu'autour d'elle les mauvaises nouvelles ne cessaient de pleuvoir, non seulement celles annoncées par le maire, mais aussi celles du front où rien ne laissait espérer une fin rapide, au contraire.

Mais ce n'était pas le pire : elle avait perdu son emploi, le patron de l'auberge l'ayant renvoyée après lui avoir expliqué qu'il n'avait plus assez de clients, qu'il était obligé de fermer pendant quelque temps, mais que, bien sûr, il la reprendrait dès que les affaires le permettraient. Grâce à Maria, elle avait trouvé quelques ménages à faire dans la vieille ville, mais il fallait payer le loyer, et il ne lui restait pas grand-chose pour vivre, car elle n'avait pas voulu entreprendre les démarches qui lui auraient assuré une petite allocation comme femme de soldat. Julien n'aurait pas aimé, elle en était sûre. Elle préféra aller se louer dans les fermes, aux beaux jours, laissant son fils à la garde de Maria, ramenant quelques sous ou un peu de nourriture : du pain, des légumes et des fruits.

C'est à cette époque qu'elle prit l'habitude de ramasser sur les chemins tout ce qui pouvait être utile : un morceau de ficelle, une boîte en carton, un clou, une épingle, la plus petite chose qu'il lui était impossible d'acheter, et elle se rassurait en rapportant tous ces menus trésors chez elle. Et moi je l'ai vue, à la fin de sa vie, courbée vers le sol, cherchant du regard, sur le chemin de sa maison, ce qui, un jour, lui permettrait d'économiser de l'argent. Elle ne s'en cachait pas, n'en était pas honteuse et, au contraire, quand elle se redressait après avoir ramassé son trésor, semblait heureuse. Petite joie, menu plaisir nés probablement cet été-là, dans la solitude d'un retour vers son logement, où, peut-être, l'attendait une lettre de Julien.

Mais trois lettres seulement lui parvinrent entre avril et juillet, puis une attente fiévreuse, éprouvante, commença, qui lui laissait présager le pire. Heureusement, après les échecs du printemps et du début de l'été, la réorganisation de l'armée offrait aux soldats un peu de répit avant l'offensive à venir. Le grand quartier général de Joffre était en train d'acheminer en Champagne mille deux cents canons de 75 mm et huit cents pièces lourdes destinés à préparer l'assaut de l'automne.

Par chance pour Julien, le 25 septembre 1915, il se trouvait à l'arrière quand le signal de l'assaut fut donné et que les fantassins français vinrent s'abattre sur les barbelés de la deuxième ligne allemande. En revanche, il fit partie de la vague d'assaut qui, le 30 septembre, sortit des parallèles et creusa une brèche d'une centaine de mètres avant de parvenir à s'enterrer, face aux réserves allemandes qui avaient précipitemment comblé les vides. Cela faisait deux fois que la mort n'avait pas voulu de lui, et je pense, en écrivant ces lignes, que s'il était tombé cet automne-là, je n'aurais pas vécu. À quoi tiennent nos vies ? Un mètre vers la gauche, un mètre plus à droite aurait pu le faire tomber sous un éclat d'obus ou une balle de mitrailleuse. Mais ce pas-là, il ne l'a pas franchi, à cause de la nécessité de couper au plus court ou simplement par pur hasard : une chute, des corps devant lui, une hésitation, la fatigue, le souffle trop court, peut-être le désespoir et un arrêt subit au lieu d'avancer vers le destin fatal. Je ne sais pas. Ce que je sais, c'est qu'exister tient du miracle, si je pense aussi que, dans le même temps, mon grand-père maternel vivait sous la mitraille.

Toujours est-il que Julien en réchappa, alors que l'armée française dans cette région du front, pour une progression de quatre kilomètres et vingt-cinq mille prisonniers, du 25 septembre au 30 octobre, avait perdu cent trente-cinq mille hommes. Pas lui : il était vivant, étonné de l'être, mais bien décidé à le rester. Dès qu'il fut de repos à l'arrière, il fit écrire à sa femme, car il avait entendu parler de permission possible pour la fin de l'année. Il n'y croyait pas vraiment, mais maintenant que l'offensive de Champagne avait cessé, il retrouvait un peu d'espoir. Au reste, au fur et à mesure que les jours passaient, la probabilité d'une permission à l'occasion de Noël se confirmait et, une nouvelle fois, début décembre, il dicta une lettre pour son épouse, si bien qu'Hélène aussi reprit espoir et se mit à rêver de retrouvailles avant la fin de l'année.

Pourtant, le 15 décembre, vers quatre heures de l'après-midi, alors que, près de Maria, Hélène raccommodait des chaussettes sous la lampe déjà allumée – le brouillard ne s'était pas levé depuis le matin –, cette lampe s'éteignit soudain, sans raison, et les deux femmes se retrouvèrent dans le noir.

— Il est arrivé un malheur, gémit Hélène en se levant.

— Que tu es bête ! dit Maria. Tu n'as plus d'huile, voilà tout.

Hélène vérifia le niveau, mais la mèche trempait. Elle se mit à trembler, ses jambes se dérobèrent sous elle et Maria dut l'aider à s'allonger en tentant vainement de la rassurer. Rien n'y fit : la vague noire qui s'était soudainement répandue dans la pièce avait ancré en elle la certitude que Julien était mort, qu'elle ne le verrait plus jamais, et c'est de cette manière qu'elle en parla plus tard, les yeux encore emplis d'une terreur, d'une douleur que le temps n'avait jamais pu apaiser.

## 28

Ce jour-là, 15 décembre 1915, au début de l'après-midi, Julien se trouvait en première ligne, mais pas très inquiet car l'ensemble du front était calme, le temps plutôt doux pour la saison et rien ne laissait penser à une offensive. Aussi les premiers obus allemands les surprirent-ils fort, ses camarades et lui, vers trois heures et demie, quand ils vinrent s'écraser sur les lignes françaises, sans doute en préparation d'un assaut pour le lendemain. Comme ils en avaient acquis le réflexe, ils s'abritèrent du mieux qu'ils le purent, tandis que les tirs se faisaient de plus en plus précis, que la terre se soulevait en gerbes autour des tranchées et que les hommes, habitués à évaluer la chute des obus au sifflement qu'ils émettaient, rentraient la tête dans les épaules, se collaient contre les parois comme pour ne faire qu'un avec la terre, se fondre en elle.

Julien comprit que l'ennemi avait réglé son tir. Et quand l'obus tomba sur la lèvre de la tranchée, par réflexe il tendit la main droite vers sa musette pour s'en saisir et préserver les lettres et la photographie d'Hélène qui ne le quittaient jamais. Le souffle de l'explosion l'expédia à cinq mètres du point d'impact, vers des corps qui amortirent le choc, mais il demeura comme assommé pendant près d'une minute avant de ressentir vraiment la douleur, une douleur atroce dans sa main droite sur laquelle, bientôt, le sang suinta à travers la boue. Il ne comprit pas tout de suite à quel point la blessure était grave; se réjouit plutôt de ne ressentir aucune autre douleur dans son corps, alors que, près de lui, des hommes avaient été coupés en deux, d'autres gisaient avec un membre arraché, certains criaient ou gémissaient, dans ce charnier où lui, Julien, seul, semblait avoir été épargné.

Que faire de cette main ensanglantée, dont des lambeaux de chair et de peau pendaient, semblaient détachés des os, sinon la panser avec ce qu'il avait sous la main en attendant du secours ? Il se saisit d'un chiffon sale – le seul qui se trouvât à portée – et enroula sa main dans cette étoffe pleine de miasmes, avant de s'asseoir contre la paroi, ses jambes, tout à coup, ne le portant plus.

La canonnade s'éloignait, les cris et les plaintes devenaient insoutenables. Il voulut se lever pour porter secours aux blessés, mais il ne le put pas et il ferma les yeux, tentant d'éloigner la douleur, mais sans pouvoir évaluer le degré de gravité de sa blessure. Il était vivant, c'était tout ce qu'il pouvait espérer après une telle hécatombe, d'autant qu'il était le seul dans un rayon de cinquante mètres à partir du point d'impact de l'obus, il finit par s'en rendre compte avec une frayeur rétrospective qui le fit trembler de tous ses membres.

Les minutes passaient, son sang s'écoulait dans le chiffon sale et nul secours ne se manifestait. Il se mit à serrer sa blessure avec sa main gauche, espérant ainsi juguler l'hémorragie, mais la douleur était si forte qu'il y renonça et il posa sa main droite sur son genou, paume vers le haut. Combien de temps passa-t-il avant que des brancardiers apparaissent ? Il ne le sut jamais, car il se réfugia dans une sorte d'absence proche de la perte de connaissance, mais avec, toutefois, une lueur de conscience qui lui permit de ne pas sombrer complètement, une sorte de veille confuse où sa femme et son fils étaient près de lui.

Il attendit près d'une heure avant de voir apparaître deux brancardiers, dont le premier parut très étonné de le voir en vie.

— Est-ce que tu peux marcher ? lui demanda-t-il.

— Je vais essayer, répondit Julien.

Les deux hommes l'aidèrent à se lever, mais il retomba, sa main droite en avant, en laissant échapper un gémissement.

— Attends-nous, on revient ! dit le brancardier après l'avoir aidé à s'asseoir de nouveau.

Le deuxième ajouta :

— S'il n'y a pas de survivant plus loin, on te portera.

Julien se laissa aller sur le sol, dos contre la paroi, attendit un quart d'heure, puis fut emporté par les deux hommes qui n'avaient trouvé que des cadavres. Il lui fallut encore une heure pour parvenir à l'arrière où un major débordé le fit asseoir contre un mur, dans une grange à moitié écroulée. Julien ne se plaignait pas. Il attendait, confiant, qu'on veuille bien s'occuper de lui, il serrait les dents sur sa douleur, s'efforçait de ne penser qu'à celle qu'il retrouverait bientôt, peut-être pour Noël.

Quand enfin le major découvrit la blessure, il fit la grimace devant les lambeaux de chair souillée par la boue et demanda :

— Que fais-tu dans le civil ?

— Je suis maçon.

— Tu es droitier ou gaucher ?

— Droitier.

Le major soupira, s'essuya le front d'un revers de poignet, parut réfléchir, hésiter. Julien était loin de penser à ce moment-là – il ne le comprit que bien plus tard à l'hôpital – que l'homme se demandait s'il ne faudrait pas amputer ce soldat qui ne se plaignait pas, ne laissait pas échapper la moindre plainte et dont le regard, si farouche, si plein de vie, étonnait.

— Tu as l'air dur au mal, toi.

Et, comme pour lui même :

— Je vais essayer.

Il s'en fut chercher un récipient assez large – en fait une bassine – dans laquelle il versa un liquide d'un jaune verdâtre un peu écœurant. Puis il dit, d'une voix dont la gravité étonna Julien :

— Essaye de mettre ta main là-dedans et de la garder le plus longtemps possible.

— Qu'est-ce que c'est ? demanda Julien.

— De la teinture d'iode. C'est la seule solution.

Puis il tendit au blessé un court bâton dont on avait enlevé l'écorce, et ajouta :

— Prends-le entre tes dents.

— C'est pas la peine, dit Julien, j'ai compris.

Il avait compris, en fait, que la douleur serait insupportable, mais non que se jouait là, en cet instant précis, le sort de sa main, son amputation ou sa survie. Il trempa d'abord le bout des doigts, puis, après un bref instant d'hésitation, fit glisser la main dans le liquide et ne put retenir un hurlement qui la lui fit aussitôt retirer.

— Je t'avais prévenu, dit le major en lui proposant de nouveau le bâton.

Julien refusa de la tête et, lentement, fit redescendre sa main dans la teinture d'iode, se tassa sur lui-même, laissa échapper un grognement puis s'évanouit.

Quand il revint à lui, un infirmier le soutenait, un bras passé sous ses épaules, tandis que le major maintenait la main blessée dans le liquide avec lequel il tentait de laver la plaie.

— J'en ai profité, dit-il avec un sourire qui voulait être une excuse. C'est fini, maintenant.

Il retira la main que Julien ne put s'empêcher de regarder malgré la douleur intense qu'elle diffusait : elle était totalement déchiquetée, la blessure était affreuse et le sang coulait de nouveau. Alors, pour la première fois, il se demanda s'il n'allait pas la perdre et se vit dans l'impossibilité de tenir un outil, incapable de travailler, de gagner sa vie. Le major, qui avait deviné ses pensées, lui dit :

— On te raccommodera à l'hôpital. Pour aujourd'hui, l'essentiel est fait.

Puis il demanda à l'infirmier de panser la blessure et donna des ordres pour que Julien soit évacué le plus vite possible vers Châlons. Il se retrouva seul avec sa douleur, dont il parla beaucoup, plus tard, avec toujours la même colère, précisant qu'il n'avait pas pu dormir pendant les deux nuits qui avaient suivi. Jusqu'à la fin de sa vie, d'ailleurs, il montra sa main à tous les visiteurs, comme si elle était la preuve d'une victoire, alors que, hélas, elle n'était que celle d'une tragique défaite.

De Châlons, on l'expédia à Paris où un chirurgien débordé l'opéra après lui avoir dit qu'il avait de la chance, car pour lui la guerre était finie. Julien ne le crut qu'à moitié. Il fit écrire à Hélène deux lettres à huit jours d'intervalle dans lesquelles il minimisa sa blessure et exprima surtout son soulagement d'être vivant.

Elle avait passé les fêtes de Noël chez son père, à Saint-Quentin, quand au retour elle avait trouvé la première lettre et envisagé de partir pour Paris. Mais elle ne pouvait laisser seul son fils trop longtemps et la peur de l'inconnu, les difficultés de déplacement dues à la guerre avaient fini par la faire renoncer. Alors, elle s'était résignée à attendre, folle d'angoisse, incapable de dormir, comptant les heures et les jours qui s'écoulaient si lentement qu'elle faillit, une nouvelle fois, le rejoindre à Paris.

Heureusement qu'elle ne partit pas, car une lettre lui annonça que Julien avait été transféré à Montpellier où l'on envisageait de l'opérer une deuxième fois. Dans cette lettre, il se montrait pessimiste sur la guérison de sa main, et si inquiet qu'elle se demanda comment ils allaient vivre s'il ne pouvait plus travailler. Puis elle se dit qu'elle le remplacerait, qu'elle était capable de gagner l'argent du ménage, sans imaginer une seule seconde qu'il ne pourrait pas supporter cette situation. Ce qu'elle en retint, essentiellement, ce furent les mots du chirurgien qui avait assuré à Julien que, pour lui, la guerre était terminée.

Cet espoir, bien qu'assombri par les conséquences prévisibles quant au travail, l'aida à vivre les longues journées qui la séparaient du retour de Julien. Un retour qui tarda, fut reporté à plusieurs reprises, au point qu'elle crut qu'il ne lui disait pas toute la vérité, qu'il avait été plus gravement blessé qu'il ne l'avouait.

Elle dut patienter jusqu'au début avril avant de le voir, enfin, devant elle, mais combien changé, si amaigri qu'elle eut du mal à le reconnaître. Il portait son bras droit en écharpe, mais ce qu'elle remarqua d'abord, ce fut son regard, où la lumière qui brillait auparavant s'était éteinte. En outre, il semblait avoir perdu la parole, et c'était comme s'il ne la voyait pas. Elle lui dissimula la peur qu'il lui inspirait, tenta de le ramener vers elle, de le rejoindre en ces lieux où il semblait s'être perdu, mais il ne répondait pas à ses questions et demeurait muré dans son silence, comme si désormais elle n'existait plus pour lui.

— Dis-moi quelque chose ! Parle ! implorait-elle.

Il baissait la tête vers sa main et elle comprenait que quelque chose de terrible s'était dressé entre eux, quelque chose de cruel et de désespéré qu'ils n'avaient jamais connu mais avec quoi, désormais, il faudrait compter.

Après huit jours de permission, il devait regagner Montpellier. Elle passa tout ce temps à le supplier, mais calmement, sans se plaindre, avec douceur, persévérant dans son espoir de le guérir, de le réconcilier avec la vie :

— Tu ne repartiras pas à la guerre, lui disait-elle, nous allons recommencer comme avant.

Et, comme il semblait ne pas l'entendre :

— Rappelle-toi comme nous avons été heureux quand le petit est né.

Mais c'était comme si la guerre avait ouvert une brèche en lui par où entraient les cauchemars qui le réveillaient la nuit, le faisaient se dresser, le souffle court, les bras tendus pour se protéger des éclats d'obus.

Quand il repartit, elle put l'accompagner sur le quai de la gare, car cette fois il n'avait plus la force de s'opposer à quoi que ce fût. Elle espéra jusqu'au départ du train qu'il allait lui dire quelque chose, parler enfin, prononcer un mot, un seul, mais c'est à peine s'il les embrassa, elle et Clément, avant de monter dans le wagon, sans le moindre regard pour sa femme, immobile sur le quai, leur enfant dans les bras.

## 29

Les mois qui passèrent furent pour Julien une longue attente jusqu'au moment de vérité, c'est-à-dire le jour où le chirurgien lui enleva son pansement, un matin de juillet. Celui-ci lui demanda alors de prendre une cuillère et de la tenir entre ses doigts, mais la cuillère tomba sur le carrelage, dans un tintement sinistre.

— C'est normal, dit le chirurgien, il faut réhabituer les tendons et les nerfs. Exerce-toi ! Tu as tout le temps, ici, avant la commission de réforme.

Julien s'y employa mais, malgré ses efforts, le couteau ou la cuillère tombait toujours, ou bien, s'il parvenait à les tenir, il était incapable de les utiliser. Or ni l'un ni l'autre n'étaient aussi lourds qu'une truelle chargée de ciment ou qu'un burin à tailler les pierres, c'est ce qu'il se disait avec une exaspération de plus en plus vive qui, souvent, le poussait à prendre l'objet de la main gauche et à le lancer contre le mur d'enceinte de l'hôpital, loin du regard des autres blessés.

Il revint à Souillac au début du mois d'octobre,

pour huit jours. Il parlait davantage car les horreurs de la guerre s'étaient un peu éloignées dans son souvenir, mais il montrait de temps en temps des mouvements d'humeur d'une violence qu'Hélène ne lui connaissait pas. La pensée de ne plus pouvoir travailler le rendait fou, malgré la perspective de toucher une pension pour invalidité : c'est ce que lui avait assuré le chirurgien une fois admis qu'il ne retrouverait pas l'usage intégral de sa main.

— Avec une pension, nous ne serons jamais dans le besoin, lui dit Hélène.

— Peut-être, lui répondit-il, mais si je ne peux plus travailler, je crois que…

Il n'acheva pas sa phrase, mais au regard qu'il lui lança, un regard désespéré, terrible, elle craignit qu'il ne fasse une bêtise – mettre fin à ses jours, peut-être – ou qu'il sombre dans la boisson, lui qui n'avait jamais eu ce travers et, au contraire, rentrait chez lui le plus vite possible après le travail. Mais sans travail, que ferait-il ? Ces huit jours de permission furent aussi pénibles à vivre que ceux du printemps, au point que c'est avec soulagement qu'elle le vit repartir, d'autant que la commission de réforme devait siéger début décembre et que sa décision, au moins, ne faisait pas de doute : Julien ne pouvait plus tenir une arme, la guerre était bien finie pour lui.

En novembre, Hélène comprit qu'elle était enceinte pour la deuxième fois et elle décida de considérer cet état de fait comme un bonheur et non comme une épreuve. Avec l'arrivée de l'hiver,

190

il n'y avait plus de travail dans les champs, mais elle avait trouvé des ménages et des lessives qui la laissaient transie de froid, le soir, les mains crevassées par les engelures, sans que jamais elle ne s'en plaigne : c'était déjà bien de pouvoir manger et se chauffer une fois chez elle – elle repoussait la pensée de ce qui l'attendait quand Julien serait là s'il ne pouvait plus travailler.

Julien revint à la mi-décembre, démobilisé et titulaire d'une petite pension qu'il devait toucher à la perception de Souillac, mais pas avant trois mois. Elle hésita à lui avouer qu'elle attendait un deuxième enfant, s'y résolut, un soir, à l'approche des fêtes, pensant que Noël pouvait l'adoucir, lui faire oublier l'obsession qui le hantait, redevenir l'homme qu'il avait été.

— Je travaillerai, lui dit-il. Je ne sais pas comment, mais je travaillerai.

Devant la lueur folle qui brilla dans ses yeux, elle regretta d'avoir parlé, d'autant qu'au fil des jours il se ferma de nouveau, y compris la nuit de Noël, dont, pourtant, elle avait tant espéré. Elle le surprit à tenter d'attacher une truelle à sa main droite avec de la ficelle, puis, un matin, à essayer de travailler avec l'outil dans sa main gauche, mais cette tentative s'acheva par des cris, une colère qui l'embrasa au point de lui faire casser une vitre de la cuisine.

— Rien ne presse, lui dit-elle, puisque nous allons toucher une pension.

Il la fusilla du regard, répondit :

— Ce sont des sous d'aumône, ce ne sont pas des sous de travail.

Elle comprit qu'il avait honte d'être payé sans travailler, lui qui avait été habitué, et depuis son plus jeune âge, comme tant de gens à l'époque, à ne vivre que du pain qu'il gagnait. Et plus que de sa blessure, c'était sans doute de cette pensée-là qu'il souffrait, car elle le niait, le faisait devenir un assisté, un homme incapable de nourrir sa famille.

Comme elle redoutait ses colères et le désespoir dans lequel il s'abîmait, elle sortit le plus souvent possible avec son fils, car elle ne voulait plus le voir se cogner la tête contre le mur, comme cela avait été le cas, un soir de janvier. Puis, à force de patience et en usant de toute la douceur dont elle était capable, elle lui suggéra d'aller trouver son ancien patron, alors qu'il n'osait pas. Elle l'y encouragea plusieurs fois, avec précaution, sans le heurter, se méfiant toujours de sa réaction, évitant son regard, prête à quitter la pièce s'il s'emportait de nouveau. Mais elle comprit qu'il ne pouvait pas se montrer ainsi diminué, c'était au-dessus de ses forces.

Plus que les mots employés par sa femme, ce fut sans doute sa grossesse, de plus en plus visible, qui finit par décider Julien. Il ne lui dit rien de cette démarche qui lui coûtait tellement mais qu'il exécuta, en prenant sur lui, en se cachant, en rasant les murs, comme sous le coup d'une infamie. Elle se conclut par une vague promesse de M. Duval de l'embaucher, peut-être, un jour, comme contremaître – mais ne savoir ni lire ni écrire était un handicap important.

Julien essaya alors de réaliser des menus travaux dans les maisons où il n'y avait pas d'homme, mais il n'y arrivait pas, ou mal, et, de plus, il se sentait coupable de se trouver là alors que les autres risquaient leur vie. Il y renonça, s'occupa de son foyer car sa femme avait de plus en plus de mal à se déplacer, et elle passait son temps à lui parler, le rassurer, craignant qu'il ne finisse par commettre le geste fou qu'elle redoutait tant.

Le 24 juin, elle donna le jour à un deuxième garçon qu'ils appelèrent Constant, Jean en deuxième prénom, et dont l'arrivée influa de façon positive sur Julien, au contraire de ce qu'elle redoutait. Peu de temps après cette naissance, il revint enfin voir son ancien patron qui lui proposa une place de surveillant de travaux pour septembre, mais pas à Souillac : à Bordeaux, dans le quartier de Bacalan, où, s'il acceptait, il devrait rester deux ans. Il revint transformé, souriant dans la maison où l'attendait Hélène, laquelle n'hésita pas une seconde : elle serait partie au bout du monde pour ne plus le voir souffrir, oublier sa hantise de le voir se détruire, retrouver l'homme en qui elle avait toujours eu confiance.

## 30

Ils partirent donc en septembre dans la grande
ville inconnue, laissant derrière eux leurs familles,
Souillac, Sarlat, les bois et les chemins de ce coin
du Périgord qui les avait vus naître. Julien était
heureux à la perspective de pouvoir travailler de
nouveau, Hélène soulagée de ne plus voir son
mari désespéré, d'oublier la guerre qui continuait
d'apporter le malheur dans les familles.

Il avait un peu voyagé à l'occasion de son service
militaire, mais elle ne s'était pas éloignée de Sarlat
de plus de trente kilomètres, n'avait jamais eu
l'occasion de monter dans un wagon de chemin de
fer, l'un de ces wagons de troisième classe qui
étaient si peu confortables. Se trouvant près d'une
vitre, elle s'attardait aux paysages, aux villages qui
défilaient, lui semblait-il, à une vitesse qui ne pouvait les conduire qu'à une catastrophe. Clément
était assis sagement à côté de Julien, quant à
Constant, il dormait dans son panier posé sur les
genoux d'Hélène. Il y avait trois autres personnes
dans le compartiment – deux hommes et une

femme –, si bien qu'elle se demanda comment elle allait pouvoir donner le sein à son plus jeune fils s'il le lui réclamait. Heureusement, ce ne fut pas le cas, car il dormit jusqu'à ce que le convoi entre dans la gare Saint-Jean, au milieu de l'après-midi.

Il faisait froid, déjà, et le hall était balayé par des rafales où se mêlaient quelques gouttes de pluie. Hélène attendit contre un mur pendant que Julien allait chercher un fiacre qu'il trouva avec difficulté, au point qu'il ne revint qu'une demi-heure plus tard, alors qu'elle avait cru, un moment, qu'il s'était perdu. Une fois les bagages hissés sur le toit, ils sortirent lentement de la cour de la gare par un grand boulevard encombré de charrettes, de cabriolets, de breaks, de voitures automobiles, et le cocher se fraya un passage dans la cohue qui rappela Paris à Julien et qui effraya Hélène qui n'avait jamais connu pareille animation. Il la rassura d'un regard, mais elle comprit qu'il était lui-même inquiet de l'avoir emmenée dans un monde si différent de celui auquel elle était habituée.

Un peu plus loin, ils roulèrent sur des quais qui longeaient le port où étaient amarrés de grands bateaux dont les voiles affalées laissaient apparaître des mâts gigantesques, où des barriques et toutes sortes de marchandises attendaient on ne savait quoi, sous le vent et la pluie. L'un et l'autre se sentaient tout petits dans cette ville où tout était grand : les voiliers, les rues, les immeubles, les places, les ponts – celui qu'ils venaient de dépasser, en pierres de taille, enjambait de ses magnifiques arches une

195

rivière autrement plus large que la Dordogne, dont l'eau était agitée de vaguelettes couleur de limon.

Leurs regards, de nouveau, se croisèrent, et il lui sourit en disant, mais d'une voix mal assurée :

— On n'est pas très loin, je pense.

Sur leur gauche, défilaient les immeubles bas et gris des Chartrons, où l'on stockait le vin, sur leur droite le port se prolongeait, avec toujours des bateaux, des palans, des grues, des entrepôts vers lesquels se pressaient des hommes en blouse qui poussaient des chariots. Julien avait dit à sa femme qu'ils n'habiteraient pas une maison en pierre mais une maison en bois. Dix minutes plus tard, quand ils découvrirent qu'il s'agissait en fait d'une baraque en planches, ils durent serrer les dents pour ne pas montrer leur déception. Ces baraques Adrian – du nom de l'entreprise qui les construisait – étaient en fait des assemblages de planches au seuil légèrement surélevé et couverts de tôles goudronnées.

Julien aida le cocher à décharger la malle, puis tous deux la portèrent dans la baraque, refermèrent la porte derrière eux pour ne pas laisser entrer la pluie et allumèrent la bougie : à l'entrée il y avait un fourneau, au milieu une table et deux chaises, au fond deux paillasses : tout ce qu'ils possédaient se trouvait là, avec leur malle – ils avaient vendu leurs meubles de Souillac, ne pouvant pas les emporter et souhaitant disposer d'un peu d'argent d'avance. Elle trouva la force de sourire, expliquant à Julien qu'elle avait aperçu une vache dans le pré, au-delà des baraquements, et que peut-être ils trouveraient du lait pour les enfants. À cette époque, en effet, Bacalan s'étendait à l'extrémité de Bordeaux, sur les rives de la Garonne, au plus près de la campagne environnante.

Lui ne dit rien : il se demandait s'ils n'allaient pas payer trop cher sa décision de quitter Souillac, la seule, pourtant, qui lui permettait de ne pas sombrer, de rester debout, de travailler enfin. Les ouvriers de l'entreprise « Pellerin, Ballot et Duval » devaient aménager un chantier de construction de locomotives pour la Compagnie du Midi. Les baraques, qui appartenaient à l'entreprise, étaient destinées à loger les ouvriers qui venaient eux aussi de loin, pour la plupart. Julien et Hélène allaient découvrir très rapidement que beaucoup étaient étrangers – italiens, espagnols, russes, polonais –, et plutôt âgés, les hommes valides se battant à la guerre.

Ce premier soir, sous la pluie bordelaise, ils mangèrent le pain qu'ils avaient apporté et burent l'eau du robinet qui, dehors, devait alimenter le chantier. Après quoi, ils se couchèrent pour éviter de trop penser, trouver dans le sommeil un refuge plus sûr, oublier la pluie et le froid de cet automne précoce qui venait de les conduire si loin de chez eux.

Le lendemain, les ouvriers arrivèrent, le travail commença, de l'aube jusqu'à la nuit, et Hélène se retrouva seule avec ses deux enfants – Julien n'était pas loin mais elle n'avait pas le droit de pénétrer sur le chantier. Elle aménagea du mieux qu'elle le put leur cabane en planches, puis elle s'aventura dans la rue qui menait vers les quais peuplés de bateaux, pas trop loin toutefois pour ne pas se perdre. Julien, quant à lui, rentrait le soir très fatigué mais son sourire exprimait ce que les mots ne pouvaient traduire : l'avenir ne lui faisait plus peur, les responsabilités qu'on lui avait confiées lui avaient rendu confiance en lui.

Il paraissait avoir oublié la guerre, même si, la nuit, des cauchemars le réveillaient encore, le faisant se dresser dans le lit, criant « ma main, ma main », au point qu'elle devait lui parler un long moment avant qu'il ne se rendorme, se demandant quelles horreurs il avait vécues, là-bas, dans les Ardennes, pour en être hanté de la sorte. Il n'avait jamais voulu lui raconter quoi que ce soit et elle demeurait étrangère à cette longue année de sa vie, à laquelle elle s'efforçait de ne plus penser, songeant maintenant à leur nouvelle situation, à leurs enfants qui vivaient dans des conditions si précaires, dans la boue et le manque d'hygiène. C'était en fait de cela qu'elle souffrait le plus : devoir attendre que les ouvriers se soient éloignés pour aller chercher de l'eau et faire sa toilette devant ses enfants, un manque d'intimité qui lui faisait regretter sa chambre de l'auberge et celle de Souillac.

Elle ne se plaignit pas, jamais, de cela, je suis sûr. Pas le moindre regret, pas la moindre plainte, mais les dents serrées, le courage, la satisfaction de voir Julien presque heureux, alors qu'elle avait eu si peur de le perdre. Et comme se posait pour les ouvriers le problème de la nourriture, Julien proposa à son patron d'embaucher sa femme, qui avait travaillé dans une auberge à Sarlat, ce qu'il accepta tout de suite. Dès lors, elle oublia les conditions déplorables dans lesquelles elle vivait et se consacra à cette tâche avec la même application qu'elle affichait en tous domaines.

En plus de la surveillance du chantier, Julien fut chargé de l'approvisionnement qui était nécessaire pour nourrir tout ce monde et il se levait à quatre heures du matin pour se rendre sur les marchés, à Mériadeck ou aux Capucins, d'où il ramenait les victuailles sur une charrette tirée par un cheval acheté par l'entreprise. Un baraquement fut monté uniquement pour la cuisine, et trois tables furent dressées à proximité sous un abri de bâche qui protégeait les hommes de la pluie et du vent.

Ils étaient plus de vingt à manger, matin, midi et soir, si bien qu'Hélène n'avait plus le temps de rêver à Saint-Quentin ou à Souillac, Julien pas davantage. Mais tant de travail ne les effrayait pas, au contraire : il leur permettait d'oublier la boue, la pluie, les rats qui couraient entre les baraques, et auxquels, parfois, le dimanche, les ouvriers, désœuvrés pour quelques heures, faisaient la chasse en riant comme des enfants.

## 31

Grâce à leurs salaires et à la pension de Julien, et comme ils étaient nourris et ne payaient pas de loyer, au bout de quelques mois ils crurent qu'ils étaient devenus riches. Riches d'argent, d'abord, eux qui n'en n'avaient jamais tant économisé, riches aussi de la certitude de manger à leur faim. L'un et l'autre savaient pourtant que cette vie n'était pas destinée à durer longtemps, surtout pour leurs fils qui ne pouvaient pas sortir de la baraque sans patauger dans la boue ou côtoyer des ouvriers qui ne parlaient pas français et avec qui la cohabitation devenait difficile.

Hélène était la seule femme au milieu de tous ces hommes et certains tentaient des approches qui pouvaient conduire à des situations fâcheuses. L'expérience qu'elle avait acquise à l'auberge lui était utile : elle gardait ses distances et ne répondait pas aux avances plus ou moins déguisées des ouvriers, sauf si elle devinait qu'ils n'avaient pas de mauvaises intentions. Mais Julien était surveillant de travaux, il donnait des ordres, corrigeait ou blâmait, ce qui les aurait sans doute mis en danger s'ils n'avaient pas, dans le même temps, disposé du pouvoir de la nourriture : le bien le plus précieux de l'époque, surtout du point de vue des ouvriers qui dépensaient beaucoup d'énergie et avaient besoin de manger pour reconstituer leurs forces. Il semblait donc à Julien et à Hélène que le fait de leur préparer les repas les protégeait d'un geste fou ou d'une vengeance.

Parfois, survenaient des disputes, des rixes ou des bagarres qui faisaient très peur à Hélène, mais le patron, M. Duval, avait instauré une discipline de fer et renvoyait les coupables sur-le-champ. Le calme revenait alors pour une semaine ou deux, la vie reprenait son cours ordinaire, agrémentée par deux bons repas de haricots blancs, salsifis ou pommes de terre cuisinés en ragoût avec de la viande de bœuf.

Ils n'avaient pas beaucoup de temps de libre, mais de temps en temps, le dimanche après-midi, Julien attelait le cheval et ils partaient pour une heure de promenade vers le centre de la ville : la rue Sainte-Catherine, Mériadeck ou ailleurs, et l'un et l'autre ressentaient un peu de honte de se sentir en vacances, comme à Souillac, l'été, sur les rives de la Dordogne. Au retour, ils s'arrêtaient près des baraques foraines de l'esplanade des Quinconces, achetaient pour un sou de sucrerie au marchand ambulant et riaient de voir Clément sucer la friandise et se lécher les doigts. Parfois aussi, ils partaient dans la direction opposée, vers la campagne, et ils s'arrêtaient au bord d'une vigne, avec, face à eux, les collines de Lormont ou de Bassens qui leur rappelaient celles du Périgord.

Ils s'habituaient, en somme, jusqu'à ce jour où un incident plus grave qu'à l'ordinaire opposa Julien à un ouvrier qui lui répondit, après un reproche proféré par cette voix dure et cassante qu'il avait adoptée pour mieux se faire obéir :

— Si tu es si fort que ça, montre-moi comment il faut faire !

Julien avait tenté de se saisir de la truelle, mais il n'avait pu venir à bout du colmatage d'un joint et, de rage, avait jeté l'outil, non sans réitérer ses reproches à l'égard de l'homme, un Polonais qui avait beaucoup d'influence sur les autres, provoquant une échauffourée qui faillit mal tourner. Il n'en dit pas un mot à Hélène pour ne pas l'inquiéter, mais elle devina qu'il s'était passé quelque chose de grave et redouta une vengeance. Elle se tint sur ses gardes, s'inquiéta beaucoup de cette situation. En réalité, elle avait compris que Julien n'était pas fait pour donner des ordres ou surveiller les autres. Ce qu'il aimait, c'était le travail manuel : tailler les pierres, les assembler, cimenter, talocher, crépir, tout ce qui constituait le travail de maçonnerie tel qu'il l'avait appris depuis l'âge de quatorze ans.

À partir de ce jour, Julien changea, retrouva son humeur de Souillac, au retour de la guerre, se mit à évoquer le Périgord, le soir, à table, mais elle savait qu'il n'y avait pas d'issue de ce côté-là. Ils étaient condamnés à vivre ainsi, dans une grande entreprise qui avait besoin d'un surveillant de travaux.

Celles qui n'employaient que deux ou trois ouvriers ne pouvaient pas se payer le luxe d'embaucher un homme incapable de fournir sa part de travail. Elle tentait donc d'apaiser Julien, de lui montrer que la solution qu'ils avaient trouvée était la bonne, essayait de le détourner de ses idées noires en lui montrant les bateaux que les dockers déchargeaient, échelonnés le long des passerelles comme des fourmis noires, évoquait le port qui était source d'émerveillements et de surprises, surtout depuis que les Américains et les Canadiens étaient arrivés, que les soldats et les armes sortaient sans arrêt du ventre des grands navires.

Ils étaient jeunes et beaux, ces soldats, avec leurs larges chapeaux, leurs uniformes qui semblaient taillés sur mesure et leurs allures de grands enfants.

— S'ils savaient ce qui les attend ! soupirait Julien en hochant la tête, mais il n'allait pas plus loin dans les confidences et elle n'imaginait pas qu'il les voyait tomber sous la mitraille, se faire déchiqueter par les obus, loin de la terre où ils étaient nés.

Il ne croyait pas ce que l'on disait à droite et à gauche : avec l'arrivée des Américains la victoire était proche, la guerre ne durerait pas. D'ailleurs, le temps passait et elle durait toujours – il s'était formé en lui la conviction qu'une telle horreur, une telle hécatombe ne pourrait jamais s'arrêter.

Un incident supplémentaire survint un jour à midi quand les gendarmes ramenèrent Clément, qu'Hélène ne pouvait pas toujours surveiller, lorsqu'elle travaillait, et qui s'échappait sur le port devenu le terrain de jeux de tous les gamins de Bacalan. Leur occupation favorite était de grimper sur les ballots et les caisses entreposés en bordure du quai pour tenter de récupérer quelques menus trésors, le plus souvent des morceaux de sucre.

Julien punit sévèrement son fils, mais comment faire comprendre à un enfant qu'il n'avait pas droit à une friandise qui s'échappait d'une bâche crevée et dont personne ne semblait se soucier ? Il fallut lui interdire de s'éloigner des baraquements où, bientôt, comme les ouvriers les jours de repos, il se mit à faire la chasse aux rats. Alors, comme Hélène avait horreur de ces bêtes dont on disait qu'elles propageaient des maladies, elle rendit sa liberté à son fils qui regagna aussitôt les quais et leurs terrains de jeux.

## 32

Les semaines et les mois passèrent ainsi, dans la crainte et la peur, égayés seulement par le spectacle du port ou l'évasion du dimanche, jusqu'à ce jour de novembre 1918, où, le 11 au matin, les cloches se mirent à sonner aux clochers des églises. Aussitôt, ce fut l'effervescence générale sur les chantiers, les rues, les places, et dans toute la ville le travail cessa, les gens se rassemblèrent pour commenter ce mot inconnu, mais plein de soulagement, d'espoir, de confiance nouvelle : l'armistice.

Julien ayant été autorisé, comme les ouvriers, à quitter le chantier, ils se retrouvèrent face à face, debout, devant les fourneaux d'Hélène, songeant l'un et l'autre à ces jours terribles de 1915 et 1916, dont ils gardaient le souvenir douloureux. Il la prit dans ses bras – pour lui qui ne se laissait jamais aller à un geste tendre, sinon la nuit, un aveu d'émotion qui la toucha au plus haut point, lui donna un instant l'impression qu'il avait enfin oublié sa blessure et tout ce qu'il avait vécu là-bas, dans le Nord, pendant les jours les plus noirs de sa vie. Elle se trompait mais elle avait envie d'être heureuse ce matin-là et, une fois le repas de midi expédié, ils allèrent se promener jusqu'à la place des Quinconces noire de monde : les Bordelais s'embrassaient avec de grandes démonstrations d'émotion, eux d'ordinaire si réservés, et il semblait à Hélène qu'elle était la seule à voir ces femmes, dans leur coin, qui pleuraient des maris qui ne reviendraient jamais. Ils rentrèrent en silence, lentement, l'esprit enfiévré par les scènes de joie auxquelles ils avaient assisté. Au moment de préparer le repas du soir, Julien, en voulant aider sa femme, laissa tomber une assiette qui se brisa à ses pieds, leur infligeant brusquement la conviction, à l'un comme à l'autre, que les blessures de la guerre ne se refermeraient jamais.

Un mois plus tard, le chantier de Bacalan était achevé. Elle ne s'était pas rendu compte que les travaux parvenaient à leur terme et Julien ne lui avait rien dit, sans doute pour ne pas l'inquiéter au sujet d'un avenir qui devenait incertain. Il rentra un soir de la mi-décembre avec un air dur, le visage fermé, et lui dit en se versant un verre de vin :

— Nous allons devoir partir. Ici, c'est terminé.

Elle s'essuya les mains à son tablier, s'assit face à lui, inquiète de le voir si préoccupé, au point de ne pouvoir prononcer les mots qu'il retenait depuis quelques jours :

— On m'a proposé du travail pour tous les deux, mais c'est loin, très loin d'ici.

206

— Où donc ? demanda-t-elle, n'imaginant pas du tout ce qu'il allait lui annoncer.

— Dans les Ardennes, pour la reconstruction d'un tunnel.

Les Ardennes où il avait été blessé ! La guerre ! Encore la guerre ! Comme elle ne répondait pas, se demandant s'il pourrait s'habituer dans une région si lointaine, il ajouta :

— Nous n'aurons qu'une baraque, comme celle d'ici. Ça peut durer longtemps, tout est à reconstruire là-haut, pas seulement le tunnel, mais des routes, des ponts.

Que répondre à cela ? Ce n'était pas le fait d'habiter de nouveau dans une baraque qui la désolait le plus, car ces baraques Adrian étaient solides et ils avaient chaud l'hiver, mais c'était le fait de s'éloigner davantage du Périgord, peut-être définitivement. Ce devait être le même souci pour lui, car elle devina qu'il hésitait, se demandait s'il avait le droit d'imposer à sa famille une telle vie pendant de longs mois. Mais elle avait choisi : plutôt que de le voir devenir fou comme il avait failli le devenir à Souillac, elle préférait le voir à son avantage en dirigeant les équipes et en mangeant le pain qu'il gagnait. Elle savait qu'il ne supporterait pas de vivre de sa seule pension ou de dépendre d'elle.

— Allons-y ! dit-elle.

Le regard noir de Julien croisa le sien. Il hésitait encore, surtout à cause de ses enfants. Était-ce bien raisonnable de les faire vivre dans la boue et dans des conditions si précaires ?

— On ne reviendra peut-être pas, dit-il, comme s'il voulait l'inciter à renoncer. Ou alors pas avant très longtemps.

Le regard d'Hélène se posa sur la main de Julien recroquevillée sur la table, une main qui pouvait à peine tenir le verre posé devant lui, et elle répéta :

— Il faut aller où se trouve le travail. Il y en a là-bas pour tous les deux, c'est la seule chose qui compte.

Il ne répondit pas, attendit quelques instants, puis il se leva et sortit. Elle comprit qu'il était allé donner son accord à son patron, car il revint très tard, se coucha sans un mot comme s'il se sentait coupable d'emmener si loin sa femme et ses deux enfants, et pour trouver quoi ? La ruine et la désolation ? La guerre encore présente dans ses vestiges les plus noirs ?

Au cours des jours qui suivirent, les ouvriers partirent et certains se montrèrent émus en faisant leurs adieux, ce qui toucha beaucoup Hélène et Julien. Ils se rendirent compte, alors, qu'ils avaient réussi à tisser des liens d'amitié avec certains hommes et cela les conforta dans l'idée qu'il était possible de vivre ailleurs une même aventure. L'un d'eux, le Polonais d'une trentaine d'années qui avait eu maille à partir avec Julien à plusieurs reprises, leur promit même de leur écrire. Après quoi, Julien s'occupa de libérer les lieux, de faire évacuer les machines, les outils et les gravats encore présents sur le chantier.

Dès que les baraques furent démontées, ils partirent à Saint-Quentin car ils ne savaient pas où loger avant leur nouveau départ. Cela leur permit de passer Noël en famille, mais ce ne fut pas le Noël espéré, malgré la présence des frères et des sœurs d'Hélène rassemblés autour de la table, car la proximité du départ leur faisait se demander s'ils n'avaient pas pris un risque insensé, s'ils n'allaient pas regretter leur décision.

Le jour où il fallut tout quitter : la famille, les bois, les chemins, les villages aux pierres ocre, les maisons aux toits de tuiles brunes, tout ce à quoi ils tenaient, ils hissèrent avec hésitation leur malle sur la charrette qui devait les conduire à la gare de Sarlat. Hélène eut alors un moment de faiblesse et de renoncement. Julien s'en rendit compte, faillit faire demi-tour, mais il avait donné sa parole à M. Duval, et il n'était pas question pour lui de ne pas la respecter.

## 33

À Sarlat, ils prirent le train pour Bordeaux et de
là pour Paris et les Ardennes où ils arrivèrent
après quarante-huit heures d'un voyage interminable dans le froid de l'hiver, en gare de Reims
avec, devant eux, une terre dévastée, noire, creu-
sée d'entonnoirs et hersée à perte de vue. Une fois
à Rethel, il faisait nuit et aucune lumière n'éclairait
la gare.

Julien alla chercher de l'aide, tandis qu'Hélène
attendait à l'abri, serrant ses deux enfants contre
elle, passant là, ainsi qu'elle le raconta plus tard, les
pires moments de sa vie. Julien ne revint que deux
heures plus tard, avec une charrette conduite par
un homme qui s'appelait Adolphe et qui devait
beaucoup les aider pendant les jours et les semaines
qui suivirent. Cette présence les réconforta, car il
avait été recruté par l'entreprise pour organiser le
chantier en attendant l'arrivée des ouvriers. Comme
il était quatre heures du matin, il les emmena chez
lui où il vivait seul – sa femme était morte deux ans
auparavant – pour qu'ils se réchauffent en atten-

dant le jour. Hélène coucha les enfants dans le lit, puis elle put s'assoupir dans un fauteuil pendant que les deux hommes discutaient du chantier en cours d'aménagement.

Au matin, ils attendirent jusqu'à huit heures avant de réveiller les enfants qui étaient épuisés, après quoi ils mangèrent une assiette de soupe préparée par Adolphe, avant de partir, seuls, dans une voiture de louage, ce dernier devant réceptionner du matériel à la gare pendant l'après-midi. Il avait pris soin d'expliquer à Julien par où il fallait passer, lui avait donné les renseignements les plus précis possibles, afin qu'ils ne se perdent pas. Ce ne fut pas suffisant, tellement les repères étaient insignifiants, la terre sans le moindre arbre, les chemins semblables, creusés d'ornières et la direction de Perthes-les-Ardennes indiquée une seule fois à la sortie de Rethel.

Leurs deux enfants blottis entre eux sur la banquette avant, ils essayaient de les protéger de leur mieux contre le vent glacé qui soufflait en rafales sur les prés et les champs dévastés. Hélène retenait des larmes de découragement, tandis que le visage de Julien se fermait comme aux plus mauvais moments de sa vie, la neige se mettant à tomber sur ce monde noir et boueux, où rien ne faisait obstacle au vent du nord.

Ils atteignirent Perthes au milieu de l'après-midi, alors que la nuit tombait déjà, noyant la campagne alentour dans une brume qui semblait monter de la terre plutôt que de descendre du ciel.

Contrairement à ce qu'ils croyaient, ils n'étaient pas encore arrivés : il fallait continuer encore pendant deux kilomètres avant de trouver les baraquements qui devaient avoir été dressés : c'est du moins ce qu'avait affirmé Adolphe. Ils l'étaient, heureusement, et ils reconnurent, parmi eux, quelques baraques qui se trouvaient à Bordeaux. Adolphe leur ayant donné la clef de deux d'entre eux : celui où ils devaient habiter et celui de la cuisine, ils purent enfin se mettre à l'abri et, aussitôt, faire du feu en allumant le poêle près duquel se trouvait une petite réserve de bois.

Ils n'avaient apporté qu'une valise, Adolphe devant leur amener leur malle le lendemain matin en même temps que le matériel du chantier. Comme il leur restait du voyage le quart d'une tourte de pain, Hélène voulut faire une soupe mais le robinet d'eau était gelé, et Julien dut faire fondre de la neige pour qu'ils puissent manger, ce soir-là, dans cet abri de quatre mètres sur trois, sur lequel le vent s'acharnait.

En écrivant ces lignes, bien au chaud dans mon bureau, au cœur de l'hiver, je pense au courage de mes grands-parents, à cet homme et à cette femme qui venaient de tout quitter pour se retrouver dans un univers de fin du monde, et je me dis que sans doute j'aurais été bien incapable d'en faire autant. Ils ne sont plus là depuis longtemps, hélas ! Je ne pourrai jamais leur dire combien j'ai de l'admiration pour eux, combien j'aurais voulu être là pour les aider, seuls et sans recours, veillant sur leurs enfants qu'ils venaient de coucher dans le même lit, afin qu'ils eussent moins froid.

Qui, aujourd'hui, serait capable d'accepter un tel sort ? Personne, sans doute, sinon des hommes ou des femmes nés dans la misère ou mourant de faim. Et je vois Julien se lever le lendemain, allumer le feu, tandis qu'Hélène, épuisée, dort toujours, les enfants aussi. Il s'est relevé au milieu de la nuit pour éteindre la bougie qu'il faut économiser. Il a faim, mais il s'assoit et il attend pour ne pas faire de bruit, ne pas réveiller ses garçons. Il ne sait pas de quoi demain sera fait, mais il regarde les siens endormis, il veille sur eux, il les protège, sa main posée devant lui comme une justification de ce qu'il leur impose. Il se redresse, enfin, car il vient d'entendre grincer les roues d'une charrette à l'extérieur...

Adolphe arriva avec la malle et le matériel, mais aussi du pain et du lait qui permirent à Hélène et aux enfants de déjeuner pendant que les deux hommes déchargeaient la charrette et réparaient les canalisations : ainsi commença la première journée de leur séjour dans ce petit coin de France où ils n'avaient jamais imaginé habiter un jour. Ils trouvèrent la force de faire face aux innombrables difficultés qui les assaillaient, aidés par Adolphe qui connaissait bien la région et les gens et qui, heureusement, avait organisé beaucoup de choses, notamment l'essentiel : l'approvisionnement en bois de chauffage.

Les équipes d'ouvriers devaient arriver trois jours plus tard par le train de dix heures en gare de

Rethel. À midi, quand Adolphe déposa les premiers sur le chantier, tout était prêt : le fourneau et les tables étaient installés dans la baraque qui devait servir de cantine, les paillasses dans les autres, les victuailles dans un appentis fermé avec un cadenas dont Julien conservait la clef entre sa chemise et sa peau. Car le chantier était autrement plus important qu'à Bordeaux : ce n'était plus vingt hommes qu'il fallait nourrir mais une cinquantaine – et parmi eux beaucoup d'étrangers, surtout des Russes, des Espagnols et des Polonais.

Tout ce monde était dirigé par un ingénieur d'apparence fragile qui semblait bien jeune pour mener une telle entreprise, mais qui, par chance, manifesta dès le début beaucoup d'autorité. Il noua tout de suite avec Julien des rapports de confiance, d'autant qu'il l'avait connu à Bordeaux où il était venu à plusieurs reprises en compagnie de M. Duval qui le considérait un peu comme son bras droit.

Hélène fut rassurée par la présence de cet homme qui força le respect des ouvriers pourtant habitués à déceler la moindre faiblesse. Chez l'ingénieur, manifestement, il n'y avait pas la moindre faille qui pût mettre en péril l'équilibre d'un monde clos sur lui-même et où les rapports devaient être définis dès les premiers jours et observés scrupuleusement.

## 34

La vie s'organisa peu à peu, et le travail aida Julien et Hélène à oublier où ils se trouvaient. Elle se rendit compte rapidement qu'elle ne pourrait pas longtemps venir à bout seule de la charge qui pesait sur elle. Elle n'avait pas une minute à elle, tombait de fatigue le soir et le matin avait du mal à se lever. Julien obtint alors de l'ingénieur l'embauche d'une des femmes espagnoles qui habitaient à Perthes, pour être à proximité de leurs maris. Elle s'appelait Petra, était courageuse et dure au mal. Ainsi la vie d'Hélène devint moins écrasante et tout s'arrangea, du moins dans ce domaine, car pour Julien ce fut compliqué dès le début, les hommes étant plus nombreux qu'à Bordeaux.

Au bout de quelques semaines, le climat se détériora à cause de l'alcool : bien que le vin fût rationné, les hommes en trouvaient toujours, à Perthes, le dimanche, ramenaient des bouteilles, les cachaient sous leurs paillasses et se saoulaient pendant la nuit. Les gendarmes furent appelés à plusieurs reprises à la suite de blessures dues à des rixes, et Hélène ne cessait de redouter que Julien ne prît un mauvais coup.

Il avait fort à faire, notamment avec un grand Russe fort comme un taureau à qui il avait adressé une remontrance et qui, convaincu d'avoir été injustement traité, avait juré de le tuer. Face à ces menaces, il arrivait à Julien de veiller devant la porte de sa baraque, un fusil à la main : la seule arme autorisée sur le chantier, que lui avait confiée l'ingénieur qui, lui, dormait à Perthes.

Pour Hélène, aussi, c'était difficile, car elle côtoyait des hommes qui pour la plupart vivaient sans femmes, et elle devait faire attention à ne pas rester seule, à ne pas répondre et, surtout, à ne pas les humilier. Elle devait également veiller à ne pas en favoriser un plus qu'un autre et, comme il lui était impossible de faire des parts parfaitement égales, elle dut renoncer à les servir, confiant cette tâche à Petra qui, elle, ne dormait pas sur le chantier et était donc moins exposée à d'éventuelles représailles.

Quand il se produisait des incidents, elle faisait en sorte de les régler avec l'ingénieur sans en parler à Julien, car elle se méfiait de ses réactions, le sachant non pas plus jaloux qu'un autre, mais vif et capable de violence. Il lui arriva à deux ou trois reprises de se tirer d'affaire par la douceur, parce que c'était ce qui manquait le plus à tous ces hommes qui vivaient si durement. En attendant qu'arrive le médecin de Rethel, elle se mit à soigner ceux qui tombaient malades ou se blessaient.

C'était fréquent car on ne comptait plus les engelures, les plaies ouvertes qui ne cicatrisaient pas,
quelquefois les fractures, que les hommes endu-
raient allongés près du poêle de la cuisine, muets
sur leur douleur, trouvant enfin, pour quelques
jours, un peu de repos.

La peur changea de nature le jour où l'on entendit une violente explosion à moins d'un kilomètre
du chantier : un paysan avait sauté sur un obus en
labourant son champ. Certes, la région avait été en
principe déminée, mais il était évident que tout danger n'était pas totalement écarté. Dès lors, ce fut
une hantise, pour Hélène et Julien, que de savoir
leurs enfants au-dehors, leurs jeux les conduisant à
s'éloigner de plus en plus d'un lieu où ils se sentaient à l'étroit.

Il fallut vivre avec cette angoisse nouvelle, dis-
penser des recommandations chaque soir, sentir
son cœur s'affoler quand une nouvelle explosion
retentissait, l'ingénieur ayant rappelé les démineurs
pour sécuriser un périmètre le plus étendu possible
autour du chantier.

Heureusement, le froid de plus en plus vif incita
les deux garçons à rechercher la chaleur du poêle et
à moins sortir, au grand soulagement d'Hélène qui,
pour plus de sûreté, leur confia des tâches susceptibles de les retenir auprès d'elle.

## 35

Ainsi s'acheva ce premier hiver, auquel succéda un printemps qui ne ressembla en rien à ceux qu'Hélène et Julien connaissaient dans leur Périgord natal. Il n'y avait pas d'arbres, ou presque plus, dans cette région dévastée par la guerre, et nulle verdure, pas la moindre herbe ne poussait qui pût égayer un horizon toujours aussi sombre, toujours aussi hostile. Avec les premières chaleurs du mois de mai, ressurgirent les rats qui s'étaient terrés pendant l'hiver et qui trouvèrent refuge sous la baraque de la cuisine, pour recueillir les déchets qui tombaient entre les planches mal jointes. Une hantise, pour Hélène qui craignait de les voir s'attaquer à ses chevilles, et que Julien ne parvenait pas à rassurer.

Comme à Bordeaux, ils devinrent un élément de distraction pour les ouvriers, qui inventèrent un jeu cruel, présentant un appât au ras des planches, et guettant leur apparition armés d'un bâton sur lequel était attachée une fourchette. Même Clément s'y était mis, malgré l'interdiction de sa mère qui, en entendant couiner ces bêtes blessées, pensait à ces petits chats qu'on a coutume de tuer à la campagne quand la portée a été trop nombreuse.

Un dimanche, par grand beau temps, Julien voulut se rendre à Perthes-les-Hurlus, un village distant de quelques kilomètres du chantier, pour essayer de retrouver l'endroit où il avait été blessé. Hélène ne comprit pas pourquoi et elle eut peur que cette décision n'entretienne en lui un mauvais feu, alors qu'elle croyait, au contraire, qu'il s'efforçait d'oublier la guerre. Elle essaya de le raisonner, demanda :

— À quoi cela te servira-t-il ?

— Il le faut, j'en ai besoin, répondit-il. Mais si tu veux, reste là, j'emmènerai le petit avec moi.

Quand elle eut compris qu'il n'en démordrait pas et comme, par ailleurs elle ne tenait pas à rester seule dans sa baraque, elle le suivit et monta sur la charrette qui servait au ravitaillement. Il faisait beau depuis quelques jours et les chemins avaient séché. Il ne leur fallut pas longtemps pour arriver dans le village où Julien se renseigna auprès d'un homme qui portait un fagot de bois, puis ils repartirent après avoir tourné à gauche à la sortie, continuèrent pendant deux kilomètres avant d'arriver dans un grand vallon qui avait été labouré. À droite coulait un petit ruisseau et, en face, de l'autre côté du vallon, le terrain montait vers un ressaut sur lequel on distinguait des lignes plus sombres que la terre : celles des anciennes tranchées.

Julien donna les rênes à sa femme, descendit sans un mot et parcourut lentement la distance qui le séparait des tranchées, remonta, s'assit sur une souche morte, tourné vers le vallon. Il demeura un long moment immobile, la tête dans ses mains, revivant l'instant fatal où les éclats d'obus avaient fracassé sa main droite, alors qu'Hélène hésitait à le rejoindre. Clément sauta de la charrette et elle le laissa faire. Il courut vers son père qui, en l'apercevant, sursauta, puis le hissa sur son genou droit, le garda ainsi pendant une ou deux minutes, avant de se lever brusquement et de revenir en toute hâte vers sa femme.

Au retour, il ne prononça pas un mot sur la route étroite bordée de champs immenses, où volaient des corbeaux en quête de nourriture, alors qu'elle se demandait toujours ce qu'il était venu faire là, tournait de temps en temps la tête vers son visage des mauvais jours. Ce ne fut que le soir, au moment de se coucher, qu'il lui dit sans qu'elle lui eût posé la moindre question :

— J'avais besoin de savoir si tout ça était vraiment fini.

Alors elle mesura vraiment à quel point la guerre l'avait ébranlé, et bien plus profondément qu'elle ne l'avait compris, tant il était resté muré dans le silence à ce sujet. C'était la présence de sa main blessée qui le ramenait sans cesse vers ce qu'il avait vécu ; voilà pourquoi il avait eu besoin de vérifier que oui, décidément, les armes s'étaient bien tues le 11 novembre 1918, et que les obus avaient cessé de labourer ces terres de souffrance.

Les jours suivants, il parut apaisé, comme rasséréné et, quand elle lui annonça qu'elle attendait un enfant, il accueillit la nouvelle avec un sourire, non avec humeur, alors que cela laissait présager des ennuis pour eux-mêmes et pour la bonne marche du chantier. Cette grossesse tombait vraiment très mal. Mais contrairement à ce qu'elle redoutait, il ne manifesta pas le moindre ressentiment : en fait, il aimait les enfants, étant persuadé qu'ils vivraient heureux entre une mère et un père, contrairement à lui qui n'avait pas connu l'auteur de ses jours.

L'hiver qui s'installa en averses de pluie froide comme de la grêle, l'absence de soleil, la perspective de s'enfoncer dans les jours les plus sombres pour trois ou quatre mois, leur donna à tous les deux le mal du pays, d'abord sans qu'ils osent en parler, ensuite en prononçant quelques mots vite effacés, vite oubliés, mais douloureux, parfois, comme une plaie dont on ne guérit pas. Hélène, surtout, pensait aux siens, là-bas, qui devaient gaver les oies en prévision des fêtes de Noël, tandis que Julien supportait de plus en plus difficilement de devoir se faire obéir sans pouvoir tenir un outil, se sentant inutile auprès de ceux qui travaillaient vraiment, ces ouvriers dont les sarcasmes, de temps en temps, le blessaient cruellement en lui rappelant son infirmité.

## 36

Le jour de Noël – le deuxième qu'ils passaient seuls, loin de leur famille –, alors qu'ils étaient tous les deux assis près du poêle, les enfants jouant à leurs pieds, Julien dit à sa femme en soupirant :

— On ne pourra pas rester ici. C'est trop loin et trop dur.

Elle ne répondit pas, mais il lui sembla que le ciel redevenait bleu, s'éclairait enfin.

— Si tu tenais un petit jardin, et si je faisais le commerce du bétail sur les foires, comme ton père, peut-être que nous pourrions vivre petitement, mais chez nous.

Ne sachant si ce projet se réaliserait un jour, elle ne voulut pas y accorder trop d'attention et repoussa les larmes qui lui montaient aux yeux. Puis, se penchant pour se saisir de son plus jeune fils qui lui tendait les bras, elle sentit battre son cœur plus fort, quand Julien ajouta :

— Ici, nous ne dépensons rien de ce que nous gagnons. Si nous continuons à mettre de l'argent de côté, dans quelque temps nous pourrons peut-être acheter une fermette et un petit enclos. Qu'est-ce que tu en penses ?

Elle pensait comme lui qu'ils commençaient à avoir quelques sous à force d'économiser, étant logés et nourris, mais elle se demandait combien de temps serait nécessaire pour réunir une somme qui leur permettrait d'acheter une petite maison. Un an ? comme le prétendait Julien, ou deux, ou cinq ?

Ce jour-là, dans leur terrible solitude de l'hiver ardennais, ils éprouvèrent le besoin d'écrire à Saint-Quentin, demander à la famille d'Hélène de chercher une demeure à acheter, même en mauvais état, pourvu qu'il y ait un peu de terre à cultiver. Elle fut heureuse d'écrire sous la dictée de Julien, sans trop y croire, mais en sachant que cette bouteille à la mer les aiderait à vivre, à traverser le désert des jours jusqu'au printemps suivant.

Et cela les aida effectivement à passer les longs mois de pluie, de neige et de vent sans se décourager, d'autant qu'ils en parlaient le plus souvent possible et oubliaient alors la dureté des hommes et des lieux, le chantier où les travaux furent stoppés quinze jours à cause du gel. Terrible hiver, interminable hiver dont ni elle ni lui n'avaient jamais vécu le pareil.

À cause de sa grossesse, elle était de plus en plus gênée dans son travail, mais elle continuait, pourtant, sous l'œil ironique des hommes qui ne se privaient pas de proférer les plaisanteries les plus douteuses, espérant le printemps qui la délivrerait de la pluie et du fardeau qu'elle portait. Les beaux jours n'éclatèrent qu'à la mi-avril, accompagnés par une lettre de sa sœur Aline et de son frère Félix qui, sans qu'elle leur en eût fait la demande, annonçaient leur venue pour l'aider lors de son accouchement. Cette nouvelle réjouit Julien qui se faisait du souci pour sa femme et trouva dans l'aide proposée le même réconfort et se mit, comme elle, à compter les jours qui les séparaient de cette arrivée.

Félix et Aline descendirent du train en gare de Rethel le 30 avril, et tout de suite avec eux ce fut le Périgord qui entra dans la baraque : une odeur de bois, de forêt, une manière de s'exprimer avec cet accent si particulier qui n'était pas du Midi, mais presque, une force sereine, confiante, qui firent beaucoup de bien aux deux exilés, d'autant qu'ils apportaient aussi une bonne nouvelle : ils avaient trouvé une maisonnette à acheter au lieu-dit la Brande, entre Sarlat et le village de Temniac, d'où l'on apercevait la route de Montignac qu'Hélène avait si souvent empruntée pour rendre visite à sa famille, à Saint-Quentin, quand elle travaillait à l'auberge.

C'était trop cher, il leur manquait encore beaucoup d'argent, mais que de projets firent-ils ce soir-là, et que de rêves peuplèrent la nuit qui suivit ! Et que de joie à écouter les récits de là-bas, les souvenirs, surtout de la part d'Aline qui avait été proche d'Hélène, était plusieurs fois venue à Souillac quand Julien se trouvait au front et qui savait si bien évoquer les châtaignes blanchies, les quartiers d'oies et les cèpes fondants du Sarladais.

Ce fut elle qui fit office de sage-femme, le 20 mai, quand Hélène donna le jour à son troisième fils baptisé André, le seul, donc, à être né si loin du Périgord, au cours d'un accouchement qui ne fut pas facile mais qui lui donna l'impression d'avoir moins souffert, en tout cas moins longtemps que les fois précédentes. Il était beau et vigoureux, ce fils, mais c'est à peine si elle put profiter de sa présence car elle se remit au travail huit jours plus tard, alors que déjà Aline et Félix étaient repartis, les laissant seuls, de nouveau, mais portés désormais par un nouvel espoir. Julien se montrait heureux de cet enfant, mais en réalité il s'inquiétait beaucoup de son sort, de cette naissance dans des conditions épouvantables : ils étaient obligés de laisser la lumière allumée, la nuit, pour que les rats ne s'attaquent pas au nouveau-né.

## 37

Cet enfant né le 20 mai 1920, c'est mon père, et cette histoire de bougie allumée pour que les rats ne le mangent pas, il aima à la raconter souvent, mais en riant pour ne pas trahir l'émotion que ce souvenir suscitait en lui, rendait brillants ses yeux posés sur nous, ses enfants blottis au chaud de sa maison, quelque trente ans plus tard. Et moi, une nuit, à Bruxelles, bien plus tard encore, dans une suite de quatre pièces que mon éditeur avait louée pour moi dans un hôtel de luxe, quand je n'ai pas réussi à éteindre la lumière dans toutes les pièces à la fois, c'est à la baraque de Perthes-les-Ardennes que j'ai pensé, à la bougie allumée, aux rats qui couraient partout. Et, bien évidemment, j'ai pensé aussi au chemin parcouru, mais avec la conscience d'une sorte de trahison, une confusion qui m'a empêché de trouver le sommeil, et pas seulement à cause de la lumière.

Il faut de ces ébranlements mentaux dans la vie pour savoir qui on est et d'où l'on vient. Celui-là, parmi tant d'autres, a fait douloureusement fris-

sonner en moi l'arbre du silence, réveillé des véri-
tés enfouies, mesurer quelle somme de travail et de
courage de la part de mon grand-père et de mon
père avait été nécessaire pour que je puisse, moi,
dormir dans un palace au cœur d'une ville devenue
la capitale de l'Europe. Je sais bien qu'il s'agit là de
raccourcis faciles, de considérations vaguement
dérisoires en une époque où plus personne ne
s'étonne de rien, mais c'est ainsi que je l'ai vécu : la
lumière qui ne s'éteignait pas dans cet hôtel de
luxe me renvoyait vers la bougie allumée dans une
baraque en planches où mon père dormait.

Hélène ne pouvait pas le quitter des yeux, le
gardait tout près d'elle quand elle travaillait, ne plaçait jamais le panier sur le sol, mais toujours en
hauteur. C'était devenu une hantise pour elle que
ces rats, de même que pour Julien qui veillait la
nuit, assis sur une chaise, pour intervenir plus rapidement si c'était nécessaire. Au point que, même
s'ils n'en parlaient pas, ils savaient qu'ils n'auraient
pas la force de vivre un autre hiver dans le Nord.
Aline et Félix avaient été chargés de négocier avec
le propriétaire, afin de savoir s'il n'était pas trop
pressé et, surtout, pour essayer de faire baisser le
prix. Une lettre d'Aline, reçue fin juin, les découragea : le propriétaire, un homme de Saint-Julien-de-
Lampon, voulait vendre tout de suite et au prix fixé
par le notaire. Ils crurent que le monde s'écroulait,
recomptèrent leur argent, mais il en manquait
encore, au point qu'Hélène, abattue, dit un soir à
son mari :

227

— Et si nous empruntions ce qui manque ?

Emprunter de l'argent ? Ce n'était pas courant, à cette époque-là, et Julien s'en sentait bien incapable. Pour lui, cela équivalait à devoir de l'argent à quelqu'un, c'était donc inconcevable. D'ailleurs, cette seule idée l'emplissait de honte. Et si le propriétaire vendait à d'autres ? Elle ne cessait de poser cette question à Julien qui la rassurait en affirmant que, selon Aline, personne n'achèterait à ce prix-là, et que dans quelques mois, au contraire, l'homme de Saint-Julien-de-Lampon serait devenu moins exigeant, qu'eux-mêmes, alors, auraient gagné suffisamment d'argent ; bref ! d'après lui, il suffisait de se montrer patient.

Elle se résigna donc à une nouvelle attente, un peu réconfortée par l'été ensoleillé, lumineux, qui embrasa les Ardennes et leur mit du baume au cœur, d'autant qu'il y avait moins d'incidents, maintenant, avec les ouvriers dont les conditions de travail étaient meilleures. L'après-midi, dès qu'elle avait un moment de libre, elle sortait avec André sur le chemin qui menait vers Perthes, et le fait de se promener avec son fils lui rendait un peu de cette liberté qui lui manquait tant à la mauvaise saison.

Julien, lui, s'était apaisé : depuis qu'il avait entrevu une possibilité de départ, il supportait un peu mieux les conflits, et il ne se passait pas une soirée sans qu'il lui parlât de leur maison, fît des projets dans lesquels n'étaient jamais évoqués les problèmes que lui poserait sa main. C'était comme s'il l'avait oubliée, comme si le fait de revenir en

Périgord suffirait à lui faire retrouver sa vie d'avant la guerre et toutes ses capacités. En réalité, l'idée qui le portait vraiment, c'était celle de devenir propriétaire, fût-ce d'un bien minuscule, lui qui n'avait jamais rien possédé, et ainsi de prendre sur la vie une revanche incontestable et définitive.

Le travail, dans lequel l'un et l'autre s'abrutissaient de l'aube jusqu'à la nuit, les aida à accepter les pluies de l'automne et bientôt le froid d'un nouvel hiver, dont Julien lui promit qu'il serait le dernier.

— Je te le jure ! lui dit-il début décembre, alors que la nuit, qui tombait tôt, semblait les emprisonner dans leur baraque en planches.

— Je l'espère, murmura-t-elle, je n'aurai pas la force d'en passer un de plus ici.

Ce fut un hiver si froid, si blanc, qu'elle ne put assister à la messe de minuit à Perthes, bloqués qu'ils étaient sur le chantier par la neige. Heureusement, les lettres d'Aline, qui arrivaient régulièrement, leur donnaient des nouvelles de « leur maison », laquelle n'avait pas trouvé d'acquéreur. Tout espoir n'était pas perdu : la lumière de la bougie qui le symbolisait ne s'éteignait jamais.

## 38

En mars, quand le dégel s'amorça, ils recomptèrent leur fortune et constatèrent qu'ils avaient assez d'argent pour acheter. Ils écrivirent à Aline afin qu'elle fasse le nécessaire auprès du vendeur et du notaire, puis Julien prit le train pour Sarlat, confiant sa femme et ses enfants à Adolphe, qui, la nuit, les conduirait dans sa maison, à Perthes, pour y dormir en sécurité. L'absence de Julien dura huit jours et j'imagine sans peine le bonheur qui fut le sien, dans le bureau du notaire où il reçut l'acte signé par le propriétaire et par ses soins – lors de leur mariage, Hélène lui avait appris à tracer les lettres qui étaient devenues sa signature. Sans doute en cet instant revit-il sa vie depuis le château de Proissans, sa chambre dans le garage du maçon, le logement de Souillac, les tranchées des Ardennes et les baraques de Bordeaux et de Perthes, tous ses efforts enfin récompensés.

Il regagna Perthes huit jours plus tard, serrant précieusement dans sa poche l'acte notarié, sourit en apercevant Hélène qui venait à sa rencontre sur le chemin et sauta du marchepied de la charrette conduite par Adolphe venu le chercher à la gare. Ils coururent s'enfermer dans leur baraque en planches pour qu'elle puisse lire le précieux document et, pendant de longues minutes, il lui décrivit la maisonnette qui n'était pas en très bon état, la petite parcelle de devant, et le pré qui descendait vers la route de Montignac où, en bas, dans un creux, se trouvait la fontaine où ils puiseraient l'eau.

À partir de ce jour, chaque soir, avant de s'endormir, ils étalaient l'acte notarié sur la table, et Julien demandait à sa femme de lui relire les lignes magnifiques qui les rendaient propriétaires d'une maison dont les murs étaient en pierres et non en planches. Pourtant, ils ne purent pas partir aussi vite qu'ils l'auraient souhaité, car M. Duval ne leur avait pas trouvé de remplaçants et Julien ne voulait pas faire de tort à un homme qui l'avait embauché à l'époque où il en avait tant besoin.

Ils n'en pouvaient plus d'attendre, en septembre, quand enfin ils purent prendre le train en gare de Rethel où, trois ans auparavant, ils étaient descendus dans la nuit de décembre. Le voyage, entrepris dans des conditions toujours aussi rudes, ne leur parut pas aussi long que lors de leur montée vers les Ardennes, d'autant que le soleil fit son apparition dès qu'ils furent à Paris et ne les quitta plus jusqu'à Sarlat, éclairant merveilleusement les chênes et les châtaigniers qui annonçaient le Périgord.

Félix, venu les chercher en charrette pour les conduire à Saint-Quentin, fit le détour par la Brande pour montrer à sa sœur la maison qui lui appartenait et dans laquelle elle allait s'installer le plus vite possible : effectivement, comme le lui avait décrit Julien, une petite demeure basse et étroite, au toit de tuiles, perchée en haut d'une colline qui dominait la route de Montignac, sans eau ni électricité, mais en fait, pour elle comme pour lui : la plus belle maison que la Terre puisse porter.

Ils passèrent quelques jours en compagnie de Félix, de Victorine et d'Aline, et le fait de s'asseoir autour d'une table où ils avaient jadis été si nombreux mais où les chaises vides trahissaient l'absence de tous ceux qui avaient disparu, donna à Hélène l'envie de partir le plus rapidement possible vers ce qui serait désormais « sa maison ». Ils emménagèrent trois jours plus tard, allumèrent le feu dans la cheminée et regardèrent un long moment les étincelles d'or qui jaillissaient de leur nouveau foyer.

# IV
## Les pierres

## 39

On entrait dans la maison par une porte étroite qui donnait dans la cuisine où se trouvait un « cantou » suffisamment grand pour y faire cuire les repas et chauffer l'ensemble de la bâtisse. Cette cuisine-salle à manger communiquait avec une petite pièce sombre qui allait leur servir de chambre. Par une échelle meunière, on accédait au grenier qui avait été sommairement aménagé en une pièce de la superficie des deux du bas, et donc plus grande que chacune d'entre elles, dont ils firent une chambre où allaient dormir leurs trois enfants. L'ensemble était très petit, mais comme ils possédaient très peu de meubles – ayant vendu les leurs au moment de leur départ de Souillac –, les chaises, la table et les lits trouvèrent facilement leur place et l'espace en fut aisément occupé.

Attenante, au bord du chemin, se trouvait une grangette également bâtie en dur, qui servait à la fois de grange et d'étable. De l'autre côté du chemin, la pièce de terre qui leur appartenait butait, tout au fond, contre la voie ferrée de Sarlat à

Montignac. Le pré qui dévalait vers la source au bord de la route leur appartenait également, et il offrait la possibilité de faire paître du bétail, ou de couper le foin, ce qui autorisait un peu d'élevage. Ni Julien ni Hélène ne se rendirent compte qu'il constituerait, ce pré, une sorte de chemin de croix pour aller chercher l'eau deux cents mètres plus bas et remonter les seaux sur la pente abrupte, en les obligeant à s'arrêter plusieurs fois pour reprendre leur souffle.

Dure épreuve, je le sais, je l'ai vécue auprès d'Hélène, dans les années cinquante, lorsque, enfant, je suis allé passer quelques jours auprès d'elle, lors des grandes vacances, en m'étonnant qu'une si petite femme pût porter des faix aussi lourds. Mais cette épreuve, j'en suis sûr, lui parut négligeable à l'époque où elle se glissa dans sa maisonnette comme une mère oiseau se glisse dans son nid, et elle se dépêcha d'y construire avant l'hiver un refuge où sa famille aurait plaisir à vivre bien au chaud.

Ils savaient qu'ils devraient vivre petitement, que les premiers mois seraient difficiles, mais ils y étaient préparés et ne craignaient pas de ne pouvoir manger à leur faim : avec la pension de Julien, ils achèteraient du pain et des légumes, feraient une bonne soupe, ce qui constituait à l'époque l'essentiel d'un repas.

Après leur installation, en octobre, Julien loua un cheval au propriétaire voisin et ils labourèrent la pièce de terre pour semer du blé, Hélène marchant devant pour guider le cheval, Julien derrière, la main droite attachée au manche de la charrue pour mieux la tenir. À droite de cette parcelle, quelques rangées de vignes leur promettaient le vin nécessaire, mais ce serait pour l'année suivante, car le vendeur s'était réservé la récolte de cet automne.

Ils avaient tout prévu, tout organisé : ils feraient donc leur vin, donneraient leur blé au boulanger de Sarlat qui le leur rendrait en pain grâce au système de l'échange en vigueur un peu partout dans les campagnes, et le reste de leur terre leur servirait à cultiver des légumes. Quant au pré, ils avaient prévu de le garder en herbe pour élever des veaux – qu'on appelait des broutards – et de les revendre une fois grands. En outre, dès qu'ils auraient gagné quelques sous, ils achèteraient un cheval ou un âne pour tirer la vieille charrue qu'ils avaient trouvée dans la grange, car elle faisait partie du matériel acquis lors de la vente de la propriété.

Forts de ces résolutions, de ces projets qui ne dépendaient que d'eux-mêmes puisqu'ils constituaient l'expression la plus simple d'une économie fermée, ils prirent confiance rapidement, d'autant que Julien trouva un voisin qui acceptait de les laisser ramasser les châtaignes « à moitié ». Ce fut un bel automne, que ces jours encore chauds dans l'ombre des futaies et, pour elle comme pour lui, une source de souvenirs d'enfance qui affluaient dans les clairières où, à midi, ils mangeaient les cèpes trouvés dans les lisières, dans la bonne odeur de la mousse et des fougères humides de rosée. Au diable la piqûre des aiguilles sur les doigts ! Cinq jours de cueillette leur assurèrent une provision de châtaignes pour tout l'hiver, alors qu'ils n'avaient pas compté sur cette manne pour vivre.

Clément et Constant prirent le chemin de l'école de Temniac, le village situé en haut de la côte de la Brande, chez un instituteur nommé M. Délibie qui leur paraissait sévère, mais ils apprenaient bien, cependant, et Hélène, le soir, leur faisait avec plaisir de la place sur la table de la cuisine pour qu'ils puissent faire leurs devoirs. Quand Julien rentrait, ils mangeaient la soupe épaisse où la louche pouvait tenir debout, et ils ne redoutaient plus les rats, les disputes entre les hommes ou les vols de nourriture, alors il leur semblait que ce qu'ils avaient vécu dans les Ardennes n'avait jamais existé. Il leur arrivait pourtant de se réveiller brusquement la nuit, de chercher le panier dans lequel était couché André sous la lumière d'une bougie, et il leur fallut du temps pour retrouver un vrai sommeil.

Ce Noël-là fut une fête, un réel bonheur comme ils n'en n'avaient pas connu depuis longtemps : ils invitèrent les frères et sœurs d'Hélène pour les remercier de les avoir tant aidés et, surtout, pour deux d'entre eux, d'être venus dans les Ardennes lors de la naissance d'André. Ils partirent tous, même Julien, qui n'avait aucune religion, vers l'église de Temniac, la lampe à la main, pour la messe de minuit, sur le chemin durci par le froid. Au retour, il y eut des cadeaux pour les enfants :

une orange, des pralines, une paire de mitaines, et un jouet en bois acheté par Félix à la foire du 6 décembre de Sarlat. Ce fut une joie pour eux – et surtout pour Julien qui n'avait jamais reçu le moindre cadeau pendant son enfance – de voir leurs enfants rire et s'amuser devant la cheminée où flambaient des bûches de châtaignier, enfin à l'abri et, leur sembla-t-il, définitivement hors de danger.

L'année s'acheva sans la moindre neige ni ce vent du nord dont ils avaient tant souffert, là-haut dans les Ardennes. Hélène avait trente-six ans et Julien quarante-deux, leur jeunesse était derrière eux, mais ils avaient trouvé un port. À la réflexion, je me dis qu'il était assez semblable à celui de ma famille maternelle à la même époque : une maisonnette, deux pièces de terre et la perspective de produire uniquement ce qui était nécessaire pour vivre. Pas d'argent, mais ce n'était grave, puisqu'ils n'avaient rien à acheter. Dans les campagnes du Quercy et du Périgord, au cours des années vingt, il était possible de vivre de la sorte. Et ce qui me frappe, c'est que la solution trouvée par les uns et les autres avait été la même : celle de la petite propriété, source de fierté et de reconnaissance sociale, même si elle n'excluait pas la pauvreté.

## 40

Au printemps, avec le retour des travaux des champs, Julien expérimenta une nouvelle manière d'attacher les outils à sa main droite, au moyen d'une courroie qu'il demandait à sa femme de serrer, mais qui ne tenait jamais.

— Serre ! lui disait-il, n'aie pas peur.

— Ton sang ne va plus circuler !

— Ça ne fait rien. Serre, je te dis !

Cela devint pour lui très vite une obsession et, pour Hélène, un cauchemar, de l'entendre crier quand la serpe ou la hache lui échappait, qu'il ne parvenait pas à venir à bout du travail qu'il s'était assigné. Elle se précipitait pour l'aider, mais il refusait, s'énervait et elle comprenait qu'il valait mieux le laisser seul plutôt que de lui faire mesurer sa capacité à réussir sans effort ce que lui-même était incapable de réaliser. Dans ces conditions, le labour du printemps ne fut pas facile, car Julien s'entêtait à tenir les manches de la charrue tandis qu'elle tenait les rênes du cheval, alors que le contraire eût été préférable. Mais il s'obstinait, criait, refusait la défaite qui le plaçait en état d'infériorité vis-à-vis d'elle, et il achevait la besogne épuisé, couvert de sueur, excédé. Ce fut pis au moment des foins qu'il fallait couper à la faux : il rappelait sans cesse Hélène pour serrer la courroie, jurait, maudissait le bon Dieu et « les Boches », se démenait sans aucune efficacité, finissait par s'asseoir à l'ombre, le cœur fou, et buvait non pas du vin, car il n'en n'avait pas, cette année-là, mais des litres de cette eau rare que, avec la chaleur, Hélène peinait à remonter de la fontaine.

Elle ne lui en voulait pas, mais elle s'effrayait un peu de cette violence qu'elle sentait renaître en lui, comprenait qu'il n'avait pas bien mesuré la difficulté de travailler la terre sans le matériel nécessaire et sans disposer de toutes ses forces. La pension qu'il touchait, si elle leur permettait de vivre, ne lui avait pas rendu l'usage de sa main et ne la lui rendrait jamais. Il le vérifiait chaque jour, bien qu'elle mît toute son énergie à assumer les tâches les plus rudes, comme celle de l'eau qu'elle descendait chercher, avec ses enfants, les deux aînés portant une petite cruche tandis qu'elle-même portait deux seaux maintenus stables et écartés du corps à l'aide d'un cerceau, s'arrêtant parfois sur la pente, comme en équilibre, sans savoir si elle allait tomber ou avancer de quelques pas.

Elle l'économisait, sans toutefois négliger la toilette du matin et du soir pour elle et ses enfants, mais son sens de l'économie lui faisait utiliser l'eau de la salade pour la vaisselle. Quelquefois elle redescendait à la nuit, ses enfants endormis, car il faisait moins chaud, et elle souffrait moins de cette corvée dont elle ne se plaignait jamais, ayant peur que Julien ne veuille l'aider et ne renverse un seau. Quand elle arrivait, à presque minuit, que ses enfants dormaient, Julien aussi, elle goûtait un peu de repos devant sa porte, s'asseyait enfin sur une chaise, respirait délicieusement l'air frais de la nuit et se voulait heureuse.

L'eau courante d'aujourd'hui a fait oublier ce que représentait son transport dans les campagnes d'alors, surtout quand il s'agissait d'approvisionner non seulement les hommes, les femmes et les enfants, mais aussi le bétail. Hélène commençait à deviner de quel poids cette charge allait peser sur elle au cours des années qui allaient suivre et à quel point cette pente abrupte du pré au-dessus de la fontaine deviendrait un calvaire. Mais de quoi se serait-elle plainte, alors qu'elle vivait dans sa maison, auprès de ses enfants et de son mari, sans la moindre menace, et avec la seule nécessité de travailler ?

D'ailleurs, cet été-là leur réserva aussi quelques plaisirs, comme ce dimanche où ils prirent le petit train pour Vitrac, le village des rives de la Dordogne le plus proche de Sarlat, pour profiter de l'eau et de la plage de galets qui se trouvait rive gauche, de l'autre côté du pont. La campagne leur apparut magnifique tandis que le train traversait des grands bois de châtaigniers, que le soleil buvait goutte à goutte la rosée des prés. Une demi-heure plus tard, une fois franchies les collines qui séparent Sarlat de la vallée de la Dordogne, ils débouchèrent sur une plaine limitée au sud par une grande falaise où, en haut, dans une brume bleue, dormait le village de Domme. Puis les peupliers apparurent, là-bas, derrière les toits de Vitrac, qui luisaient encore malgré l'heure avancée de la matinée.

Ils descendirent dans la petite gare et, portant leur panier de victuailles, ils traversèrent la Dordogne sur le pont de pierre où il faisait déjà chaud comme en plein midi, puis ils tournèrent à droite et prirent le chemin qui menait dans un pré ombragé de saules. Les deux aînés suivirent Julien à la pêche car il leur avait promis de monter une ligne : une branche longue et flexible, du fil, un bouchon de liège et, à l'extrémité, une aiguille recourbée en guise d'hameçon. Hélène garda André près d'elle, à l'ombre, et elle s'aperçut que la Dordogne avait toujours été pour elle l'image du temps libre et du bonheur, même si, à Souillac, elle avait aussi, parfois, suscité en elle la crainte quand Julien partait pêcher la nuit.

Les gens commencèrent à arriver, ce matin-là, à pied ou en charrette, le panier et la serviette au bras, contents de passer la journée au bord de l'eau dans une oisiveté dont ils demeuraient étonnés, éblouis par un soleil dont ils ne craignaient pas la morsure, ayant pour la plupart l'habitude de travailler à l'extérieur. Hélène s'assit sur une couverture, essaya d'occuper André qui était attiré par l'eau, comme tous les enfants, lui montra les châteaux de Beynac et de La Roque-Gageac qui formaient deux promontoires dans le bleu du ciel, là-bas, à l'horizon.

À midi, ils mangèrent tous les cinq une salade de tomates, du poulet froid et du fromage, puis Julien fit la sieste dans l'herbe et André s'endormit contre lui. Après avoir rincé leurs assiettes dans l'eau, Hélène s'allongea auprès d'eux pour quelques minutes de repos et de paix. Ce n'était pas grand-chose, certes, mais ces quelques heures passées dans la fraîcheur d'une ombre délicieuse, au bord d'une rivière, en compagnie des siens demeurèrent dans sa mémoire comme un des souvenirs les plus précieux de sa vie : savoir se contenter de ce qu'elle vivait, apprécier une journée de repos parmi tant d'autres à coltiner l'eau jusqu'à l'épuisement, suffisait à lui faire croire au bonheur lorsqu'elle en était délivrée.

L'après-midi, Clément et Constant allèrent se baigner, et Julien emmena André se tremper les pieds tout en surveillant les aînés. Pendant ce temps, Hélène s'en fut se promener dans les prés, s'éloignant de tous ces hommes et ces femmes à demi nus, dont le spectacle la gênait. Elle s'assit un moment sous un prunier, finit par se sentir coupable comme chaque fois qu'elle restait sans rien faire, puis elle s'endormit, ivre de toute la fatigue accumulée pendant les derniers jours.

Quand elle se réveilla en sursaut, elle entendit les cris de Julien et de ses enfants qui la cherchaient. Elle courut vers eux, les découvrit mouillés de la tête aux pieds, les aida à se sécher tout en observant Julien qui riait, semblait avoir oublié sa main atrophiée, redevenait celui qu'elle avait connu, avant la guerre, quand il la rejoignait à l'auberge, pour partager une complicité silencieuse que ses cris d'aujourd'hui rendaient lointaine, comme irréelle.

Ils firent « quatre heures » à l'ombre, mangeant le gâteau de prunes qu'elle avait amoureusement confectionné la veille, puis Julien repartit seul à la pêche tandis qu'elle restait avec ses trois enfants qui, malgré ses réticences, l'entraînèrent vers l'eau, dans laquelle elle consentit enfin à se tremper les pieds. Plus tard, beaucoup plus tard, Julien revint avec des poissons – truites et vandoises – qu'il vida avant de les envelopper dans de l'herbe pour les transporter jusqu'à la Brande, puis ils regagnèrent la gare afin de prendre le train de sept heures qui les ramènerait à Sarlat.

Afin d'éviter la ville, ils empruntèrent le chemin des collines, moins long mais plus accidenté, car c'était aussi un plaisir que de marcher dans la fraîcheur du soir qui tombait enfin, accompagné par la ronde folle des hirondelles. Chacun pensait au bonheur de cette journée, se demandait s'il y en aurait d'autres, si le travail ne pèserait pas trop sur eux, leur autoriserait une nouvelle fois ces quelques heures de répit sous le magnifique soleil de l'été.

41

Ils retournèrent une fois à Vitrac en août, puis le temps changea et ils n'y pensèrent plus, sauf, de temps en temps, comme à une récompense qu'il fallait mériter. Des semaines, des mois passèrent et les corvées d'eau se multiplièrent, car ils avaient acheté des volailles et un âne pour labourer, ne voulant pas abuser de l'amabilité du voisin. L'année suivante, ils vendangèrent les dix rangées de vigne qui se trouvaient sur la parcelle, entre la voie ferrée et la maison, et Julien put faire son vin, ce qui accrut encore leur sentiment d'autonomie et de sécurité. C'est alors qu'un événement imprévu vint mettre en péril l'équilibre fragile de leur vie.

En octobre, leur voisin vint les voir un soir avant le dîner : c'était un homme âgé qui semblait harassé par le long travail d'une vie et avait décidé de vendre sa maison et le peu qu'il possédait pour aller se retirer à Sarlat où, dit-il sans qu'ils comprennent bien ce qu'il voulait exprimer par là, « il aurait tout à portée de la main ». Comme Julien et Hélène étaient ses plus proches voisins, il venait leur proposer d'acheter ses biens, c'est-à-dire sa maison, attenante à la leur vers l'arrière, mais surtout ses terres qui prolongeaient les leurs vers la route, si bien que les deux propriétés étaient étroitement imbriquées.

Comment auraient-ils pu acheter cette propriété, eux qui n'avaient pas deux sous d'avance et qui avaient besoin d'acquérir du matériel et du bétail ? Par ailleurs, s'ils avaient besoin des terres, la maison ne leur était d'aucune utilité, puisqu'ils en possédaient une. C'est ce qu'ils firent observer au propriétaire qui n'en démordit pas : il ne voulait pas scinder en deux sa propriété, car il craignait qu'elle ne perdît de sa valeur. Il partit en leur laissant quinze jours de réflexion et en affirmant que, passé ce délai, il mettrait le tout en vente chez un notaire de Sarlat.

Cependant, il avait bien compris dans quel embarras il les avait placés, car il revint au bout de huit jours leur faire une autre proposition : il voulait bien leur vendre la maison en rente viagère, à condition qu'ils payent les terres comptant. Il leur laissa un nouveau délai de réflexion au cours duquel ils hésitèrent beaucoup : ils pouvaient se contenter de ce qu'ils possédaient, n'en ayant jamais espéré autant, mais c'était renoncer à jamais cultiver davantage de terres en un seul tenant. Ils se dirent aussi que leurs nouveaux voisins risquaient de ne pas être aussi aimables que M. F. avec qui ils avaient vécu dans une bonne entente, sans la moindre dispute. La veille du dernier jour, quand il fallut prendre une décision, Julien dit à sa femme :

— Si nous ne croyons pas en nous, qui le fera ?

Elle comprit que c'était le moyen de lui montrer qu'elle avait confiance dans sa force et dans sa volonté, et elle répondit :

— Il faut acheter. Quand nous aurons fini de payer, nous vivrons plus facilement.

Un mois plus tard, ils signèrent l'acte chez le notaire et se séparèrent de toutes leurs économies. Ils n'avaient plus le moindre sou mais étaient riches, désormais, de trois hectares, c'est-à-dire peu de chose, mais qui représentait pour eux la certitude de pouvoir travailler davantage. La maison, elle, était un peu plus grande que celle qu'ils occupaient, mais elle était en très mauvais état, l'ancien propriétaire, veuf, n'occupant que deux pièces, et il fallait la rénover avant de s'y installer.

Ils reprirent le travail là où ils l'avaient laissé, s'échinant du matin au soir dans la vigne, le blé, le pré et le jardin dont s'occupait Hélène. Au printemps suivant, dès qu'ils en produisirent à suffisance, elle se mit à vendre des légumes au marché de Sarlat, poussant sa petite carriole sur trois kilomètres aller et autant au retour, et ce fut ainsi qu'un peu d'argent rentra enfin dans la maison. Les nouvelles terres leur permirent de faire pousser un peu plus de blé, mais aussi des céréales pour les volailles, et ils recommencèrent à vivre de la même manière qu'auparavant, sans rien acheter, car la pension de Julien ne suffisait pas à payer la rente.

En plus du travail des terres, ils rénovèrent la maison principale avec l'aide d'un maçon italien qu'ils ne rémunérèrent pas, mais qu'ils s'engagèrent à loger gratuitement pendant un an dans la petite maison, dès qu'ils auraient déménagé. Julien constata une nouvelle fois à cette occasion que sa main atrophiée le rendait presque inutile à l'ouvrier, et les colères qu'il avait un peu oubliées, grâce à la satisfaction d'avoir agrandi son domaine, de nouveau, l'embrasèrent, provoquant autour de lui la peur et la consternation. Seul dans les terres, il pouvait cacher son handicap, mais face à un homme du métier comme l'était le maçon, il lui devenait insupportable. Un soir de juin, Hélène comprit hélas, pour la première fois, qu'il avait bu plus que de raison quand il la repoussa brutalement à l'instant où elle voulut l'aider à dételer l'âne. Elle en demeura paralysée de stupeur, le cœur fou, le dévisageant comme si elle ne le reconnaissait plus, puis elle rentra à petits pas dans sa cuisine où elle cacha les premières larmes qu'elle lui devait.

Elle en fut mortifiée, mais, le lendemain, fit comme s'il ne s'était rien passé, tandis que Julien semblait avoir oublié. Une bonne nouvelle lui mit un peu de baume au cœur début juillet : Clément avait été reçu au certificat d'études. Ils en furent fiers, surtout Julien qui manifesta à cette occasion une émotion dont elle ne le croyait plus capable.

En fait, il concevait de ce succès l'impression d'une revanche sur la vie, et il tint à fêter l'événement en ouvrant le soir, au cours du repas, une bouteille de vin bouché.

Il ne fut pas question pour autant que Clément fît des études supérieures : ils avaient trop de travail à la Brande et Julien avait besoin des bras – des mains – de son fils aîné. Hélène fut soulagée de savoir qu'elle n'aurait plus à aider son mari, mais elle redouta les éclats de colère vis-à-vis de son fils et elle fit en sorte de le protéger, même à distance, en l'appelant souvent auprès d'elle, au moindre prétexte. Cette violence que Julien, certains jours – surtout l'été, au moment des grands travaux –, ne contrôlait plus, ou à peine, elle avait accepté de la subir, mais elle la refusait pour ses enfants. Et tout ce que Clément n'osait dire, c'était elle qui l'exprimait en choisissant le moment, calmement, douce-ment, jusqu'à ce que Julien lui prête une oreille attentive.

L'automne la délivra des corvées d'eau éreintantes à la fontaine, mais les vendanges firent renaître sa peur, car Julien passait beaucoup de temps à la cave. Elle osa évoquer la possibilité d'arracher la vigne pour planter du maïs mais il ne lui répondit pas. Elle remarqua qu'il se méfiait de lui-même, ayant compris que le vin exacerbait ses colères et qu'il évitait désormais tout ce qui pouvait être source de conflit. Elle lui en sut gré, s'apaisa, aux portes d'un hiver où, comme d'habitude, les travaux devenaient moins pressants, la chaleur moins accablante, et elle se réjouit de la perspective de passer des heures au coin du feu, tous les siens auprès d'elle.

## 42

Des jours et des mois passèrent, semblables aux autres, à cette différence près qu'ils travaillaient maintenant avec six bras et non plus avec quatre, ce qui les aidait à venir à bout de toutes les tâches qui leur incombaient, y compris le dimanche. C'est à peine si Hélène prenait le temps de se rendre à la messe de Temniac, alors que Julien entraînait Clément avec lui et attelait l'âne, en maugréant : ce n'était pas le bon Dieu qui ferait le travail à leur place. Il manifestait ainsi de la contra-riété mais aucune méchanceté vis-à-vis d'Hélène, comme s'il redoutait une sanction divine, sa mère lui ayant inculqué à son insu la crainte des puis-sances supérieures, qu'elles fussent terrestres ou célestes.

Il avait pris l'habitude d'acheter le journal une fois par semaine, et demandait à ses fils, à tour de rôle, le soir, après le repas, de lui lire les nouvelles. Il les écoutait attentivement, fier du savoir mani-festé par ses enfants, rassuré du fait que les gouver-nements qui se succédaient ne pourraient plus le prendre au dépourvu, et pour finir s'imaginant devenu savant lui-même, fût-ce par l'entremise de ses fils.

Ils étaient pourtant voués, ces fils, à ne jamais suivre d'études supérieures, et surtout pas Constant qui manifesta le désir de quitter l'école avant d'avoir passé le certificat. Hélène voulait qu'il continue, mais Julien expliqua que l'enfant savait lire, écrire et compter, et que c'était bien suffisant pour quelqu'un qui travaillait de ses mains. Lui-même, d'ailleurs, ajouta-t-il, n'en n'avait jamais su autant, et cela ne l'avait pas empêché de devenir propriétaire. Elle n'insista pas, car elle comprit que faire étudier ses enfants au-delà du nécessaire creuserait un fossé avec leur père, et elle ne voulait surtout pas que Julien se sente humilié, redoutant que cette différence accrût son amertume.

Ils décidèrent donc que Constant remplacerait Clément à la Brande et que l'aîné apprendrait un métier. Lequel ? Il était évident qu'il deviendrait maçon comme Julien l'avait été, d'autant plus que celui-ci avait gardé des connaissances dans cette confrérie, notamment avec un cousin à lui, qui se prénommait Joseph, un homme débonnaire et toujours prêt à rendre service. Il accepta de prendre Clément comme apprenti, ce qui ne le dispensa pas d'aider aussi ses parents le dimanche, alors qu'il aurait pu se reposer.

Mais le travail pressait sans cesse, et nul répit ne leur était accordé, car ils ne possédaient pas de matériel. Faner le grand pré en pente posait toujours autant de problèmes : ils mettaient huit jours à le faucher, autant à faire sécher le foin, et ils le rentraient à bras, sur une bâche attachée à deux barres de bois, car il était impossible d'atteler l'âne à la charrette qui risquait de se renverser. Julien se passait une corde par-dessus l'épaule pour ne pas lâcher le fardeau, tandis que Constant et Hélène, de l'autre côté du bât, avançaient péniblement vers la grange en prenant soin de ne pas tomber.

Pour les moissons, Julien s'attachait la faucille à la main droite, et il finissait la journée défiguré par la douleur, comme fou. De même, pour le dépiquage, dans la cour, avec le fléau, lorsqu'ils battaient les quelques sacs du blé qui allaient leur donner la farine et le pain d'une année. Ensuite, Hélène et Constant ventilaient le blé battu avec le « ventadou », tandis que Julien, ayant fait le plus gros du travail, laissait sa main au repos pour oublier la douleur, non sans boire quelques verres de ce vin âpre qui semblait ne jamais apaiser sa soif.

Mais le pire, c'était les vendanges, car il fallait descendre les comportes à la fontaine pour les nettoyer et les remonter, ensuite, deux barres passées sous les anses, alors qu'elles glissaient vers celui qui se trouvait le plus bas sur la pente et supportait donc le plus de poids. Hélène voyait arriver le mois d'octobre avec appréhension, et il lui tardait que le raisin fermente dans la grande cuve : alors les gros travaux étaient terminés et ils allaient pouvoir souffler un peu, si toutefois ce mot avait un sens à la

Brande. Mais alors une autre crainte s'installait en elle : celle du vin nouveau qui tenterait Julien, le ferait céder à un penchant qui le rendait méconnaissable et inquiétant.

Ainsi les saisons succédaient aux saisons, dans la même économie de moyens, mais dans le même épuisement des forces qui les laissaient en novembre avec seulement la peau sur les os, bien que satisfaits d'avoir été capables, une fois de plus, de mener à bien les travaux dont ils tiraient leur subsistance.

Ce mois de décembre qui approchait allait pourtant leur faire subir une épreuve à laquelle ils ne s'attendaient pas : dès les premiers jours, André tomba gravement malade d'une broncho-pneumonie dont ils ne surent jamais où il avait pu l'attraper. Il avait dix ans en cette année 1930 quand il se coucha, un soir, au retour de l'école, sans que ni Hélène ni Julien ne s'inquiètent aussitôt. Mais, dès le lendemain matin, la fièvre monta jusqu'à quarante, et il se mit à délirer, se débattant dans son lit contre un ennemi invisible qui le laissait à bout de forces.

Le médecin, appelé vers onze heures, arriva seulement en début d'après-midi et se montra inquiet. Il prescrivit des ventouses, quelques médicaments que Julien alla chercher à Sarlat, puis il revint dans la soirée, sans réussir à cacher son pessimisme. Hélène et Julien veillèrent côte à côte pendant la nuit, essayant de dissimuler la peur qui les hantait, soulevant l'enfant lorsqu'il étouffait, essuyant la sueur sur son front, s'endormant enfin, sur leur chaise, au petit matin, quand André s'apaisa.

Le lendemain, le mal empira. Laissant le petit à la garde de son père, Hélène partit pour l'église de Temniac, à pied, où, malgré le froid, elle resta longtemps, très longtemps, négociant avec le bon Dieu ces sortes de marchés dans lesquels on promet tout ce qui vous passe par la tête en échange d'une guérison : un pèlerinage à Lourdes, jeûner trois jours par semaine, ne jamais manquer la messe le dimanche, enfin donner sa vie pour son enfant. Le silence glacial, sous les voûtes, la majesté des lieux la transportèrent ailleurs, très loin, comme chaque fois qu'elle se recueillait dans une église, ainsi qu'elle en fit confidence plusieurs fois dans sa vie, avec toujours la même émotion.

Quand elle revint, après avoir couru sur la route gelée, Julien, assis près du lit, murmura :

— Je crois qu'il est mort.

— Non, fit-elle, ce n'est pas possible.

Elle souleva son fils brûlant de fièvre dans ses bras, approcha sa joue de sa bouche, sentit un souffle léger contre sa peau. Il n'était pas mort, son fils, mais cela ne tarderait pas si l'on ne faisait rien. Elle supplia Julien d'aller de nouveau chercher le médecin, et elle attendit seule, priant de nouveau dans l'obscurité, tandis que des pensées funestes renvoyaient Julien vers la guerre et la mort, lui faisaient crier sa colère aux corbeaux qui s'envolaient de chaque côté de la route.

Le médecin, qui était allé soigner une femme du côté de Salignac, ne vint que vers quatre heures et, après avoir une nouvelle fois examiné le garçon, dit d'une voix grave :

— Je vais essayer une dernière chose, madame Signol, sinon votre fils sera mort demain.

Hélène lui répondit de faire ce qu'il voulait, mais très vite.

— Notre dernière chance, c'est un abcès de fixation, reprit-il. Ne vous effrayez pas si vous voyez du sang.

Il retroussa ses manches, pratiqua une incision sur la cuisse du petit au moyen d'un scalpel, répandit sur la plaie un liquide d'un jaune sale, posa par-dessus un léger pansement de gaze, puis il se redressa en disant :

— Demain, nous saurons s'il a pris.

Il alla se laver les mains à l'évier, revint lentement vers la chambre, ajouta :

— Essayez de dormir un peu la nuit prochaine : ni vous ni moi n'y pouvons plus rien.

Dormir, quand leur enfant allait peut-être mourir ? Ni Hélène ni Julien n'y parvinrent au cours de la nuit qui suivit. De leurs trois enfants, André était celui sur lequel ils avaient le plus veillé depuis sa naissance dans les Ardennes – et surtout la nuit, précisément, à cause des rats. Elle ne lui lâcha pas la main une seule seconde, tandis que Julien demeurait penché vers le lit, les coudes sur les genoux, guettant le souffle de son fils, fermé sur une douleur qui chez lui ne s'exprimait que par le silence ou par les cris.

Le médecin revint le lendemain en milieu de matinée, parut soulagé en apprenant de leur bouche que le petit était toujours vivant, puis il se pencha sur lui, enleva le pansement, se retourna en disant d'une voix changée où perçait un espoir :

— Je crois qu'il a pris. Regardez !

La plaie était affreuse, boursouflée, violette, même sur les bords, mais ils ne comprenaient pas comment André allait pouvoir guérir grâce à cette plaie.

— La partie n'est pas encore gagnée, expliqua le médecin, mais si l'abcès coule, ce que je crois qu'il va faire, alors l'infection s'en ira par là.

Il répandit de nouveau le liquide jaune de la veille, posa un épais pansement de coton, le fixa bien serré, puis se redressa en souriant pour la première fois depuis qu'il était entré dans la chambre. Il s'en alla en promettant de revenir le soir et en leur disant :

— Encore un peu de courage, il devrait s'en tirer.

Il leur fallut de longues heures de patience, d'autres nuits de veille entre découragement et espoir puis, un matin, la fièvre tomba. Leur fils était sauvé, c'est ce que leur confirma le médecin, huit jours plus tard, tout en leur confessant que cette guérison tenait du miracle, les abcès de fixation remplissant rarement leur office. La délivrance tant espérée les laissa sans forces, anéantis par les nuits sans sommeil, incapables de se réjouir de ce Noël qui approchait et dont, pourtant, chaque année, ils attendaient tant de joie.

## 43

La vie de mon père – et la mienne, donc – n'avait tenu qu'à un fil. Il en a parlé souvent, de cet abcès de fixation, autant que de la bougie allumée dans la nuit des Ardennes, et ce n'est qu'aujourd'hui, en écrivant ces lignes, que je mesure combien ma naissance tient aussi du miracle. Mais je suppose que c'est également le cas pour tous ceux qui viennent au monde, si l'on pense à quel point la vie de nos parents et de nos grands-parents était menacée par la maladie, l'absence d'antibiotiques aussi bien que par les guerres. Le courage des uns, l'obstination des autres, leur force et leur instinct de survie ont fait que nous sommes là, fruit d'un hasard, d'un geste, d'une nécessité, peut-être. Toujours est-il que mon père se remit, demeura fragile et, comme il travaillait très bien à l'école, il fut exempté des plus gros travaux des champs.

Ce fut l'époque où Julien, mettant enfin à exécution son projet le plus ancien, fréquenta les foires pour acheter des bouvillons destinés à être revendus six mois plus tard, une fois engraissés. Il s'y rendait à pied et revenait de même, poussant son petit troupeau devant lui, n'arrivant à la Brande qu'à la nuit. Tout le monde, à la campagne, avait l'habitude de marcher et couvrir tant de kilomètres – plus de cinquante aller et retour – ne faisait pas peur à Julien. Quand il vendait le bétail, le lendemain de son retour, il s'asseyait à table, à côté d'André, et lui demandait de compter ses sous. Julien avait peur de s'être trompé, car Hélène lui avait appris à reconnaître les pièces et les billets et à compter seulement sur ses doigts. André ne se pressait pas, comptait d'abord les pièces, puis les rares billets, faisait durer le plaisir de son père qui demandait enfin :

— Alors ?

André lançait un chiffre, et aussitôt un grand silence se faisait dans la cuisine, chacun mesurant à l'aune de ses connaissances l'importance de la somme annoncée. Julien s'ébrouait, hochait la tête, riait, satisfait de savoir qu'ils possédaient quelques sous d'avance pour l'hiver. Hélène se réjouissait des journées paisibles qui s'annonçaient et André se félicitait de voir son père et sa mère heureux.

Ce commerce du bétail, hélas, ne dura pas longtemps, car les foires étaient fréquentées par toutes sortes de gens, essentiellement des maquignons rusés, habitués à tromper leur monde, et pour lesquels Julien était une proie facile. L'un d'eux, à Salignac, au printemps suivant, négocia avec lui un achat de bouvillons en pistoles et non pas en francs, comme il arrivait souvent dans ce genre de commerce, et il n'eut aucun mal à le tromper : ne sachant pas parfaitement compter, Julien n'était pas capable d'effectuer une juste conversion de pistoles en francs et perdit dans l'affaire tout ce qu'il avait gagné depuis le début de son activité.

Quand André lui révéla la supercherie, le lendemin de son retour, d'abord il en demeura stupéfait et demanda :

— Pourquoi il m'a-t-il fait ça ?

Hélène s'approcha, posa une main sur l'épaule de son mari.

— Pourquoi ? répéta Julien. Je ne lui ai jamais fait du tort à cet homme.

Ni André ni Hélène ne surent quoi répondre. Ils avaient en fait très peur de la réaction de Julien et ils n'avaient pas tort : il se leva, disparut en maugréant et ils l'entendirent cogner contre le billot de la grange avec la hache pendant près d'une heure. Comme il ne rentrait pas, que la soupe était chaude, Hélène alla le chercher et le trouva assis sur une bille de bois, la tête dans ses mains, tremblant de tous ses membres.

— Viens, dit-elle doucement, c'est l'heure de souper.

Il ne répondit pas. Elle fit un pas vers lui, mais il l'arrêta d'une voix terrible où elle discerna un désespoir sans fond :

— Laisse-moi ! Va-t'en !

Elle comprit qu'il valait mieux le laisser seul, et elle s'éloigna sans ajouter le moindre mot, de toute façon inutile quand il se fermait ainsi sur lui-même, mesurant sa petitesse, son handicap de n'être pas allé à l'école, auquel s'ajoutait aujourd'hui celui de sa main atrophiée.

Il demeura dans la grange jusqu'à plus de minuit et, lorsqu'il rentra, il ne put trouver le sommeil. Elle l'entendit tourner sur lui-même jusqu'au matin, mais elle n'essaya pas de lui parler : elle savait que c'était inutile, que rien ne pourrait soigner sa blessure.

De fait, il perdit la parole pendant plusieurs semaines, se colletant davantage avec la honte de s'être fait gruger plus qu'avec sa colère. Un mur nouveau venait de se dresser devant lui, lui faisant mesurer tout ce qui lui manquait, tout ce dont sa naissance l'avait privé. Quoi qu'il fît, il se heurtait à des obstacles qu'il était incapable de franchir. Il ne fut plus jamais question de repartir sur les foires et, au contraire, Julien demeura caché dans son petit domaine, à l'abri des trahisons et de la cruauté.

À l'automne de l'année suivante, ayant longtemps cherché une solution pour compenser le manque à gagner du commerce abandonné, Hélène lui proposa de gaver des oies et de vendre les foies gras sur les marchés de Sarlat. Elle sut trouver les mots, comme souvent, pour lui montrer que ce serait une revanche pour eux, mais aussi une manière de s'assurer de la subsistance en confits, abats, cous farcis, pots de graisse et grillons dont ils pourraient se régaler jusqu'à la Noël.

C'étaient là des paroles que Julien pouvait entendre, et ils se mirent à deux, en octobre, après les vendanges, pour gaver ces pauvres bêtes en une coutume bien établie en Périgord : de tout temps Hélène avait vu son père et ses sœurs agir de même, avait appris en les regardant. Elle savait enfoncer l'entonnoir garni de maïs dans le bec des oies en prenant bien soin de ne pas les blesser, faire descendre avec sa main droite les grains dans le jabot, ne pas mesurer son temps, leur parler, les flatter, les aimer, même, ce qui la rendait bien incapable de les tuer.

Julien s'en chargea dès la première année, mais ce fut elle qui les pluma et qui les découpa, extrayant avec précaution le foie qu'elle irait vendre au marché. Elle en revint avec beaucoup d'argent : en tout cas beaucoup plus qu'elle n'en avait espéré, car elle avait aussi vendu quelques confits et des abats. Ils mangèrent les restes et, le jour de Noël, des cuisses confites avec les cèpes qu'ils trouvaient chaque année dans les bois au-dessus de la Brande.

Elle avait toujours eu le don de transformer une défaite en victoire tout en veillant à ne pas humilier Julien, à ne pas l'abaisser. Ce Noël-là lui rendit un peu de la confiance perdue, mais il demeura méfiant, sans cesse sur le qui-vive, sauf envers elle, dont il était persuadé qu'elle ne le trahirait jamais.

## 44

Au mois de juin 1932, André, mon père, fut reçu brillamment au certificat d'études. Il était évident qu'il allait quitter l'école, comme ses frères, pour aider ses parents, mais le sort en décida autrement, incarné par l'instituteur, M. Délibie, qui vint à la Brande plaider la cause du garçon, en qui il avait décelé des qualités peu ordinaires. Julien fut très impressionné du fait qu'un tel dépositaire du savoir prît soin de venir chez lui, dans sa modeste demeure, et il demanda à réfléchir. Que son fils poursuivît des études supérieures, peut-être, mais dans quel but ? Ce dilemme fit l'objet de longues discussions avec Hélène, le soir, sous la lampe, mais la fierté l'emporta sur les doutes, et la reconnaissance à l'égard d'un homme qui s'était déplacé si aimablement renversa la barrière que nul, dans la famille, n'avait jamais franchie.

Cette scène d'un instituteur qui rend visite à des parents pour les convaincre de laisser leur enfant fréquenter l'école, on la retrouve dans presque tous mes livres et je comprends aujourd'hui pourquoi :

elle fut d'une importance capitale pour les miens, ce premier pas franchi, bien petit, bien mince encore, ayant creusé une brèche dans la fatalité et la soumission à un ordre supérieur qui leur avait toujours été interdit. Ma mère n'y eut jamais droit, mais mon père, André, entra à l'automne 1932 au cours supérieur du collège La-Boétie de Sarlat. Le prestige attaché à cette promotion le dispensa d'aider le soir ses parents au retour de l'école, mais non le samedi après-midi et toute la journée du dimanche.

Quand il faisait ses devoirs sous la lampe, Julien s'asseyait en face de son fils et, fasciné, l'observait avec un mélange de crainte et d'admiration. Il n'osait pas lui poser de questions. C'était Hélène qui questionnait André, parfois, lequel ne se faisait pas prier pour répondre, heureux qu'il était de pouvoir partager avec ses parents ce qu'il apprenait.

Au mois de mai suivant, après avoir longtemps hésité, mais convaincu que son fils devait tout savoir, Julien osa poser la question qui lui avait valu le châtiment de sa mère il y avait plus de quarante ans :

— Dis-moi, petit, est-ce que tu sais pourquoi le ciel est bleu ?

Plus que la réponse dans laquelle André, d'ailleurs, s'emberlificota dans des explications peu claires, c'était le fait d'avoir pu reposer la question impunément qui donna à Julien la conviction d'avoir gagné la partie, d'être devenu un homme respectable, dont son fils, si savant, pouvait être fier. Il lui avait fallu exactement quarante-deux ans pour parcourir ce chemin, oser défier l'ordre du monde auquel il avait été soumis dès l'enfance. La conscience de cette réussite, l'évidence de ce succès l'apaisèrent, et la saison des grands travaux ne le vit pas une seule fois entrer dans ces colères folles qui l'embrasaient d'ordinaire quand la courroie se détachait de sa main mutilée.

Ce fut l'époque la plus heureuse de leur vie. Entre les foins et les moissons, un dimanche, ils retournèrent à la Dordogne, mais à Beynac, cette fois, et prirent un bac pour traverser, déjeuner en face du château, dans les prés, à l'ombre des frênes et des peupliers. André alla s'amuser avec des garçons de son âge, si bien que Julien et Hélène restèrent seuls, allongés dans l'herbe, songeant aux heures heureuses de Souillac, avant la guerre, à leur jeunesse enfuie, déjà, mais que la belle lumière de l'été faisait brasiller en eux, sans qu'ils pussent trouver les mots pour le dire.

— Tu ne vas pas pêcher ? demanda-t-elle seulement.

— Non, je préfère rester là.

Il avait dit « rester là » et non pas « rester avec toi » par cette sorte de pudeur qui l'empêchait de confier le moindre de ses sentiments, alors qu'elle y était davantage encline.

— Tu te souviens ? fit-elle.

— Et de quoi donc ?

Malgré lui, instinctivement, il avait mis dans sa réponse le ton brusque, sans la moindre aménité, qui suffisait à arrêter n'importe quel interlocuteur, mais il le regretta. Pour lui aussi, ces jours d'été sur les rives de la Dordogne soulevaient des vagues d'un bonheur qu'il ne savait nommer et auquel, hélas, à cause de cette méfiance implacable qui l'avait toujours hanté, il ne pouvait s'abandonner. Elle aurait aimé y succomber avec lui, évoquer les heures du passé au cours duquel ils s'étaient connus et aimés, mais elle savait que c'était au-dessus de ses forces, que cet homme de fer ne pouvait plier que par le feu, et dans l'embrasement complet de lui-même.

Elle sourit, tenta de poser sa main sur la sienne, mais trouva la main droite. Il eut un bref sursaut, la retira prestement, et elle comprit que le charme était brisé, qu'elle n'aborderait pas aujourd'hui aux rives de cette complicité dont elle rêvait tant.

— Julien ! fit-elle.

— Oui. Qu'est-ce qu'il y a ?

— Rien, dit-elle vite, très vite, résignée, déjà, avant d'avoir parlé.

Il comprit alors qu'il devait faire un geste, dire quelque chose, mais la seule qui lui vint à l'esprit fut de lui proposer une promenade en bateau pour voir les châteaux. Ceux-ci évoquaient toujours en lui celui de Proissans, il les redoutait, mais il y revenait sans cesse malgré lui, par une sorte de fascination morbide dans laquelle il retrouvait inconsciemment la présence douloureuse de sa mère.

Le bateau à fond plat sur lequel ils embarquèrent les conduisit jusqu'aux Milandes, pour une promenade qui durait un quart d'heure à la descente mais une heure à la remonte. Julien paraissait heureux, ses yeux noirs pétillaient, tandis qu'Hélène goûtait l'ombre fraîche des rives où tremblotaient les cierges vert tendre des peupliers. La paix bleutée du jour dormait sur la vallée, emplissait le cœur de ceux qui vivaient là dans une sorte d'éternité où nul malheur n'avait de prise. C'était comme si rien n'existait plus entre hier et demain, comme si l'on était hors d'atteinte, et pour toujours, des soucis ordinaires.

Hélène et Julien sentaient cela, le devinaient et redoutaient le moment où il faudrait descendre du bateau. Une fois sur la rive, ils burent avec André une limonade au café de Beynac, toujours surpris de ce repos, de cette vacance des bras et de l'esprit qui leur était accordé et, croyaient-ils, indûment. Quand ils repartirent vers Sarlat, ce soir-là, il était tard, si tard que la nuit les surprit à la sortie de la gare. Et quelle nuit ! Une nuit parcourue d'étoiles filantes, comme souvent au mois d'août, d'éclairs de chaleur, de murmures d'arbres et de parfums d'herbe chaude, qui leur laissa longtemps dans le cœur le souvenir de cette halte dont ils parlèrent, plus tard, comme d'un événement fabuleux.

## 45

Ils connurent alors une période de bonheur, même si l'on commençait à entendre parler d'une crise économique qui avait débuté aux États-Unis et menaçait la France. Mais dans les campagnes, ceux qui, comme eux, vivaient en économie fermée et se contentaient de peu, ne redoutaient rien. Hélène vendait toujours ses légumes au marché et ils faisaient leurs délices de confitures, de pommes cuites, de crêpes, de gâteaux de maïs et de soupes épaisses.

Ils n'étaient pourtant pas complètement à l'abri du monde extérieur et le mesurèrent une nouvelle fois quand Clément reçut sa feuille de route pour son service militaire à Dijon. Constant manifesta alors le désir d'apprendre le métier de maçon, comme son frère et il apparut nécessaire de retirer André de l'école. Hélène tenta de s'y opposer, hésita un moment à appeler à son secours M. Délibie, mais elle ne pouvait rien objecter aux arguments de Julien qui lui fit remarquer que leur dernier fils avait bénéficié de plus de faveurs que ses aînés.

— Il en sait plus que les autres et il est temps qu'il nous aide, maintenant, dit-il.

Mon père ne songea pas un instant à refuser cette décison, malgré le plaisir qu'il prenait à étudier, car elle lui parut justifiée : il était normal qu'il aide ses parents comme ses frères l'avaient fait. D'ailleurs, l'été s'annonçait et avec lui les foins, les moissons, les corvées d'eau de plus en plus nombreuses du fait qu'il fallait aussi arroser les légumes. Je crois qu'il aurait sincèrement aimé poursuivre ses études car il savait qu'il en avait les moyens, et que le fait de quitter l'école cinq mois avant de passer le brevet élémentaire l'accabla. Chaque fois que j'ai eu l'occasion d'en parler avec lui, il ne s'est jamais plaint, reconnaissant qu'il avait eu plus de chance que ses frères, mais j'ai senti une sorte d'amertume au fond de lui, ou plutôt un sentiment d'inachevé que le respect dû à ses parents l'empêchait d'exprimer vraiment.

Seul au travail avec son père, André découvrit alors sa vraie personnalité, ses colères, sa manière brutale de le traiter quand il menait l'âne par la bride, tandis que Julien tenait les manches de la charrue. De surcroît, c'était André, maintenant, qui nouait la courroie autour de la main mutilée, et elle ne tenait jamais, ce qui lui valait d'amers reproches, des gestes d'agacement, que la violence des mots aggravait :

— Prends garde ! Pousse-toi de là !

Il ne se rebellait pas, se conformait aux ordres, acceptait les reproches comme s'ils étaient mérités, du seul fait qu'un enfant devait se soumettre à l'autorité de son père. Julien ne levait pas la main sur lui, non, mais c'était pis : ces paroles cinglantes, ce mépris, ce rejet injustifiables devaient rester à jamais gravés dans sa mémoire et ressurgir, plus tard, parfois, à l'égard de ses propres enfants.

Et cependant, quand il ne se trouvait pas en butte aux difficultés insurmontables du travail quotidien, Julien était capable d'amabilité. C'est ainsi qu'à cette époque-là il se lia d'amitié avec le seul homme avec qui on aurait pu le croire inconciliable : le curé de Temniac qui passait sur la route, de temps en temps, le soir, à l'occasion de sa promenade quotidienne. Un jour, Julien l'invita à dîner, à la grande surprise d'Hélène et d'André. Ce vieux curé, comme beaucoup, à l'époque, était né dans une ferme de la région de Salignac et connaissait le travail des champs. Il était de taille moyenne, avec des cheveux blancs mais des yeux très noirs – un peu comme ceux de Julien – et il parlait calmement, avec une grande douceur dans la voix. Hélène ne comprit jamais ce qui avait pu rapprocher ces deux hommes si différents, mais elle se félicita de cette complicité qui semblait rasséréner Julien, lui faire oublier ses colères de plus en plus fréquentes, non seulement en raison de sa main atrophiée, mais aussi à cause des nouvelles que lui lisait André chaque soir, après le repas, dans le journal.

Il était, en effet, de plus en plus question d'un nommé Hitler, venu au pouvoir en Allemagne, ce qui mettait Julien en fureur, car il faisait redresser la tête à un vaincu qui n'avait jamais payé les dommages de guerre. En France, par réaction aux émeutes du 6 février 34, les socialistes s'étaient rapprochés des communistes, ce qui ne plaisait pas du tout à Julien qui, devenu propriétaire après beaucoup d'efforts, se méfiait des « bolcheviks ». Il se sentait donc menacé à la fois par les événements du pays et par ce qui se passait en Allemagne, et il cherchait à se renseigner, à demander l'avis des gens de rencontre, à se faire une opinion qui l'aiderait, le moment venu, à n'être pas pris au dépourvu.

Hélène, pour sa part, avait assez à faire pour ne pas se soucier de politique. Elle était heureuse de voir son dernier fils près d'elle, alors que les deux autres étaient déjà partis, au cours des longs après-midi de l'automne durant lesquels ils ramassaient les châtaignes « à moitié » dans les bois de Loubéjac. Sachant qu'André aussi partirait bientôt, elle profitait de ces heures encore chaudes d'octobre pour lui parler comme lorsqu'il était enfant et lui prodiguer ses recommandations dans la conduite à tenir vis-à-vis de son père. Cela lui fut utile quand il fallut rentrer le bois, depuis les coupes que Julien avait prises au-dessus de la route de Temniac, et que, comme à son habitude, il était exaspéré par sa main morte, y attachant maintenant les outils avec du fil de fer. Comme Hélène, André ne bronchait pas, faisait le gros dos en attendant que l'orage passe. Mais il fallait une semaine pour transporter le bois en charrette à la Brande, et Julien ne s'apaisait que lorsqu'il voyait les grosses bûches entassées dans la remise, certain de passer un hiver au chaud.

Heureusement, à cette époque, le matériel et les manières de travailler commencèrent à évoluer, facilitant le travail : ainsi, au lieu de dépiquer au fléau, ils firent venir la batteuse et son équipe qui, depuis deux ans, passaient déjà dans les fermes alentour. Il fallut à cet effet convaincre Julien qui ne voulait voir personne chez lui, redoutant qu'on le pense incapable de se débrouiller seul. Ce ne fut pas facile, au point qu'Hélène dut y revenir à plusieurs fois, lui montrer que cela leur ferait gagner du temps et leur épargnerait de la fatigue à la saison où tout pressait, où ils n'arrivaient à faire face qu'au prix d'un labeur épuisant. Mais Julien était ainsi, et elle le savait : sa fierté, c'était son travail, et le lui enlever, c'était amputer sa vie de quelque chose d'essentiel.

Au printemps suivant, la venue au pouvoir du Front populaire sous la direction de Léon Blum le laissa circonspect. Certes, il n'avait pas fait confiance à tous les gouvernements de droite qui s'étaient succédé depuis dix ans, mais l'arrivée des communistes au pouvoir le rendit encore plus méfiant envers ce qui se passait là-haut, à Paris, et dont il lui faudrait un jour, il n'en doutait pas, payer le prix.

## 46

Une fois Clément revenu du service militaire, Hélène fit remarquer à Julien qu'il était peut-être temps pour André d'apprendre un métier, comme ses frères l'avaient fait à son âge.

— Et qui nous aidera ? demanda Julien, qui n'avait pas songé un seul instant que son dernier fils pourrait les quitter.

— Ce petit ne peut pas travailler avec nous toute sa vie.

— Pourquoi pas ?

— Parce que…

Elle chercha les mots susceptibles de traduire sa pensée, mais ne les trouva pas, pour la bonne et simple raison qu'ils ne pouvaient être dits. En fait, ce qu'elle souhaitait, c'était que son benjamin ne reste pas sous la domination violente de son père, celle dont elle-même souffrait tant.

— Clément et Constant nous aideront le dimanche, comme ils l'ont toujours fait.

— Et la semaine ? Qui va m'aider ?

— Moi.

— Tu n'y arrives pas, déjà, avec cette eau qu'il faut remonter d'en bas. Tu crois que ça ne te suffit pas ?

Elle demeura muette ce jour-là, mais y revint à plusieurs reprises, trouvant dans son désir de protéger son fils les forces nécessaires pour convaincre Julien. Il finit par capituler pendant l'hiver, au moment où l'aide de son fils lui apparut moins précieuse, mais se posa alors la question de savoir quel métier André allait apprendre. La maçonnerie ne l'attirait pas : il avait trop vu ses frères peiner sur les chantiers à la mauvaise saison, rentrer fourbus le soir, les mains couvertes d'engelures, frigorifiés. Hélène proposa de demander à son cousin qui était boucher dans la rue principale de Sarlat de le prendre en apprentissage, ce qui convainquit définitivement Julien : ces gens-là pouvaient manger de la viande tous les jours – le luxe suprême. De surcroît, ils travaillaient à l'intérieur et non pas sous les intempéries, c'était donc, en quelque sorte, un métier qui pouvait apporter du mieux-être à son fils, peut-être même, un jour, à sa famille.

Mon père ne s'est jamais étendu sur ce choix qui lui a plus ou moins été imposé, les solutions, à l'époque, n'étant pas nombreuses. Ce qu'il aurait aimé, c'était poursuivre ses études, mais il était trop tard, à présent, car sa vie s'était joué deux ans plus tôt, quand Clément était parti au service militaire et qu'il avait fallu le remplacer. Il entra donc en apprentissage chez ce cousin qu'il connaissait bien du fait qu'il s'arrêtait à la boutique, quand il allait au collège à bicyclette, non pour ramener de la viande à la Brande – il n'était pas question d'en acheter – mais pour saluer cet homme jovial, toujours de bonne humeur, qui apostrophait les passants sur le pas de sa porte et semblait jouir de l'estime de tous.

Le fait qu'André revienne chaque soir chez elle satisfaisait pleinement Hélène. Il aidait ses parents dès qu'il avait un moment de libre, et notamment l'été, jusqu'à la nuit, pour les plus gros travaux auxquels participaient également Constant et Clément. En somme, tout continuait comme avant, ils avaient réussi à préserver l'unité de la famille et rien ne les avait préparés aux grands bouleversements qui s'annonçaient du fait que leurs garçons devenaient des hommes.

Dix mois plus tard, le cousin vint trouver Hélène et Julien pour les entretenir de ce qu'il appelait une chance pour leur fils : il lui avait trouvé une place chez un de ses amis à Souillac, qui cherchait désespérément un commis alors que lui-même n'en n'avait pas vraiment besoin. C'était un homme sûr, compétent, à qui on pouvait confier un adolescent et qui, de surcroît, acceptait de le payer pour lui apprendre le métier. Malgré les réticences manifestées par Hélène, l'argument fut décisif. Être payé, ne fût-ce que quelques francs, à seize ans, ne pouvait se refuser. De surcroît, Hélène et Julien connaissaient Souillac, et c'était une ville dont ils gardaient une certaine nostalgie en raison du bonheur qu'ils y avaient vécu après leur mariage. Ils pourraient se rendre compte sur place des conditions dans lesquelles vivrait leur fils. Ce qui fut fait, puisqu'ils le conduisirent – accompagné par le cousin – chez l'homme qui tenait commerce sur une petite place à l'écart de la grand-route.

Il faut croire qu'ils furent convaincus, puisqu'ils lui laissèrent leur fils, et repartirent dans l'après-midi, Hélène demeurant silencieuse, accablée par la tristesse. Elle devinait que ce départ constituait la première brèche dans ce qui lui tenait le plus à cœur : sa famille, ses enfants.

Au cours des mois qui suivirent, Clément et Constant se marièrent, le premier avec Marthe, une jeune fille de Rivaux, le second avec Irène, originaire de Palomières, deux villages voisins de Saint-Quentin. Ils quittèrent eux aussi la Brande, Constant s'en allant habiter avec sa femme une petite maison au-dessus du tunnel de la voie ferrée, et Clément une maisonnette en bord de route à quelques kilomètres de Sarlat. Malgré leur départ, ils vinrent encore, souvent, le dimanche, aider leurs parents, mais Hélène en souffrit beaucoup. La semaine, elle se retrouvait seule face à Julien que la solitude dans le travail handicapait davantage.

Ce fut une période très difficile pour elle – pour eux. Ils n'avaient pas vu le temps passer. Elle croyait avoir trente ans alors qu'elle allait en avoir cinquante. Julien, lui, avait dépassé la cinquantaine depuis longtemps. Ils comprirent combien le travail de chaque jour, en occupant leurs pensées, les avait empêchés de retenir les minutes et les heures qui s'étaient égrenées inexorablement.

Moins d'un an plus tard, André s'éloigna davantage, quittant Souillac pour Beyssac, le petit village du Lot où je suis né. Il ne s'est jamais attardé sur son séjour à Souillac qui n'avait pas duré plus longtemps que chez le cousin de Sarlat. Pourquoi ? Je ne sais pas. Ou plutôt je ne le sais que trop : les commis de l'époque étaient corvéables à merci, c'est-à-dire qu'ils travaillaient le jour et la nuit et n'avaient même pas de dimanches. C'est ainsi qu'à plusieurs reprises, alors qu'André désirait aller voir ses parents à la Brande, ses patrons exigèrent qu'il reste à Souillac pour garder leur enfant. L'autorité sans bornes qu'il subissait à longueur d'année le fit se rebeller. Ce que mon père avait accepté de son propre père, il n'était pas prêt à le souffrir de la part d'un autre homme. Hélas ! il s'aperçut très vite que la condition de commis qu'il avait choisie était la même partout, mais plutôt que de revenir vaincu et pitoyable à la Brande, il l'accepta et tenta de s'en accommoder.

## 47

Je connais les conditions d'existence qui furent les siennes chez son patron dès lors qu'il arriva, en 1937, dans le village où il connut ma mère. Il travaillait autant qu'à Souillac chez un homme qui, en plus de son commerce, élevait et vendait du bétail et n'était pas souvent présent. Autant dire que mon père n'avait pas une minute à lui, sinon, parfois, le dimanche après-midi. Il ne dormait pas dans la maison de son patron, mais dans une grange, au-dessus des bêtes qu'il soignait avant de se coucher – jamais avant onze heures du soir, et debout à quatre heures du matin. Il a terriblement souffert alors, de sa condition de dépendance, du travail éreintant, du froid de l'hiver, de l'impossibilité d'aller voir ses parents à Sarlat aussi souvent qu'il l'aurait souhaité. Quand il en trouvait la possibilité, il lui fallait couvrir sur sa bicyclette cinquante kilomètres à l'aller et cinquante au retour et, le plus souvent, il n'en avait pas la force.

Enfant, je suis passé souvent devant cette grange sans me douter de ce qu'avait vécu là mon père, et lorsque je l'ai su, plus tard, bien plus tard, dès que j'en ai eu la possibilité, je l'ai achetée. Par une sorte de revanche dont je suis coutumier, je l'ai aménagée et j'en ai donné les clefs à mon père en lui laissant comprendre qu'il était chez lui. Comme c'est un homme qui parle peu, il ne m'a jamais dit si cette revanche trouvait en lui un écho aussi profond que chez moi. Mais je l'ai fait par une sorte de nécessité inscrite en moi de conjurer le sort, de faire tomber les murailles dressées devant les miens, leur apporter – trop tard, hélas ! – une satisfaction susceptible de leur faire mesurer le chemin parcouru par leurs enfants, et cela grâce à eux. Je ne suis pas sûr qu'ils aient toujours bien compris ces démarches pour moi si riches de sens, et le silence auquel ils étaient habitués ne m'a pas persuadé qu'ils aient conçu le même sentiment de victoire que moi : le temps avait passé, atténuant les souvenirs, et la carapace que le combat quotidien leur avait forgée les protégeait aussi, sans doute, du ressentiment.

Ce silence, je l'ai dit, leur servait à préserver leurs forces, et je suppose que celui d'Hélène, privée de ses enfants, fut de même nature. Il ne fallait pas songer à trouver le moindre réconfort du côté de Julien : lui aussi avait assez à faire pour ne jamais gémir sur son sort. Ils firent front, trouvant refuge dans le travail où s'abîmaient leurs pensées et se confortait leur courage. Julien acheta une nouvelle courroie pour attacher sa main, Hélène économisa l'eau pour ne pas avoir à descendre plus de deux fois par jour à la fontaine.

Les enfants n'étant plus là, c'est elle qui lisait maintenant le journal à Julien le soir, après souper. Les nouvelles n'étaient pas bonnes : on était au moment de l'affaire de Munich et tous deux comprenaient qu'on n'échapperait pas à la guerre. Julien entrait dans ces colères noires qui le laissaient sans forces, livide, et tremblant d'une rage d'autant plus terrible qu'il la savait inutile. Pendant ces moments-là, il brandissait devant Hélène sa main atrophiée, criait si fort qu'il lui faisait peur. Si un visiteur entrait dans la maison, il la montrait aussi, cette main, comme une preuve irréfutable de la folie des hommes, et surtout de ces « Boches » qu'il n'appelait jamais autrement, comme tous ceux qui avaient souffert dans les tranchées et avaient miraculeusement survécu.

Elle s'inquiétait surtout pour ses enfants qui partiraient se battre à coup sûr et peut-être y laisseraient leur vie. C'était à ses yeux d'autant plus inacceptable que Clément comme Constant étaient devenus pères de deux garçons. Ce regain de vie, ce nouvel essor qu'elle sentait possible allait être brisé inexorablement, on ne pouvait pas en douter. Julien, lui, devenait fou au point qu'elle faisait tout ce qu'elle pouvait pour éviter de lui lire le journal.

Le début de l'année 1939 vit Hitler accroître ses annexions, ses troupes entrer dans Prague, manifestant ainsi une volonté d'hégémonie en Europe centrale que les démocraties, engourdies dans le pacifisme depuis Munich, ne pouvaient vraiment contester. En mai, Hitler se tourna vers la Pologne, puis il négocia avec Staline un pacte de non-agression qui, en août, frappa les Occidentaux de stupeur. Le 1er septembre, ses troupes entrèrent en Pologne, et les deux jours qui suivirent ne permirent pas aux négociations d'aboutir, si bien que le 3 septembre à onze heures, l'Angleterre déclarait la guerre à l'Allemagne, la France l'imitant à dix-sept heures.

Ce soir-là, à Sarlat, Hélène était allée livrer des légumes à l'hôtel de la Madeleine. Elle comprit que tout était perdu en entendant un homme crier le mot « guerre » à son voisin d'en face par la fenêtre ouverte. Il avait sans doute entendu la nouvelle à la radio. Hélène eut à peine la force de marcher jusqu'à l'hôtel, gagner les cuisines, se faire payer et rentrer lentement vers la Brande en pensant à son retour vers sa maison, en août 1914, venant du restaurant où elle travaillait. Elle se revit comme alors, poussant sa petite carriole devant elle, désespérée, avec la sensation que ses jambes ne parviendraient pas à la porter jusqu'à chez elle. Mais si à l'époque elle avait tenté d'imaginer ce que représentait vraiment la guerre, aujourd'hui elle le savait.

Elle n'arriva que vers sept heures du soir, alors que la chaleur lourde tombait un peu et, cessant de penser au sort de ses enfants, elle songea brusquement à Julien qui ne se trouvait pas dans la maison. Elle le chercha, l'appela, mais il ne répondit pas. Elle finit par le trouver dans le hangar – son refuge habituel –, assis sur un tabouret, hagard, une hache dans les mains. Regardant autour d'elle, elle comprit qu'il avait fracassé tout ce qui était autour de lui et que, sa fureur retombée, sans forces, il l'attendait. Elle avait espéré qu'il ne soit pas encore au courant, mais leur plus proche voisin, qui avait la radio, était venu le prévenir.

Elle voulut l'aider à se lever, mais elle ne le put pas, car il était rivé de tout son poids sur son tabouret.

— Viens ! dit-elle. Viens !

Elle s'agenouilla devant lui, se demandant s'il n'avait pas bu.

— Viens ! répéta-t-elle, mais c'était comme s'il ne la voyait pas.

Elle se releva, resta un moment devant lui, immobile, soulagée, finalement, de ne s'être pas trouvée là quand la fureur l'avait submergé. Elle attendit encore un instant, puis elle partit en disant doucement :

— Je vais préparer la soupe.

Une fois dans la cusine, elle s'inquiéta de l'avoir laissé seul, revint dans la hangar, mais il n'avait pas bougé. Alors, elle alla chercher une assiette de soupe qu'il refusa de saisir : toujours muet, pâle comme un cadavre, il regardait sa main droite qui tremblait devant lui.

# V
# Le feu

48

À l'automne 1939, ce fut la « drôle de guerre ».
Comme personne ne se battait là-haut, dans le
Nord, un peu d'espoir revint dans les familles
françaises, et donc dans celle d'Hélène et de
Julien. Ils n'avaient pas de nouvelles de Clément
et de Constant, mais le fait que les hostilités ne
fussent pas déclenchées les rassurait. Hélène priait
pour eux chaque jour, mais aussi pour que son
plus jeune fils ne soit pas appelé. Elle n'hésitait
pas à se rendre chaque soir à l'église de Temniac,
et allumer ces cierges, de plus en plus nombreux
sur l'autel, qui lui semblaient protéger ses enfants.

Quelle ne fut pas sa stupeur quand André arriva,
un dimanche, peu après midi, et, dès qu'il fut assis,
annonça qu'il allait s'engager pour la durée de la
guerre. Il avait besoin pour cela, n'étant pas majeur,
de leur autorisation écrite.

— Tu n'y penses pas ! s'exclama-t-elle. Tu ne
crois pas que c'est assez, tes deux frères qui sont
partis.

Elle appela du regard Julien à son secours, mais

il ne disait rien, écoutait son fils expliquer qu'il avait pris cette décision après mûre réflexion : il ne voulait pas être fantassin, comme son père qui en souffrait encore aujourd'hui, et le fait de s'engager permettait de choisir son arme.

— La guerre est la guerre, protesta Hélène, et quelle que soit l'arme dans laquelle on sert, on est en danger.

— Pas dans l'artillerie lourde.

Et, comme elle demeurait incrédule, abasourdie par ce qu'elle venait d'entendre :

— C'est l'arme que j'ai choise.

Une nouvelle fois, elle chercha de l'aide auprès de Julien, mais elle comprit qu'il ne lui serait d'aucun secours : au fond de lui, Julien était reconnaissant à son fils de partir pour se battre contre ceux qui lui avaient infligé sa terrible blessure. C'était un peu comme si André reprenait le combat pour le venger. Quand Julien signa la feuille d'engagement de son fils, ce jour-là, elle devina une lueur de fierté au fond de ses yeux, et elle lui en voulut.

Après une ultime tentative pour fléchir André, elle se résigna et écouta les deux hommes parler des canons, dont Julien avait gardé un souvenir précis, du fait que souvent les fantassins passaient entre les batteries pour monter en première ligne. Il raconta aussi comment, parfois, l'artillerie ne parvenait pas à régler son tir et arrosait les lignes françaises.

— J'espère que tu seras plus adroit ! conclut-il, en faisant ses adieux à André qui devait repartir avant la nuit.

Hélène, en l'embrassant, n'eut pas la force de prononcer le moindre mot. Elle regarda son fils monter sur sa bicyclette, s'engager sur le chemin de terre entre les champs et disparaître à l'extrémité, sans s'être une seule fois retourné vers elle. Elle rentra, désespérée à l'idée que ses trois garçons allaient se battre si la guerre éclatait vraiment, et une terrible attente, mêlée d'angoisse, commença pour elle à partir de ce jour.

La première lettre qui arriva en novembre venait de Châteauroux, où André avait été incorporé dans une formation d'artillerie lourde sur voie ferrée. La deuxième, début décembre, vint du camp de Mailly, dans l'Aube, où son régiment avait été envoyé en formation – pas très loin, fit remarquer Julien, des Ardennes où ils avaient vécu dans des baraques et où André était né. L'hiver très rude, très froid, en s'installant brusquement rendit la guerre impossible, pour le moins improbable. Hélène pensait à ses fils qui devaient avoir froid et tricotait des chaussettes sous l'œil impassible de Julien qui avait confiance dans l'armée française.

— Les Boches n'oseront pas ! assurait-il. Ils savent ce qui les attend.

Elle soupirait, ne répondait pas, se réfugiait dans l'hiver comme dans un abri où rien ne menaçait les siens. Les seuls moments de bonheur étaient ceux qui voyaient ses belles-filles lui amener ses petits-enfants pendant l'après-midi. Cela ne durait pas, mais le fait de tenir des enfants sur ses genoux, de sentir leur souffle sur sa joue, suffisait à éclairer ses journées et elle n'en demandait pas davantage. Julien, lui, face à ses petits-enfants, manifestait plutôt de l'indifférence, comme s'il avait épuisé toute sa patience avec ses propres enfants et que, désormais, il était tourné vers d'autres préoccupations : comment se faisait-il que l'armée française ne rentrait pas en Allemagne régler son compte à « cet Hitler de malheur » ?

Hélène avait insisté pour qu'ils fissent l'acquisition d'un poste de radio, ayant espéré dans cette proposition une délivrance : celle de n'avoir plus à lui lire le journal. Julien avait refusé, car le peu d'argent qu'ils gagnaient ne pouvait servir qu'à acquérir des biens de première nécessité, non un objet de distraction.

Ils se sentirent seuls au cours de cet hiver interminable, surtout quand le froid et la neige les empêchèrent de descendre à Sarlat. Quelques lettres de leurs fils vinrent leur confirmer qu'il n'y avait pas la moindre escarmouche là où ils se trouvaient, qu'ils ne souffraient de rien, sinon du froid – moins vingt degrés, écrivait André, au camp de Mailly, où il fallait casser la glace, chaque matin, pour puiser l'eau.

## 49

Hélène commençait à retrouver l'espoir avec l'arrivée des beaux jours, quand on apprit au mois de mai que les combats avaient commencé, là-haut, à la frontière belge, et que, inexplicablement, les troupes allemandes étaient entrées en France. À peine eut-on le temps de s'interroger que la défaite apparut totale à l'issue d'une rapide et brusque débâcle, alors que l'on était persuadé que la ligne Maginot était infranchissable. Les journaux en avaient fait l'éloge, vanté la force de l'armée française, pronostiqué une victoire rapide, et voilà que la France était contrainte de demander l'armistice par la voix du maréchal Pétain.

Hélène n'en fut pas désespérée, comme tant de mères qui se sentaient soulagées du fait que la guerre était terminée, que leurs enfants allaient rentrer. À la Brande, à Sarlat, nul n'avait vu le moindre uniforme allemand. Qu'avait-on à redouter de la paix revenue ? Hélène se disait que c'était au gouvernement, qui savait si bien décider de la guerre, de prendre en charge le sort du pays dans cette étrange paix. Ses fils n'étaient plus en danger, c'était tout ce qu'elle demandait.

Julien, lui, après quelques jours d'abattement, était devenu fou de nouveau. Il brandissait son fusil armé de chevrotines, ne s'en séparait plus et menaçait de tirer sur le premier Allemand qu'il rencontrerait. Elle essayait de le raisonner, lui parlait longtemps, calmement, s'efforçait d'aller à Sarlat à sa place, devançant le besoin d'engrais, de petit matériel, de tout ce qui pouvait inciter Julien à descendre à la ville. Il lui faisait tellement peur qu'elle ne vivait plus, surveillait le chemin par lequel pouvait surgir un jour l'ennemi redouté de tous.

Constant revint le premier, puis Clément, début juillet, sans avoir tiré le moindre coup de fusil. Tous deux étaient épuisés mais vivants. Restait André, dont nul n'avait de nouvelles, et dont Hélène s'inquiétait beaucoup, ses deux aînés lui ayant expliqué qu'ils avaient couru le plus grand danger en se repliant sur les routes mitraillées par les Allemands et non pas au combat. Enfin une lettre arriva le 10 juillet de Villemur-sur-Tarn, où André se trouvait avec son régiment et prétendait gagner l'Afrique du Nord. Elle en fut atterrée, ne comprenant rien à ce projet qu'éclairèrent Clément et Julien, ce soir-là, en évoquant l'appel d'un certain de Gaulle qui avait appelé à la résistance à la radio de Londres.

Elle se rebella, demanda à Clément de se rendre à Villemur et de convaincre André de ne pas faire cette folie, mais Julien s'y opposa. À son avis, André était assez grand pour savoir ce qu'il avait à faire. La vérité, c'était que Julien ne voyait pas d'un mauvais œil que l'un de ses fils, au moins, continue le combat contre ces « Boches » qui l'avaient estropié. Aussi fut-il déçu, même s'il ne le montra pas, quand André apparut à la Brande, début août, après avoir été démobilisé le 30 juillet.

Devant Hélène définitivement rassurée et devant Julien muet, il expliqua que le canon de 400 sur lequel il servait n'avait jamais pu être mis en batterie en mai, car il fallait cent heures de travail et trente-deux servants pour l'actionner. Transformé en unité de marche, son régiment avait pris la route de la retraite dès les premiers jours de l'offensive allemande, avec pour mission, d'abord de participer à une ligne de front sur la Loire, puis, quand il s'avéra que toute résistance était vaine, de gagner l'Afrique du Nord. Le 24 juin, au moment de l'armistice, il s'était retrouvé à Villeneuve-sur-Tarn, où il était donc resté jusqu'au 24 juillet, date à laquelle il avait été démobilisé, finalement convaincu par ses officiers que la route de l'Afrique leur était interdite.

Pour le plus grand soulagement d'Hélène, il comptait prendre quelques jours de repos à la Brande avant de regagner Beyssac où, dit-il, il avait rencontré une jeune fille avec laquelle il avait fait des projets. Or, de repos, à la Brande, il ne pouvait être question car on était en juillet et le travail pressait. Il ne resta donc que quarante-huit heures, sous l'œil hostile de Julien qui ne parvenait pas à admettre qu'aucun de ses enfants n'ait pu lui apporter la revanche qu'il avait tellement espérée.

Je suis persuadé que l'existence de ma mère a beaucoup pesé dans la décision de mon père de ne pas rejoindre l'Afrique du Nord ou l'Angleterre. Non qu'il ait eu l'âme guerrière, mais il était capable, par solidarité, de suivre des camarades vers une destination inconnue, fût-elle périlleuse. Toujours est-il qu'il ne le fit pas et qu'il s'en fut rejoindre celle avec laquelle il s'était engagé, à Beyssac, beaucoup plus qu'il ne l'avait avoué à ses parents. Ils se marièrent le 12 octobre de cette année 1940, dans la maison de la promise, c'est-à-dire celle du boulanger, mon grand-père Germain.

Le destin, une fois de plus, avait joué seul sa partition. Ce mariage à la fin de l'année 1940 n'avait été possible qu'en raison d'une défaite tragique face à un ennemi dont les troupes occupaient désormais le pays de Julien, d'Hélène et de millions de Français.

## 50

La vie reprit tant bien que mal à Beyssac et à la Brande. Comme Clément et Constant étaient très occupés par leur métier, c'était maintenant Marthe, la femme de Clément, qui aidait Julien et Hélène pendant la journée. Les cartes d'alimentation ayant été créées, le patron d'André n'avait pas voulu le reprendre, craignant une baisse d'activité qui rende inutile l'aide d'un commis. Mon père avait donc trouvé du travail à la coopérative fruitière de Beyssac et habitait avec ma mère dans la maison de son beau-père. Pour les uns comme pour les autres, les conditions d'existence n'étaient pas pires qu'avant la guerre, et la présence de l'occupant ne pesait guère sur eux, car ils vivaient en zone libre, et rares étaient les soldats allemands dans les campagnes.

À sa grande stupeur, Julien avait vu sur le journal Pétain serrer la main d'Hitler à Montoire, ce qui l'avait conforté dans l'idée que l'on ne pouvait pas faire confiance au régime en place et qu'il fallait refuser de lui obéir. Chaque fois qu'il descendait à Sarlat, il multipliait les provocations, au moins en paroles, obligeant Hélène, qui avait très peur de le voir arrêter, à le suivre pour éviter qu'il ne commette une grave imprudence. L'année 1941 passa dans cette hantise, pour Hélène, de voir Julien arrêter par la police française dont il était clair, désormais, qu'elle s'était mise au service des Allemands, et pour Julien dans une honte et une révolte que les épuisants travaux des champs ne parvenaient pas à apaiser.

L'année 42 au contraire, débuta plutôt bien, car Constant acheta une parcelle au-dessus des terres de ses parents, en projetant d'y construire une maison le plus rapidement possible. Elle se situerait à seulement trois cents mètres de la propriété de Julien et d'Hélène qui avaient approuvé cette initiative, lui en espérant de l'aide lors des travaux d'été, elle en se réjouissant de garder à proximité l'un de ses fils et ses enfants.

En avril, André et Noëlle, sa femme, eurent un fils prénommé Pierre – mon frère aîné –, ce qui suscita un voyage de Sarlat à Beyssac pour Julien et Hélène, qui les rassura tout à fait sur le sort de leur fils : il vivait heureux avec sa femme dans la maison de son beau-père et ne manquait de rien – surtout pas de pain. Au début du mariage d'André, ils avaient à tour de rôle insisté auprès de lui pour qu'il vienne s'installer à Sarlat – ce qui avait failli se réaliser, mais ils constataient aujourd'hui qu'il n'en serait jamais plus question, car les parents de Noëlle étaient des gens d'une grande générosité, et leur fille ne souhaitait pas s'éloigner d'eux.

Au cours de l'été qui suivit, rien ne vint détourner Hélène et Julien du travail harassant qui les occupait de l'aube jusqu'à la nuit, sinon le début des travaux de la maison de Constant qu'il bâtissait lui-même, le dimanche, avec l'aide de Clément. Julien voulut y participer dès l'automne, après les vendanges, mais sa main le plaça dans un tel état d'infériorité vis-à-vis de ses fils qu'il y renonça et se réfugia chez lui dans un accablement que la nouvelle de l'invasion de la zone sud, en novembre, aggrava.

— Si on m'avait dit que je vivrais un jour en Allemagne ! maugréa-t-il en exagérant la situation, comme à son habitude.

Et il ajouta en soupirant :

— J'aurais préféré ne pas revenir du front.

— Comme ça je serais veuve et ton dernier fils ne serait pas né, lui fit remarquer Hélène.

— S'ils viennent chez moi, je les tue et je me tue après ! vociférait Julien en manipulant son fusil dangereusement, le chargeant et le déchargeant sans cesse.

Hélène ne répondait pas, descendait à la fontaine où elle s'asseyait quelques instants au bord du bassin, essayant de calmer les battements de son cœur, puis elle remontait rapidement, craignant qu'il ne fût parti assouvir son besoin de vengeance.

Le pire survint quand fut créé le Service du travail obligatoire, début 43 et qu'il fut évident que leurs fils n'y échapperaient pas – au moins André, le plus jeune, qui tombait sous le coup de ce décret.

Pour Hélène, l'angoisse devint quotidienne, tandis que Julien se refusait à croire que son fils allait un jour accepter de travailler pour les Allemands.

— C'est pas possible que ce petit me fasse ça ! s'exclamait-il chaque fois qu'elle lui parlait de cette éventualité funeste, espérant sans doute une démarche de sa part pour l'en empêcher.

Il se refusa à le croire jusqu'au dernier moment, c'est-à-dire jusqu'au jour où une lettre d'André arriva, expliquant qu'il était convoqué à la caserne Bessières de Cahors le 7 juillet, avant de partir en Autriche. Ce jour-là, Julien entra dans une telle fureur qu'Hélène préféra s'éloigner et trouva refuge dans la maison de Constant, auprès d'Irène, sa femme. Elle y resta jusqu'au lendemain matin et réussit à persuader Constant de la conduire à Souillac, à la gare, où André, venant de Saint-Denis – un village situé à côté de Beyssac –, devait attendre la correspondance pour Cahors. Quand elle fit part de ce projet à Julien, il répondit avec humeur :

— Il n'aurait pas fallu me le demander, à moi.

— Je n'y ai jamais pensé, répliqua-t-elle.

Avant qu'elle parte, le matin du 7, Julien, comme pour lui donner du remords, lui demanda de lui attacher la faux à sa main avec cette courroie de cuir qu'il avait fait confectionner pour cet usage mais qui, à force d'en user, avait formé deux plaies inguérissables, une sous le pouce, une sous le petit doigt.

Elle ne fit pas de commentaires, monta sur la moto de Constant pour partir vers cette gare maudite où l'attendaient tant de souvenirs. Elle n'était pas du tout rassurée sur cet engin qui roulait trop vite pour elle, mais que n'aurait-elle pas affronté pour voir son fils – peut-être pour la dernière fois, se disait-elle, avec une morsure au creux de l'estomac. Elle avait apporté un panier de provisions car André arrivait en fin de matinée et elle avait pensé qu'ils auraient le temps de déjeuner dans la cour.

Dès qu'elle y arriva, elle se revit au même endroit à l'occasion du départ de Julien en 1914, cachée derrière le mur avec son enfant dans les bras, tandis qu'il montait dans le wagon, comme tant d'autres qui n'étaient pas revenus. Elle revécut en un instant tous les départs qui s'étaient succédé après les permissions de Julien et songea que cette gare était le lieu où elle avait été le plus malheureuse au cours de sa vie. En attendant André sur le quai où il faisait si beau, ce 7 juillet, elle se promit de le convaincre de ne pas partir, de venir au contraire se cacher à la Brande, chez Constant, qui en était d'accord.

## 51

Quand André apparut, à sa descente du train, il était pâle, si pâle qu'elle le crut malade et elle l'embrassa sans oser prononcer le moindre mot. Ils sortirent de la gare, s'assirent dans l'herbe sous le plus gros des tilleuls et elle disposa les victuailles sur une couverture. D'abord, ils mangèrent sans parler, puis Hélène évoqua les journées qu'ils avaient passées à Vitrac et à Beynac, au temps où les étés ne portaient nulle menace. Puis ils parlèrent de la famille, du fils d'André qui avait maintenant un peu plus de quatorze mois, mais elle n'osa pas poser la question qui lui brûlait les lèvres : « Vas-tu vraiment partir pour l'Autriche ? »

Constant avait apporté une bouteille d'eau-de-vie et ils en burent un fond de verre tous les trois pour se donner du courage au moment où il fallut se lever pour regagner le quai, au terme d'une heure qui avait passé trop vite. Affolée, Hélène ne put adresser à son fils les mots qu'elle avait préparés et elle l'embrassa sur ce même quai où son époux l'avait quittée il y avait vingt-neuf ans, pour les mêmes raisons que son fils aujourd'hui. Une fois que le train eut disparu, elle ressentit la même impression de souffrance qu'à l'époque, mais heureusement, Constant, aujourd'hui, se trouvait près d'elle.

Quand ils repartirent, avant de prendre la route de Sarlat, elle jeta un regard vers la longue ligne droite qui menait au centre de Souillac – cette route interminable qu'elle avait parcourue seule si souvent –, et le fait de prendre cette fois une direction opposée la réconforta quelque peu, d'autant qu'elle sentait contre elle le dos de son deuxième fils, un corps plein de force et de vie dont le contact la rassurait.

Une fois à la Brande, il faisait jour encore, car on était en juillet, et elle s'attarda sur le chemin en savourant la paix du soir, essayant de se persuader que tout n'était pas perdu, qu'il fallait garder de l'espoir. Julien l'attendait pour le repas du soir, mais il ne lui dit pas un mot, ne lui posa pas la moindre question : il n'était que réprobation, hostilité, une source de tristesse de plus qu'elle n'oublia que dans le sommeil, malgré ses rêves où se succédaient des trains qui, tous, menaient vers une campagne défoncée par des trous d'obus, comme dans les Ardennes.

Une semaine plus tard, alors que Julien était allé couper du bois à Loubéjac et qu'elle se trouvait seule à la Brande, deux gendarmes surgirent et lui annoncèrent tout à trac que son fils s'était enfui de la caserne Bessière de Cahors et qu'il était considéré comme réfractaire. Elle aurait crié de joie si les deux hommes ne s'étaient montrés si menaçants en lui posant des questions auxquelles elle s'efforça de répondre le plus calmement possible. Non, elle ne savait pas où il se trouvait ; non, elle ne l'avait pas vu récemment ; oui, elle savait qu'il devait partir en Autriche. Elle n'était pas rassurée du tout, mais songeait seulement à se montrer coopérative afin qu'ils repartent vite, Julien pouvant revenir à tout moment. De quoi aurait-il été capable en découvrant les gendarmes dans sa maison ? Elle ne le savait que trop : il aurait décroché son fusil.

L'un des gendarmes, le plus petit, s'était assis, tandis que le brigadier faisait les cent pas dans la cuisine, comme s'il attendait quelqu'un.

— Si j'ai un conseil à vous donner, dit-il, c'est de lui demander de se rendre, sinon il risque d'être fusillé.

— Je ne sais pas où il est.

— Vous ne me ferez pas croire que vous n'avez aucune nouvelle de lui.

— C'est pourtant la vérité.

— Vous savez ce que vous risquez, si vous le cachez ?

— Il n'est pas ici, vous pouvez chercher.

Ils entrèrent dans toutes les pièces, fouillèrent partout, elle les entendit même ouvrir une armoire et faire quelques commentaires dont elle ne comprit pas la signification, puis ils réapparurent et le plus petit d'entre eux se servit un verre de vin sans lui en demander la permission.

— Ne vous gênez pas ! dit-elle.

— Je ne vois pas pourquoi je me gênerais, fit-il d'une voix mauvaise qui fit craindre le pire à Hélène.

On entendit alors une voix dans la cour : celle de Marthe qui l'appelait. Elle sortit précipitamment, courut vers sa belle-fille qui lui demanda ce qui se passait, et elle l'entraîna sur le chemin. Alors les deux gendarmes s'en allèrent, non sans proférer des menaces :

— On reviendra, dit le brigadier. Vous n'en n'avez pas terminé avec nous.

Quand ils se furent éloignés, la première chose qui vint à l'esprit d'Hélène fut de demander à sa belle-fille de ne pas parler de cette perquisition à Julien. Elle promit, non sans lui avoir fait remarquer que s'il y en avait une deuxième, Julien risquait de se trouver là.

— Je sais, dit Hélène, mais ils ne reviendront pas.

Et elle répéta à plusieurs reprises : « Ils ne reviendront pas, ils ne reviendront pas », comme pour s'en persuader et repousser loin d'elle la perpective d'un malheur qui lui paraissait en même temps inévitable.

## 52

Julien apprit par un voisin ce qu'il s'était passé mais, contrairement à ce que craignait Hélène, il ne s'en montra pas furieux, au contraire : la conduite de son fils l'avait réconcilié avec les deux pôles les plus précieux de sa vie : celui de la résistance à l'autorité et celui du combat contre l'Allemagne, source de tous ses malheurs. Et comme les nouvelles n'arrivaient pas, il partit pour Beyssac à bicyclette, couvrant, à soixante ans, cent kilomètres dans la journée. C'était comme s'il avait trouvé une deuxième jeunesse en retrouvant son honneur perdu, celui que venait de lui rendre son fils en choisissant le combat et non la soumission. Il aurait été bien incapable d'expliquer ce qu'il ressentait, ce jour-là, en pédalant vers Beyssac puis vers Sarlat, mais un vent nouveau le portait, une énergie neuve qui lui restituait tout ce qu'il avait cru perdu et sur quoi, cependant, il avait bâti sa vie.

Incapable de travailler, Hélène l'attendit toute la journée, descendit même sur la route pour guetter son retour. Il n'arriva que vers huit heures du soir, souriant malgré sa fatigue, et il s'attabla avec plaisir devant la soupe qu'elle avait mise à réchauffer sur le feu. Dès ses premiers mots, elle comprit que les gendarmes avaient dit vrai. André s'était évadé de la caserne de Cahors et se cachait sur le causse de Martel, là où se rassemblaient les premiers maquisards, ceux que les Allemands, sur leurs affiches, appelaient les terroristes. Les risques n'étaient pas minces, certes, mais au moins il y avait là de quoi être fier.

Elle voulut bien y consentir, tout en faisant observer à Julien que c'était dangereux.

— Ici aussi c'est dangereux, dit-il. J'ai vu des Allemands en passant à Sarlat.

Elle eut une frayeur rétrospective en l'entendant, mais elle comprit que la décison d'André avait rasséréné Julien : il ne se sentait plus en première ligne, il avait en quelque sorte passé le témoin à son fils.

Deux jours plus tard, elle aperçut au marché les Allemands dont lui avait parlé Julien, et ce qui l'étonna le plus, ce fut leur jeunesse, leurs cheveux blonds, une absence d'hostilité qui lui donna l'impression que ces gens-là ne pouvaient pas avoir gagné la guerre. En tout cas, la hantise de voir Julien porter les armes contre eux la quitta, elle se remit à vivre avec moins d'anxiété et elle n'attendit pas longtemps pour être complètement rassurée au sujet de son fils. En effet, début septembre, Constant et Clément allèrent chercher André de nuit à bicyclette, et ils arrivèrent un peu avant le jour, épuisés, mais heureux de faire cette surprise à leur mère.

Pour ne pas risquer d'être surpris par les gendarmes, ils se réfugièrent dans la maison de Constant, et c'est là qu'André raconta ce qui s'était passé à Cahors, comment il avait pu s'échapper : dans l'enceinte même de la caserne, il avait été approché par un Alsacien qui venait chaque semaine faire signer des papiers aux autorités allemandes. Chaque fois, cet homme repartait en emmenant avec lui des jeunes réfractaires pour les maquis de Saint-Cirq-Lapopie. André n'avait pas hésité : à l'heure dite, et malgré sa crainte de tomber dans un piège, il avait sauté par-dessus le mur de la caserne. Heureusement, l'Alsacien se trouvait bien de l'autre côté. Il avait entraîné André dans une épicerie voisine où ils avaient attendu la nuit dans l'arrière-boutique, puis ils étaient partis à deux sur la même bicyclette pour un périple d'une vingtaine de kilomètres, s'étaient réfugiés au petit jour dans une bergerie du causse, où l'Alsacien l'avait laissé en lui recommandant de n'ouvrir à personne, sinon au contact qui dirait : « C'est Henri. »

Mon père était resté là trois jours, ravitaillé par un homme qui détenait le mot de passe, mais qui ne savait rien de ce que préparait l'Alsacien. La réalité, c'était que le maquis de la région était encore mal organisé, que les hommes se cachaient la journée, rassemblaient les armes de nuit, et préparaient les parachutages à venir. Mais le contact tardait, car l'Alsacien avait été repéré et André s'impatientait. Il décida alors de gagner les maquis de la région de Beyssac où, avant son départ pour Cahors, il avait noué des contacts avec des responsables qui rassemblaient des combattants sur le causse de Martel et celui de Gramat.

Il fit part de sa décision à l'homme qui le ravitaillait en lui demandant de prévenir l'Alsacien qui lui avait donné son nom, en une sorte d'imprudence bizarre en des temps si troublés : il s'appelait Henri Halm. André était parti de nuit et avait gagné à pied le causse de Martel – plus de soixante kilomètres –, non sans passer voir sa femme et son enfant à Beyssac, toujours de nuit, et de trouver refuge chez des parents de sa belle-mère dans une maisonnette perdue sur le causse près du hameau de Ripane. Ses hôtes s'appelaient Philomène et Henri Durand. Philomène élevait des moutons et Henri était maçon.

Je les ai bien connus, ces gens, admirables de gentillesse et de dévouement, qui avaient le cœur sur la main, et qui ne craignaient pas d'accueillir un jeune homme aux abois, malgré les risques que cela supposait. C'était près de chez eux, sur la route de Martel, que Clément et Constant avaient donné rendez-vous à leur frère pour l'emmener voir ses parents à la Brande où, pour le plus grand plaisir de sa mère, il devait rester deux semaines.

Chaque jour Hélène allait le voir dans la maison de Constant, avec Julien qui, très fier de son fils, n'en finissait pas de se faire raconter l'évasion et de lui demander ce qu'il comptait faire, maintenant. André ne voulait plus rester chez les Durand pour ne pas les mettre en danger. Il envisageait d'aller se cacher dans le grenier de ses beaux-parents, le temps nécessaire pour nouer le contact avec le responsable, à Beyssac, des maquis du causse. Ce qu'il fit, sans pouvoir donner des nouvelles à Hélène et à Julien qui s'en inquiétèrent beaucoup. Comme par ailleurs on ne pouvait pas écrire, le courrier étant surveillé, Constant et Clément firent plusieurs fois le trajet de nuit, afin de se renseigner auprès de la femme d'André.

C'est ainsi que mon père rejoignit les groupes « Vény » du causse où, près de Carennac, en juillet 44, il assista à un énorme parachutage d'armes par une centaine de forteresses volantes destinée à la Résistance de toute la région. Auparavant, les « Vény » avaient piégé les routes, les voies ferrées et les ponts, protégé deux officiers anglais dont l'un, plus tard, revint souvent voir mon père. Pas de faits d'armes, non, la résistance des campagnes se résumant à des manœuvres de retardement qui culminèrent lorsque la funeste division « Das Reich » remonta vers la Normandie en passant par le Quercy et, hélas, plus au nord, Tulle et Oradour.

Mon père n'en n'a jamais tiré gloire – moins sans doute que Julien à qui il en fit le récit après la guerre. Et pourtant, les risques existaient bien, surtout en 43 quand les maquis n'étaient pas suffisamment organisés. J'en veux pour preuve la terrible lettre que j'ai reçue d'Alsace, il y a peu de temps, d'un homme qui s'appelle Halm et dont le père, Henri, a été fusillé à la Libération. Comme j'avais plusieurs fois cité ce nom dans mes livres, le fils d'Henri me demandait le témoignage de mon propre père pour réhabiliter la mémoire du sien. Que s'était-il passé ? Comment un homme qui recrutait pour les maquis avait-il pu être considéré comme un collaborateur à la Libération ? À quel piège mon père avait-il échappé ? J'ai essayé de l'interroger. Hélas ! Ni sa santé ni sa mémoire ne lui permettaient plus d'expliquer quoi que ce soit, ni de démêler cette histoire tragique que la folie de 1945 avait écrite.

Et pourtant, ce dont je suis sûr, car il me l'a répété plusieurs fois : cet homme à qui il avait fait confiance s'appelait Henri Halm. « Tu te rappelleras ? me disait-il : Henri Halm. » Les mystères de l'Histoire sont souvent tragiques, mais j'ai mesuré à cette occasion combien la force des livres leur fait faire de chemin. Les miens, cinquante ans plus tard, avaient rencontré le fils d'un héros fusillé. Pourquoi ? Je ne le saurai jamais, pas plus que mon père ne l'a su, bien que vivant à une centaine de kilomètres de Cahors. Sinon, je suis sûr qu'il n'aurait pas hésité à témoigner en faveur de cet homme, mais de quoi, au juste ? D'un voyage de nuit sur une bicyclette vers une bergerie ?

Le destin des hommes ne leur appartient pas quand ils se heurtent à l'Histoire en marche. Je suis là pour témoigner du fait qu'il avait été clément, à Cahors, un jour d'octobre 43, pour mon père, et qu'Hélène et Julien, à la Brande, avaient sans doute échappé de peu à un insurmontable chagrin.

# 53

Mes grands-parents faillirent périr sous les balles allemandes au mois de juin 44, quand la « Das Reich » fut attaquée sur la route de Salignac, à la borne 120, par les maquisards de la Dordogne.

Ils ne savaient rien, en s'éveillant, ce matin-là, de ce qui s'était passé à quelques kilomètres de chez eux. Il faisait beau, Hélène était contente de garder à la Brande deux de ses petits-enfants : Georges et Marc, leurs parents étant occupés ailleurs. Julien se sentait soulagé du fait que le foin avait été rentré dans de bonnes conditions puisqu'il avait échappé aux orages. Il était prêt à se rendre à la vigne quand les premiers coups de feu éclatèrent, un peu plus haut, sur le coteau. Ils entendirent des cris et ils sortirent pour se rendre compte de ce qui se passait. C'est alors qu'ils aperçurent les uniformes allemands, ceux des soldats qui avaient quitté la nationale où ils avaient été attaqués et s'étaient répandus dans la campagne pour traquer les maquisards et exercer des représailles. Ils venaient de tuer un homme à Temniac et descendaient vers la Brande en tirant sur tout ce qui bougeait.

Hélène fit rentrer les enfants dans la maison puis elle revint vers le chemin où Julien regardait, comme fasciné, les soldats qui se démenaient, là-haut, en criant. Tout à coup ils aperçurent leur voisin qui s'enfuyait entre sa maison et sa grange et qui, un peu plus loin, s'écroula sous la salve de deux mitraillettes. Ils apprirent le lendemain que cet homme, qui était communiste, s'était senti menacé et avait préféré prendre la fuite.

— Va-t'en vite ! dit Hélène, affolée, à Julien. Va te cacher dans le tunnel !

Et, comme il ne bougeait pas :

— Tu vois bien qu'ils tuent tout le monde !

Julien tremblait et elle comprit que ce n'était pas de peur, mais de colère quand il s'insurgea, ses yeux noirs braqués sur elle :

— Ici, je suis chez moi, et ce n'est pas eux qui m'en chasseront !

Elle le supplia de s'enfuir, elle le poussa même, de toutes ses forces, mais il refusa de bouger.

— Ils ne me font pas peur ! cria-t-il. Ici, c'est chez moi et j'y resterai !

Elle pensa alors aux enfants et se précipita vers la maison sans se rendre compte qu'il la suivait. Une fois à l'intérieur, il décrocha son fusil en menaçant :

— Qu'ils viennent ! Ils seront bien reçus !

— Et les enfants ! s'exclama-t-elle.

Il parut retrouver un peu de raison et, tenant toujours son fusil, sortit par la porte de derrière.

Elle se retrouva seule avec ses deux petits-fils qu'elle prit contre elle, les mains sur leurs épaules, et elle attendit en espérant que le danger s'éloignerait. Trois ou quatre minutes passèrent et des coups de feu retentirent, de plus en plus proches. Elle n'osait pas regarder par la fenêtre pour ne pas s'éloigner de ses petits-enfants. Tous trois étaient blottis dans un angle de la cuisine, ne bougeaient pas, respiraient à peine.

Tout à coup la porte s'ouvrit à la volée et trois soldats surgirent, la mitraillette à la main. Comme la chienne aboyait, l'un d'eux lui tira dessus mais il la manqua et elle s'enfuit vers la grange. Les soldats étaient très excités, ils suaient à grosses gouttes car il faisait très chaud. Deux d'entre eux poussèrent la porte des chambres, se mirent à inspecter la maison, tandis que le troisième surveillait Hélène et les enfants. Il lui parut jeune, très jeune, autant que ceux qu'elle avait vus à Sarlat, sur la place du marché, mais il y avait de la fureur dans ses yeux. Hélène sentait son cœur cogner à grands coups dans sa poitrine, serrait de plus en plus ses petits-fils contre elle, tout en songeant à Julien dont elle espérait qu'il avait consenti à s'enfuir.

Elle entendit jurer, des portes claquer, puis les deux soldats réapparurent, toujours aussi menaçants.

— Boire ! cria l'un d'eux, le brun, celui qui paraissait commander la patrouille.

Elle lâcha les enfants, les poussa dans la souillarde et elle s'approcha du buffet pour prendre une bouteille de vin.

— Eau ! hurla le brun.

Il montrait le seau qui se trouvait devant l'évier. Elle voulut alors lui expliquer que c'était l'eau avec laquelle elle avait fait la vaisselle la veille, mais il crut qu'elle ne voulait pas lui en donner. Furieux, il s'approcha, appuya le canon de sa mitraillette contre sa tempe – elle était beaucoup plus petite que lui – et elle sentit qu'il allait tirer. À ce moment-là, un coup de sifflet retentit de l'autre côté du champ, près de la voie ferrée, et ils sortirent comme des fous, sans même boire, alors que le blond s'était emparé du seau convoité par son chef.

Hélène resta quelques instants immobile, tétanisée, n'osant croire qu'ils avaient disparu, tandis que ses petits-fils se précipitaient vers elle. Puis elle entendit des coups de feu, plus bas, et pensa qu'elle avait recommandé à Julien de se réfugier dans le tunnel. Qu'avait-elle fait ! Elle l'avait envoyé vers la mort ! Elle vacilla mais un espoir lui vint quand elle se rappela qu'il avait disparu par la porte de derrière. Elle se précipita, l'ouvrit et aperçut Julien à moitié dissimulé derrière le cerisier, qui braquait son fusil vers elle. Elle eut une telle peur qu'elle s'évanouit et ne reprit ses esprits que cinq minutes plus tard, dans la cuisine où Julien l'avait portée.

— Ne reste pas là, dit-elle, ils vont revenir. Va dans la cave, cache-toi !

Il avait eu tellement peur lui aussi en la voyant tomber qu'il accepta et disparut sans un mot. Ses petits-enfants près d'elle, elle écouta longtemps décroître les coups de feu qui, lui sembla-t-il au bout d'une demi-heure, s'éteignirent définitivement. Mais on entendait toujours crier dans les alentours, car les gens accouraient pour aider ceux qui avaient été blessés. Hélène emmena les enfants au grenier où ils se cachèrent pendant tout l'après-midi. Ce fut seulement à la nuit que le calme revint. Elle se rendit alors dans la cave, où se trouvait Julien, et ils décidèrent qu'il y passerait la nuit.

Le lendemain, après une nuit d'insomnie, ils apprirent que deux hommes avaient été tués dans le tunnel où elle avait voulu envoyer Julien. Finalement, c'était son courage qui l'avait sauvé. Il avait refusé la défaite, celle de quitter sa maison devant un ennemi qui lui avait fait tant de mal, il s'était opposé à cette fuite honteuse qui lui paraissait inacceptable, et il avait survécu. Il ne faisait pas de doute pour lui – pas plus d'ailleurs que pour Hélène – qu'il aurait tiré sur les soldats s'ils avaient poussé la porte de derrière. Un coup de sifflet miraculeux les avait sauvés. Les Allemands avaient quitté Sarlat dans la nuit, c'est ce que leur apprirent Constant, puis toute la famille venue aux nouvelles.

Pendant plusieurs jours, cependant, Julien ne décoléra pas : des Allemands étaient entrés dans sa maison, avaient menacé sa femme et ses petits-enfants. Hélène était bien incapable de reparler de ce 26 juin où elle avait failli mourir. Il fallut que

315

Constant et Clément démontrent à Julien qu'il était le seul à avoir pris les armes, ce matin-là, pour qu'il s'apaise un peu, et en conçoive une légitime fierté. Il n'avait pas fui, il ne s'était pas soumis, il pouvait continuer à travailler avec l'estime de soi, sur une terre qu'il avait défendue au péril de sa vie.

## 54

Il leur semblait cependant que si la guerre s'était éloignée d'eux, elle pouvait ressurgir à tout moment. Ils ne purent s'empêcher de demeurer sur leurs gardes et ne furent vraiment rassurés que lorsqu'ils entendirent les cloches sonner à la volée, le 8 mai 1945. Ce matin-là, ils allèrent marcher sur le chemin d'où ils avaient aperçu les soldats, au mois de juin de l'année précédente, comme pour se persuader que c'était bien fini, que la peur ne reviendrait jamais sur ces terres paisibles où jamais ils n'auraient pensé voir le moindre ennemi.

Ils eurent besoin de descendre à Sarlat, cet après-midi-là, pour vérifier qu'il n'y avait plus le moindre soldat, qu'ils pouvaient retourner sans crainte à leur travail. Ce qu'ils firent, et sans jamais se plaindre, car ils n'oubliaient pas qu'ils avaient miraculeuse-ment échappé à la mort. Ils avaient toujours aussi peu de distractions, mais quelque chose de nou-veau, de beau et de vrai flottait dans l'air, aussi bien à la Brande qu'à Sarlat. Après les privations et les dangers de la guerre, tout le monde connaissait le prix du bonheur quotidien.

Julien allait mieux, sombrait moins dans ces colères qui lui faisaient tant de mal, aidé maintenant par Irène, la femme de Constant, mais aussi par ses petits-fils le jeudi, le samedi et le dimanche. Hélène cultivait toujours ses légumes, élevait maintenant des oisons qu'elle gavait en automne. Julien s'occupait du blé, de l'orge et des deux vaches qu'ils avaient enfin pu acheter, et dont ils vendaient le lait aux voisins de la Brande. Il veillait toujours sur sa vigne, bien petite, certes, mais qui lui permettait quand même de vendre un peu de vin à l'automne, car il en produisait suffisamment pour sa consommation personnelle.

Ils gardaient précieusement leurs sous dans une armoire en prévision du temps où ils ne pourraient plus travailler. En effet, ils n'avaient jamais cotisé à une caisse de retraite, sans doute du fait qu'il n'en existait pas avant la guerre, mais de toute façon Julien n'y aurait jamais consenti. Il avait l'habitude de ne compter que sur lui, sur sa femme et sur sa famille, et n'aurait jamais accepté de dépendre de quelqu'un d'autre. Quand Hélène, à soixante ans, s'interrogea sur le moment où leurs forces, bientôt, s'épuiseraient, il répondit :

— Du pain et des légumes, ça nous suffira.

Et, comme elle demeurait préoccupée :

— À nous deux, nous arriverons bien à faire le jardin et à élever quelques volailles. Qu'est-ce qu'il

318

nous faut de plus ? Nous avons toujours vécu de la sorte.

Elle aurait aimé avoir un peu plus d'argent pour faire plaisir à ses petits-enfants, leur acheter de menus cadeaux, mais il ne fallait pas songer à y toucher ; cet argent était destiné à se soigner le jour où cela s'avérerait nécessaire.

Elle n'insistait pas, se réjouissait de la présence de ses petits-enfants auprès d'elle mais se demandait, en les voyant, quel était ce magicien qui avait effacé d'un coup de baguette magique trente ans de sa vie sans qu'elle s'en aperçoive. Le temps lui paraissait être la pire de toutes les maladies, et Julien, qui allait avoir soixante-sept ans en cette année 1950, souffrait de plus en plus pour tenir les manches de la charrue, non seulement en raison de sa main, mais aussi de ses bras, de ses jambes et de ses reins. Il ne se plaignait pas, mais elle le voyait grimacer de douleur et rentrer épuisé, le soir, d'autant qu'il n'avait pas acheté de cheval, et que c'était toujours l'âne récalcitrant, têtu, qui tirait malaisément la charrue sur les deux pièces de terre heureusement toujours d'aussi petite dimension.

Je me souviens que nous allions très rarement chez eux, au début des années cinquante, mais plus souvent chez les frères de mon père, et surtout chez Clément, l'aîné, qui habitait une petite maison en contrebas de la route, au lieu dit la Vigne, sur la route de Proissans. Pourquoi ? Sans doute parce que mon père ne voulait pas ajouter la fatigue de la préparation d'un repas de famille à celle de leur travail quotidien, ou plus sûrement parce qu'il craignait de perturber l'équilibre d'une existence économe et parcimonieuse dont il connaissait la fragilité.

En revanche, je me souviens très bien d'une visite de Julien et Hélène, chez nous, à Beyssac – un jeudi, j'en suis sûr, puisque je n'étais pas à l'école – et d'un incident qui, aujourd'hui encore, m'emplit d'incrédulité et de honte. Je jouais avec mon frère dans la cour, après le repas de midi, quand Julien est sorti pour faire quelques pas. Je ne connaissais pas beaucoup ce grand-père lointain, que je ne savais pas si redoutable et craint de tout le monde. J'étais juché sur un tas de castine quand il passa près de moi, la tête à ma hauteur, coiffée d'une casquette grise comme en portaient les hommes de la campagne à l'époque. Je ne sais pas ce qui m'a pris, mais j'ai sauté à bas du tas de castine en tendant la main et en faisant du même coup sauter la casquette de Julien.

— Et alors, petit ? s'exclama-t-il.

Ce fut tout : il ramassa sa casquette, l'épousseta tandis que je m'éloignais, vaguement conscient d'un sacrilège, car j'avais été élevé dans le respect le plus profond de mes grands-parents. Pourquoi ce geste ? Pour déceler de l'attention dans ce regard noir qui se posait rarement sur moi ? Je le crois. En tout cas, ce que j'ai vu, ce jour-là, dans les yeux de cet homme dont je ne savais rien de l'enfance, de la vie, m'a révélé son humilité et m'a fait comprendre en même temps qu'il avait renoncé.

Le remords de ce geste absurde m'a longtemps poursuivi et je n'ai jamais pu lui dire combien je le regrettais, car Julien est mort bien avant que je puisse le connaître vraiment. Il a dû le blesser, le meurtrir beaucoup plus qu'il ne l'a exprimé dans ces quelques mots, pas même menaçants :

— Et alors, petit ?

L'inconscience de l'enfance ne justifie pas tout. Je n'avais que cinq ou six ans, mais ma mémoire implacable me fait revoir pour me châtier la surprise de cet homme meurtri et la rapidité avec laquelle il a remis sa casquette sur sa tête, comme pour oublier très vite l'affront fait par le fils de son fils. J'espère qu'il l'a oublié et que là où il est, il m'a pardonné. Mais chaque fois que je pense à lui, je me baisse pour ramasser une casquette imaginaire, je la lui tends en m'excusant, et je m'enfuis cacher ma honte au fond du jardin où lui, ce jour-là, s'en fut cacher son chagrin.

## 55

Cet incident dut avoir lieu en 1952, car c'est à cette époque-là – mon cousin, le fils aîné de Clément qui l'aidait souvent à la Brande me l'a confirmé – que Julien lui a cédé les manches de la charrue pour se contenter de mener l'âne par la bride. Il s'agissait bien d'un renoncement, hélas, et il lui restait seulement deux ans à vivre. Deux ans au cours desquels il lutta contre le déclin de ses forces, abandonnant peu à peu le terrain conquis au prix d'une douleur surmontée quotidiennement, deux ans qui le dressèrent contre l'adversité dans un dernier sursaut d'orgueil d'autant plus désespéré qu'il le savait vain.

Hélène l'aidait de plus en plus, délaissant les tâches qui lui étaient assignées ou prenant sur son temps de sommeil pour les assumer, mais cette assistance, qui aggravait l'évidence de son handicap, le fit renouer avec ses humeurs noires, manifester sa colère un moment oubliée, et elle dut reprendre du recul pour ne pas s'y trouver confrontée. Le mal-être qui était en lui refit surface, et sans doute se laissa-t-il aller à quelques excès qu'elle ne put supporter.

Dans la famille, le silence a longtemps régné sur la distance désormais établie entre elle et lui. Elle n'en était pas vraiment une puisqu'ils mangeaient ensemble, travaillaient ensemble, mais il prit l'habitude de se réfugier dans la petite maison où ils s'étaient installés à leur retour des Ardennes, probablement parce qu'il se méfiait de ses propres colères, et parce qu'elle lui avait un jour signifié qu'il avait dépassé les limites du tolérable.

Un nouvel équilibre s'établit ainsi, qui dura jusqu'à l'automne de l'année 54, un automne magnifique qui leur avait permis de faire de très bonnes vendanges, non seulement en quantité mais en qualité. Le 6 octobre en fin d'après-midi, Clément, Hélène et Julien étaient en train de sarcler la terre à côté du tunnel, quand ce dernier se redressa et leur dit qu'il allait s'occuper du raisin qui était en train de bouillir dans la cuve. Clément et Hélène continuèrent à travailler jusqu'à sept heures, puis ils rentrèrent lentement, dans l'air épais comme du sirop où tournaient des guêpes rendues folles par les caves ouvertes. La houe sur l'épaule, Hélène, épuisée par le travail du jour, avait du mal à respirer, se sentait oppressée mais elle ne se hâtait pas, écoutant le silence paisible du coteau que couvait l'étonnante chaleur d'octobre.

Quand ils arrivèrent à la maison, Julien ne s'y trouvait pas, mais ils ne s'inquiétèrent pas, car ce n'était pas tout à fait l'heure de la soupe. Hélène tailla le pain, versa le bouillon, prépara une salade puis elle envoya Clément chercher son père pour manger.

Clément revint seul trois minutes plus tard, le visage décomposé, hésitant à parler.

— Il était dans la cuve, dit-il… Le gaz… j'ai pu le sortir… il n'est peut-être pas trop tard… je vais téléphoner aux pompiers.

Et il ajouta avant de partir en courant :

— Reste ici. N'y va pas !

Hélène ne l'écouta pas. Elle se précipita vers la cave, découvrit Julien allongé sur la terre battue, ses yeux noirs ouverts sur un monde inconnu. Elle crut qu'il respirait encore, s'agenouilla, releva sa tête, puis, comme il ne réagissait pas, elle lui parla, le secoua, tenta de faire passer son souffle dans sa bouche, mais il était loin, et pour toujours. Elle s'assit, le garda dans ses bras en attendant un secours qu'elle savait inutile, mais au moins ces instants lui appartenaient.

Cette force, cette violence éteintes en quelques secondes comme une bougie par le vent, était-ce possible ? Elle ne pouvait le croire. Quel travail avait abattu cet homme malgré sa main blessée ! quelle énergie il avait toujours manifestée ! Avec quel courage il avait mené sa vie sans père ! Quelle lumière avait brillé dans ses yeux les jours de grande colère ! Et maintenant il était là, inerte dans ses bras, et il lui semblait que c'était la première fois qu'il s'en remettait à elle avec une douceur inconnue, bouleversante.

Elle demeura seule avec lui pendant une vingtaine de minutes, le temps que Clément et le voisin, qui avait le téléphone, arrivent enfin. Elle l'avait bercé comme un enfant, l'avait supplié de revenir, mais il ne l'avait pas écoutée. Tous les trois savaient qu'il était trop tard : c'est ce que confirmèrent les pompiers à leur arrivée. Julien n'ignorait pas qu'il était dangereux de tasser les raisins en entrant dans la cuve, même en prenant la précaution de se tenir tourné vers l'extérieur pour respirer, sans lâcher le rebord des mains. Mais chaque année, il tassait les raisins de cette manière, comme beaucoup de paysans, en négligeant le danger. En quelques secondes le gaz de fermentation avait pénétré dans ses poumons et, quand il s'était rendu compte du malaise qui le saisissait, sa main atrophiée l'avait empêché de se hisser à temps hors de la cuve. En somme, la guerre avait mis trente-neuf ans à le tuer.

Hélène entendit des sirènes, beaucoup de monde parlait autour d'elle, elle ne savait plus ce qui se passait. Elle ne revint à elle que beaucoup plus tard, dans la chambre où avait été transporté le corps de Julien, son esprit renvoyé vers ce jour où elle avait appris la mort de son père, avec la même douleur en elle, qui lui donnait l'impression que son cœur avait été fendu en deux avec la même violence qu'un arbre par la foudre.

On avait fermé les yeux de Julien et, pourtant, elle ne voyait qu'eux, comme le soir où il était apparu devant elle, dans la salle à manger de l'auberge, pas très loin de la Brande, il y avait si longtemps. Et, sans l'avoir connu enfant, elle le voyait aussi quand sa mère, déjà veuve, devait se louer dans les fermes et l'enfermait dans une barrique pour qu'il ne se sauve pas. Elle le voyait trottiner sur les chemins du domaine de Proissans, glaner dans les champs, faner, moissonner malgré ses petits bras car, au début de leur mariage, il lui avait raconté tout cela comme on dépose un présent au pied d'un être qu'on aime trop pour lui cacher quoi que ce soit.

Il n'avait jamais su lire ni écrire, cet homme indomptable. Quel courage il lui avait fallu pour s'extraire de sa condition misérable ! Quelle force était en lui, avant que la guerre ne le prive de ce qu'il possédait de plus précieux : sa main droite... Il était mort, à présent, et son visage semblait taillé dans cette pierre qu'il aimait tant.

Elle ne réussit pas à dormir plus d'une heure au cours des deux nuits qui la séparèrent des obsèques. Elle l'entendit crier quand la faux se détachait de sa main, elle se mit à aimer et non à redouter ses colères, elle les espéra jusqu'au dernier moment, mais il se tut, la laissant seule sur une rive inconnue, menacée par une vague de malheur indicible, autrement plus douloureuse que ce qu'il lui avait fait subir aux plus mauvais moments de sa vie.

Julien fut porté en terre dans le cimetière de Sarlat, deux jours après l'accident, entouré de tous ses enfants et petits-enfants, à quelques centaines de mètres de l'auberge où il avait rencontré sa femme. Cette proximité fit du bien, je pense, à

Hélène le jour de l'enterrement, alors qu'elle marchait au bras de son fils aîné, derrière le corbillard. Une fois le caveau refermé, toute la famille rentra à la Brande, puis chacun repartit à son travail, très vite, trop vite, avant la fin de l'après-midi.

Clément et sa femme restèrent avec Hélène afin qu'elle ne passe pas seule la première nuit. C'est le lendemain soir qu'elle comprit vraiment ce que serait cette solitude infligée par un sort cruel. Elle crut pendant des jours que les châtaignes avaient perdu leur goût, que son pain n'était pas salé, qu'elle ne savait plus faire cuire sa soupe, que manger était devenu vain et inutile. Elle savait que les souvenirs ne consolent jamais de la perte de ceux qu'on aime, mais elle ne savait pas qu'habiter les mêmes murs que les disparus rend plus douloureuse encore leur absence. Elle appela Julien longtemps, longtemps, à voix basse, dans son lit, la nuit, pour qu'il revienne une minute, une seconde, et la regarde comme la première fois, le jour où elle avait compris qu'on l'avait mis au monde pour qu'il vienne vers elle.

La tombe de Julien, je la connais bien. Enfant, chaque 1er novembre, je m'y suis rendu avec mes parents pour quelques minutes de recueillement achevées par la bénédiction d'un prêtre pressé, mais fidèle au rendez-vous. C'est la première tombe qui porte le nom des Signol. Elle date de 1954. Il a donc fallu attendre la moitié du XXe siècle pour que ma famille accède à cette dignité, évite enfin les fosses communes, réfute le néant auquel elle était vouée. Je la retrouve les yeux fermés chaque fois que je passe à Sarlat et vais me recueillir sur ceux qui, enfin, contrairement à Jacques et à Madeleine, ont trouvé la place qui leur était due dans l'éternité.

## 56

J'ai vécu pendant un mois avec Hélène, devenue veuve, au cours de l'été 1956, deux ans après le drame. Je ne sais pas très bien pourquoi nous sommes allés à la Brande, mon frère et moi, cet été-là, sans doute parce que nos parents étaient très occupés, ou peut-être pour meubler la solitude de ma grand-mère qui nous accueillit avec sa douceur habituelle et une générosité dont je croyais, à l'époque, qu'elle était courante chez les gens d'âge.

Elle vivait seule dans cette maison composée d'une grande cuisine où trônait un cantou : cette immense cheminée dans laquelle ronronnaient la soupière et ses faitouts, et deux chambres en enfilade ; la sienne d'abord, longue et étroite, puis celle où nous dormions, mon frère et moi, blanchie à la chaux, au bas d'une marche sur laquelle je trébuchais toujours, tant elle était inattendue à cet endroit. La cuisine, noire de suie, sentait l'ail et la graisse d'oie. Elle s'ouvrait sur une cour carrée délimitée par une grange, une cave et une remise dans laquelle Hélène entreposait les outils. Il n'y avait toujours pas d'eau courante, et il fallait aller la chercher à la fontaine en bas du grand pré d'où il était si difficile de remonter.

Hélène avait soixante-sept ans à ce moment-là, mais elle assumait toujours la corvée, habituée qu'elle était à hisser les seaux au sommet de la pente abrupte sans jamais se plaindre. Simplement, en bas, elle s'asseyait volontiers pour reprendre des forces avant de repartir, et je l'observais, assise sur le rebord du petit bassin, pensive, comptant peut-être dans sa tête le nombre de trajets qu'elle avait effectués jusqu'à cette fontaine qui avait la couleur de ses yeux.

Son tablier noir à la poche pleine d'objets mystérieux – elle se courbait sans cesse pour ramasser ce qui ne lui servirait peut-être jamais mais lui paraissait dans l'instant indispensable – me semblait la plus élégante des toilettes, et de ces journées demeure en moi l'évidence qu'il n'y a de beauté que sobre et délicate. D'autant qu'elle se parfumait à l'eau de Cologne, que la propreté était pour elle un souci constant, qu'elle ne supportait pas que l'on touche à ses cheveux soigneusement peignés en chignon, et que ses gestes les plus anodins étaient toujours légers, gracieux.

Elle parlait peu. Je me demande même si elle nous voyait vraiment, mon frère et moi, et si déjà elle ne ressentait pas les effets de cette maladie qui, plus tard, l'éloignerait de nous par des « absences » de plus en plus fréquentes où elle se perdait en un étrange et doux sourire. Elle entretenait pourtant quelques échanges avec Clément et sa femme qui venaient souvent à la Brande, mais c'était en patois. Je me dis que, peut-être, c'était simplement l'obligation de parler avec nous en français qui la rebutait, l'empêchait de communiquer autrement que par des regards, dont, en écrivant ces lignes dans un frisson, je ressens la fabuleuse caresse. D'ailleurs, sa voix n'était qu'un murmure, et je ne l'ai entendue qu'une fois l'élever, au marché de Sarlat, face à une femme qui maltraitait ses légumes.

Nous nous levions de bonne heure, ces matins-là, car la route était longue et nous nous y rendions à pied. Je me hâtais de déjeuner pour l'aider à remplir sa carriole de légumes – les plus beaux que j'aie jamais vus – et nous partions sur le chemin qui, passant entre la vigne et la luzerne, rejoignait la petite route de Sarlat à Temniac. Puis nous tournions à droite, passions sous le pont de chemin de fer qui se situait juste avant le tunnel maudit de juin 44, et nous commencions à descendre vers la ville entre des maisons crépies d'un ocre que l'on ne rencontre qu'en Dordogne et des jardins qui révélaient une vie paisible et ménagère.

Je ne trouvais pas long ce trajet qui couvrait pourtant près de trois kilomètres, tellement j'étais heureux de la présence de cette femme qui trottinait devant nous, se retournait de temps en temps pour vérifier que nous la suivions, et dont le parfum glissait sur moi en une vague fraîche malgré la chaleur qui descendait d'un ciel bleu cru – mes souvenirs de cet été-là se refusent à me restituer la moindre journée de pluie, comme si le soleil n'avait cessé de briller pendant plus d'un mois.

Au moment d'aborder la grand-rue de la ville, elle ralentissait, comme à l'approche d'un danger. Elle me paraissait si fragile, alors, que je me rapprochais d'elle, saisissant d'une main la carriole, sur le côté droit, et nous entrions dans Sarlat en empruntant « la traverse », cette grande avenue qui la sépare en deux, puis nous tournions à gauche et suivions une ruelle moyenâgeuse qui menait à la place de l'hôtel de ville où se tenait le marché. Monde coloré, bruyant, encombré de charrettes, d'étals, de carrioles, de paniers de volailles, qui me sautait brusquement au visage et me poussait à me blottir contre le tablier noir, ce « devantal » des paysannes périgourdines dont la poche centrale recelait tant de trésors.

Elle s'arrêtait dans un renfoncement, contre l'église, comme pour ne pas être vue, relevait le vieux drap qui protégeait ses légumes, se reculait d'un pas et attendait sagement ses clientes. Je n'osais pas la regarder. J'appréhendais comme elle, sans doute, le moment où elle devrait faire face aux femmes de la ville qui marchandaient les prix, soupesaient les légumes, parfois les reposaient sans précaution, ce qui les abîmait. D'où l'unique colère, ou plutôt l'unique révolte qui l'embrasa jamais, bien peu violente, au demeurant, puisqu'elle s'exprima seulement par ces mots :

— Dites ! S'il vous plaît !

En patois, bien sûr, car si elle s'adressait à nous en français, elle ne communiquait avec les gens de son âge que dans la langue occitane.

J'eus l'impression qu'en protégeant ses légumes elle protégeait aussi son existence, puisqu'elle n'avait pas de retraite et que c'était là sa seule source de revenus. C'est pourquoi je refusais de m'éloigner quand elle me disait doucement :

— Va voir un peu les gens.

Je ne pouvais pas l'abandonner mais, au fur et à mesure que le temps passait, il me semblait qu'elle s'habituait un peu, qu'elle se détendait, et j'étais au comble du bonheur quand je la voyais enfouir prestement les pièces de monnaie dans la poche de son tablier, ces pièces qui représentaient sa seule richesse. Elle en gagnait peu, et pourtant elle nous en donnait toujours une vers midi quand, ayant tout vendu, elle discutait avec une ou deux parentes venues au marché, enfin rassurée d'avoir été capable, une fois de plus, de gagner sa vie.

## 57

Cinquante ans plus tard, je revois toujours sa main droite qui prend les pièces – jamais dans ma mémoire le moindre billet –, demeure un instant suspendue devant ses yeux, puis redescend rapidement vers la poche du tablier. J'ai dit dans un de mes précédents livres que grâce à elle j'étais devenu riche, à tout jamais. Son souvenir m'a toujours préservé de l'envie et de l'aigreur vis-à-vis de ceux que la fortune éblouit. Je ne saurais mieux dire aujourd'hui, en écrivant ces lignes, persuadé que je suis que le seul trésor qui compte est celui que l'on peut emporter avec soi quand l'heure est venue. Hélène était plus heureuse de ses quelques pièces gagnées à la sueur de son front que si elle avait été couverte d'or.

Oui, heureuse, souriante, au cours du trajet de retour vers la Brande, midi passé depuis longtemps, alors que je serrais contre moi un illustré – *Kit Carson* ou *Les Pieds Nickelés* –, avançant lentement dans la chaleur du jour, soulagée de savoir les pièces bien à l'abri au fond du tablier. Je suppose qu'elles étaient rangées à l'arrivée dans une boîte d'où elles ne sortaient jamais, car je ne lui ai jamais vu faire de provisions. Elle vivait de ce qu'elle produisait, depuis toujours : œufs, volailles, légumes, fruits, troquant quelques-unes de ces richesses avec les paysans voisins pour obtenir ce qui lui faisait défaut.

Ainsi le beurre, d'un jaune orangé, que j'ai toujours mangé rance chez elle, mais qu'elle trouvait excellent. Il faut avoir mangé de ce beurre-là, enfant, pour connaître la valeur des choses et, pour ma part, à seulement l'évoquer j'en ai encore le goût dans ma bouche, mais ce n'est pas celui de la pauvreté, c'est celui du bonheur.

Nous arrivions épuisés à la Brande, mais elle se mettait aussitôt en cuisine, réchauffant la soupe de pain sur le trépied en fonte, préparant la salade de tomates ou l'omelette aux herbes, toutes deux d'une saveur inoubliable, propre à cette cuisine séculaire sur le feu de bois. Tandis que nous mangions, mon frère et moi, elle restait debout, comme elle en avait pris l'habitude depuis l'auberge de Sarlat.

— Pourquoi ne t'assieds-tu pas ? demandions-nous.

— Mangez ! Mangez ! répondait-elle.

Elle était contente, je crois, que ses petits-enfants puissent profiter de sa cuisine comme en avaient profité Julien et ses propres enfants. Parfois, quand nous restions près d'elle, désireux de l'aider, lui posant toutes sortes de questions, elle nous disait :

— Allez jouer dehors, petits, profitez du soleil.

À l'autre bout des terres – trois cents mètres, pas plus, mais dans ma mémoire plus d'un kilomètre car les jambes des enfants sont plus courtes que celles des hommes –, la maison de Constant abritait cinq enfants. Nous nous amusions volontiers avec eux, dans une insouciance totale qui n'excluait pas le danger. Nous escaladions, en effet, un grand talus vertical qui bordait la route de Temniac pour nous hisser, en haut, sous les fougères d'un bois de châtaigniers où nous avions construit une cabane, refuge absolu contre les adultes et les corvées de quelque nature que ce soit. Non que mon oncle et ma tante fussent sévères, mais il était d'usage, à l'époque, de faire exécuter par les enfants les tâches auxquelles on n'avait pas le temps de faire face.

En dehors de ces refuges secrets, nous courions d'une maison à l'autre, entre les vignes et les maïs, et nous nous occupions des bêtes – Constant élevait des paons, et j'ai pensé à lui en découvrant le Bobi de *Que ma joie demeure* de Giono, car il avait le goût de la beauté gratuite, à laquelle aspirent les hommes plus grands que leur quotidien. Sa femme, calme et sereine, nous achetait toujours une glace au retour de Sarlat où nous l'accompagnions parfois, et nous donnait à manger un pain dont la saveur enfuie me hante, car elle demeure liée à la paix rayonnante de ces journées dont l'éclat ne s'est jamais éteint en moi.

Le soir venu, nous rentrions à la Brande pour aider Hélène à ses menus travaux qu'elle accomplissait sans hâte, coupant la luzerne ou sarclant le jardin, donnant l'herbe aux lapins ou nettoyant les légumes qu'elle cuisinerait bientôt pour le repas du soir. Repas toujours suivi d'un quart d'heure de rêverie sur le banc situé à droite de la porte d'entrée, tandis que s'allumaient les premières étoiles. Et toujours ce silence, ce surprenant silence qui annonçait celui, plus profond encore, de la fin de sa vie, et auquel je ne me résignais pas.

Mais elle était malade, déjà, et ne le disait pas. Quand « ses faiblesses » la prenaient, elle se couchait dans les vignes en attendant que ça passe, dissimulant aux siens ce qui risquait de les rendre malheureux, mais renonçant en même temps à se soigner. En fait, ce silence n'était que la mobilisation de ses forces nécessaire à cacher son état à ceux qui l'aimaient.

Car elle était plus forte que je ne le pensais. Je m'en rendis compte un jour de vendanges, quand on lui annonça le décès d'une de ses sœurs. Elle alla la voir, puis elle reprit sa place dans la vigne en début d'après-midi, encore plus silencieuse que d'habitude, les dents serrées sur une douleur qui me poussa à m'enfuir loin d'elle pour ne pas voir se lever sur moi ses yeux dévastés.

Ces vendanges à la Brande, furent les seules auxquelles j'ai participé. Elles ne se renouvelèrent jamais, sans doute à cause de la fatigue que notre présence provoquait chez notre grand-mère. Aussi ces vacances demeurent-elles uniques dans ma mémoire et, de ce fait, encore aujourd'hui, illuminées d'un incomparable soleil.

# VI
## Les cendres

## 58

La suite ne fut qu'un déclin irrémédiable. Son insuffisance cardiaque et circulatoire fit qu'Hélène « s'absentait » de plus en plus souvent et qu'elle dut trouver refuge chez Clément dans la maison qu'il avait construite à Sarlat, rue Lachambeaudie. Elle ne souffrait pas, du moins je ne le pense pas. Marthe la conduisait tous les jours à la Brande, afin qu'elle ne se rende pas trop compte de son changement de vie. Car sa vie changea quand elle découvrit le confort des maisons modernes, principalement le chauffage central. Une véritable salle de bains, aussi, et pour elle qui avait toujours aimé la propreté, ce fut un vrai plaisir qui lui fit se demander comment elle avait pu vivre si longtemps sans ce confort si nécessaire.

Elle découvrit aussi la télévision qui l'enchanta, car elle n'aurait jamais cru possible d'apercevoir des gens qui se mouvaient à des kilomètres du lieu où elle se trouvait. Pas plus qu'elle n'aurait imaginé le changement de Sarlat, des quartiers qu'elle avait connus et où Clément et Marthe la conduisaient dès qu'elle en faisait la demande. Ils l'entouraient de soins et d'affection, et il ne fut jamais question qu'elle entre dans une maison de retraite.

Vers la fin, un dimanche, dans la maison de Clément, mais je ne me souviens pas à quelle occasion, je suis resté seul avec elle pendant quelques minutes, tandis qu'elle me regardait sans me voir, perdue dans ses songes, cet état de sommeil éveillé dans lequel elle sombrait de plus en plus souvent. Je lui ai demandé doucement :

— Tu m'entends ? Dis, tu m'entends ?

Elle a souri mais ne m'a pas répondu. Qu'aurais-je donné pourtant pour la ramener vers moi, ou pénétrer le monde au fond duquel elle se perdait. Je n'ai pas voulu l'abandonner si loin de moi et j'ai continué à lui parler :

— Dis ! tu te souviens de la carriole, du marché, des pièces dans ton tablier ?

Elle a eu ce sourire si doux que j'espérais et un éclair de conscience est passé dans ses yeux. Je lui ai pris la main, je l'ai serrée, mais ses doigts sont demeurés inertes dans les miens, et j'ai compris alors qu'elle ne me parlerait plus jamais.

C'est la dernière fois que je l'ai vue vivante car la vie m'a emporté comme elle nous emporte sans que nous puissions vraiment nous y opposer. Au cours des dernières années de sa vie, Clément l'a ramenée à la Brande où il s'est installé après avoir loué sa maison de Sarlat. J'espère qu'elle a pu se rendre compte de l'endroit où elle se trouvait, et qu'elle en a été apaisée définitivement. Elle s'est éteinte au mois d'octobre 1975, et elle a rejoint Julien dans le cimetière si proche de l'auberge où ils s'étaient rencontrés.

Vingt-cinq ans plus tard, un jour où je signais des livres dans une grande librairie de Sarlat, une très vieille dame a murmuré devant moi, avec une voix empreinte d'émotion :

— J'ai bien connu vos grands-parents, vous savez.

Et, comme je demeurais incrédule et muet :

— D'ailleurs, vous avez parlé de moi dans l'un de vos livres.

La dame, très âgée, avec des cheveux blancs, un grave et beau regard, souriait.

— Je suis Mme Délibie. Mon mari et moi avons été instituteurs de votre père. Mon époux s'arrêtait souvent chez vos grands-parents quand il se rendait à Sarlat.

Choc, terrible, bouleversant, ébranlement de l'espace et du temps. J'étais persuadé que tous les témoins de cette époque étaient morts depuis longtemps.

— Ils étaient exactement comme vous les décrivez.

— Merci, madame.

J'aurais voulu parler encore avec elle, retrouver trace de tout ce qui avait été perdu, mais nous n'étions pas seuls, et je n'ai pas pu retenir ce témoin essentiel ni lui demander son adresse et je l'ai laissé filer comme on laisse filer la vie entre les doigts, sans pouvoir soigner les blessures du temps.

Quelques années plus tard, encore, alors que je me trouvais à Sarlat pour des repérages avec l'équipe de Gaumont Télévision pour le tournage de *La Rivière Espérance*, j'ai suivi le mouvement vers la grande place, et nous nous sommes arrêtés devant une belle maison face à l'église. Je me suis alors rendu compte que je me trouvais à l'endroit exact où, quarante-sept ans plus tôt, Hélène, ma grand-mère, arrêtait sa carriole pleine de légumes et enfouissait les pièces dans la poche de son tablier. Dévasté par ce saut prodigieux dans le temps, je me suis enfui pour aller cacher l'émotion qui m'avait envahi au souvenir précis – elle était là, près de moi – qui me renvoyait vers des heures bénies que je croyais disparues à jamais. Désormais, chaque fois que je passe par Sarlat, je m'y arrête et me dirige vers ce même endroit où je demeure un long moment immobile, et je ferme les yeux. Alors je sens le coude de ma grand-mère contre le mien et j'écoute, bouleversé, le merveilleux murmure d'une voix qui, au plus profond de moi, ne s'éteindra jamais.

## *Épilogue*

Des vies banales, celles d'Hélène et de Julien ?
Peut-être, sans doute, mais ce sont celles qui
comptent le plus, car elles ont été construites au
terme d'un labeur inimaginable aux hommes et aux
femmes d'aujourd'hui. Depuis le jour où Jacques et
Madeleine Signol, un soir de novembre, sont
arrivés dans la maison glaciale de Saint-Vincent-le-
Paluel, plus d'un siècle a passé. Malgré leurs
efforts, ils n'ont pas pu s'extraire de la fatalité qui
pesait sur eux, essentiellement à cause du malheur
qui les a frappés. Julien, lui, a compris confusément
que la terre était une servitude à fuir par tous les
moyens. Il en a puisé l'énergie dans le refus de vivre
comme sa mère, courbée sur le sol à longueur
d'année, sans jamais voir le ciel. Il lui a fallu pour
cela quitter sa région, affronter ailleurs des conditions de vie épouvantables, mais il n'a jamais
renoncé et, ainsi, a pu gagner le peu d'argent nécessaire pour devenir petit propriétaire. Personne
dans sa famille n'avait réalisé ce rêve avant
lui. Hélène l'a suivi, aidé, sans jamais douter,

consciente de la force qui le portait et de l'instinct qui le guidait.

Ils sont donc celui et celle qui ont accompli le plus de chemin pour que, un jour, leurs enfants et leurs petits-enfants vivent mieux et ils ont trouvé suffisamment d'énergie pour accomplir le pas décisif, grâce auquel, aujourd'hui, moi, leur petit-fils, je peux, dans un livre, leur rendre l'hommage qui leur est dû.

Il n'est pas certain que le monde de demain permette à nos enfants de vivre mieux que nous. Le XXI<sup>e</sup> siècle ne pourra pas – du moins je ne crois pas – leur faire accomplir autant de progrès que les générations précédentes, car les conditions économiques inhérentes à la mondialisation sont féroces et les besoins se sont multipliés, d'autant plus que l'on confond aujourd'hui facilement le nécessaire et le superflu. J'espère me tromper : je m'en voudrais de n'avoir pas pu augmenter les chances de réussite, de bonheur, de mes enfants, de mes petits-enfants, avec autant de succès que Julien et Hélène, silhouettes précieuses qui m'accompagnent, et avec quelle présence souriante, vers un futur devenu incertain.

Chaque jour je vois Hélène s'essuyer le visage avant de nous embrasser avec son mouchoir qui sent l'eau de Cologne. Je la regarde couper assez de fleurs pour en distribuer sur les tombes voisines des siennes. Je l'observe en train de déjeuner le matin d'un mélange de café, d'orge et de chicorée, tenant d'une main son pain et de l'autre un morceau de beurre rance. Et je l'entends me répéter avec son charmant sourire que « chaque chose appartient à qui la rend meilleure ».

Julien, lui, reste pour moi celui qui attachait les outils à sa main droite avec une courroie serrée jusqu'à la douleur, et que la colère, devant la cruauté du destin, embrasait. Celui qui veillait la nuit pour écarter les rats du berceau de son fils, celui qui demandait à ses enfants de lui lire le journal, celui qui n'a jamais accepté la défaite, en 1940, de son pays. Il m'a donné la force et le courage qui vibraient en lui. Je ne crois pas qu'il ait appris à lire et à écrire, mais j'espère – je crois – qu'il sait enfin pourquoi le ciel est bleu.

Un matin sur la terre (Prix Claude-Farrère des
	écrivains combattants), 2007.
Ils rêvaient des dimanches, 2008.
Une si belle école, 2010.


Aux Éditions Robert Laffont

Les Cailloux bleus, 1984.
Les Menthes sauvages (Prix Eugène-Le-Roy),
	1985.
Les Chemins d'étoiles, 1987.
Les amandiers fleurissaient rouge, 1988.
La Rivière Espérance :
	1. La Rivière Espérance (Prix La Vie-Terre de
	France), 1990.
	2. Le Royaume du fleuve (Prix littéraire du
	Rotary International), 1991.
	3. L'Âme de la vallée, 1993.
L'Enfant des terres blondes, 1994.


Aux Éditions Seghers

Antonin, paysan du causse, 1986.
Marie des brebis, 1986.
Adéline en Périgord, 1992.

Albums

LE LOT QUE J'AIME, Éditions des Trois Épis, Brive,
    1994.
DORDOGNE, VOIR COULER ENSEMBLE ET LES EAUX
    ET LES JOURS, Éditions Robert Laffont, 1995.

Composition réalisée par IGS-CP

Achevé d'imprimer en juillet 2011 en Espagne par
BLACK PRINT CPI IBERICA, S.L.
08740 Sant Andreu de la Barca (Barcelona)
Dépôt légal 1ʳᵉ publication : août 2011
LIBRAIRIE GÉNÉRALE FRANÇAISE
31, rue de Fleurus - 75278 Paris Cedex 06

31/6026/4